KB211392

조선 명탐정

정 약 용

조선 명탐정

강영수 장편소설

정약용

문이당

작가의 말

역사(history). 손에 쥔 것처럼 가깝게 느끼면서도 과거의 일처럼 아련하다. '역사'의 사전적 의미는 '인간이나 인간이 속한 자연의 모든 현상에서 과거에 일어난 사실이나 그 사실에 관한 기록'이다.

중국의 주(周)나라에서는 주요 사건을 죽간(竹簡) 등에 기록하고 이를 사관(史官)이라 했고 서양에선 히스토리라고 했다. 역사란 과거에 일어난 사실이 모두 대상이지만 모든 사실이 역사가 되는 것은 아니다. 역사란 일정한 관심이나 가치 판단에 입각해 선택된 과거의 사실로 구성되기 때문이다. 그래서, '역사는 다시 쓸 수 있다.' 이 말은 문제의식의 차이에 따라 과거의 사실이나 그 기술이 달라진다는 의미다. 그렇다면 오늘의 내가 보는 관점은 어떤가. 역사이면서 역사 소설 안에 집어넣을 인물에 대한 이야기를 쓰고자 한다. 바로 정약용(丁若鏞)이다. 나는 그의 이야기를 쓰려 한다.

정약용의 부친은 진주 목사를 지낸 재원(載遠)이며, 해남 윤씨인 어머니는 두서(斗緒)의 손녀다. 현재의 경기도 광주시 초부면 마재에서 태어난 그는 아버지에게 글을 배우고 열다섯에 한양으로 올라온 후 이가환과 매부 이승훈으로부터 이익의 학문을 접했다. 1783년 경의 진사가 됐으며 훗날 이벽(李蘗)을 통해 서양의 자연 과학과 천주교 얘기를 듣게 된다.

정조 13년인 1789년 문과에 급제한 뒤 이듬해 검열이 됐으나 공서파(攻西派)의 탄핵을 받아 해미(海美)에 유배됐다 10여 일 만에 풀려나 사헌부 지평(司憲府 持平)으로 주상의 특별한 암행감찰을 봉행한다.

법제적으로 보면 사헌부는 시정의 득실을 논하고 풍속을 교정하며 관리의 공과를 살펴 탄핵했다. 구체적으로 살펴보면, 첫째 언론 기능이었고, 둘째 정치 참여 기능, 셋째 시종 기능, 넷째 서경 기능, 다섯째 사법 기능이었다.

사헌부의 중심 기능이 되는 언론 기능의 목적은 유교적 이상 정치의 구현에 있다. 여기엔 간쟁이나 탄핵·시정·인사 활동이 속한다.

간쟁은 왕의 언행에 잘못이 있을 때 바로잡는 것으로, 제도적으론 사간원의 임무이나 사헌부에서도 담당했다. 탄핵은 관원의 기강을 확립하는 것으로 잘못을 살펴 직위에서 축출하는 것이고, 시정은 당시 정치 상황의 시비를 논하는 것이다.

언론 활동은 사간원과 홍문관에서도 수행했으므로 이들 세 개 관청을 대간이나 삼사(三司)라 부른다.

시종 기능은 경연과 서연에 참여하고 왕의 궁궐 밖 행차를 호종하는 활동이다. 법사 기능은 법령의 집행, 백관에 대한 규찰, 죄인에 대한 국문, 결송 등을 행하는 기능이다.

법령을 집행하는 건 왕명을 받고 금령을 단속하는 것으로, 여기엔 음주·수렵·음사·분경·인신 위조·벌송·천예기마 금지 등이 있다.

이처럼 사헌부는 정치의 핵심 기관으로 균형 있는 정치에 이바지할 수 있는 부서이므로, 이곳 관원은 재주가 뛰어나고 가계가 좋은 자를 임명했다. 그들은 홍문관·사간원 관원과 함께 승자·체직에서 의정부·6조를 제외한 어느 관원보다 우대받았다. 이 중 정5품의 지평은 의정부·6조와 같은 품계의 관직에 체직됐는데 대개 2년 6개월 미만 재직한 후에 벼슬이 승차되는 게 관례였다.

이 책은 그가 과거에 급제한 후 사헌부 지평으로 있을 때 정조의 특별한 지시로 암행했던 기록이다. 왕권이 굳건히 서지 못한 그 시대에 조선의 뒷골목을 거닐었던 그의 기록을 전하고 싶었다.

2011년 1월
강 영 수

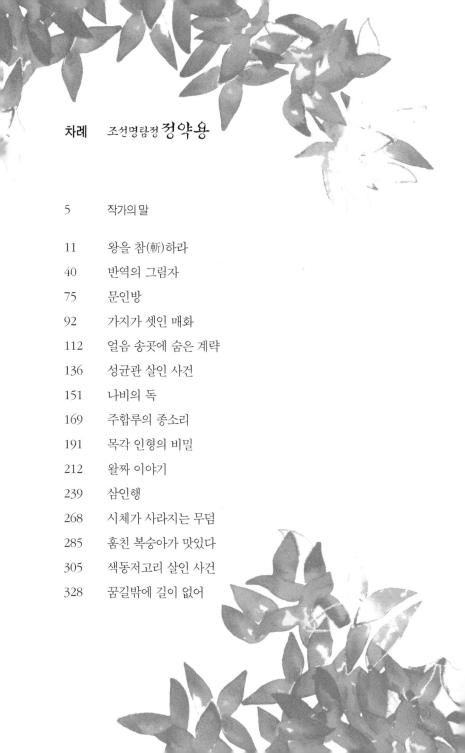

차례 조선명탐정 정약용

왕을 참(斬)하라

은가루를 흩뿌리듯 장지문을 뚫고 들어온 달빛을 피해 돌아누우며 중전은 뒷갈망을 나직이 떨어뜨렸다.

「사흘 전 비몽사몽 간에 꿈을 꿨어요. 깊은 밤, 조바심치다 잠이 깼다니까요. 천장에서 들리는 소리에 가만히 귀 기울이니 쥐들이 찍찍대며 말하지 않겠어요. '내가 중전마마의 향주머니를 훔칠게' 그러자 이번엔 다른 쥐가 '그럼 난 주상전하가 쓰는 갓을 훔칠 거야' 이러지 않겠어요. 그 소리에 잠이 확 달아나 한동안 천장을 뚫어지게 바라봤어요. 그런데 천장에선 아무 소리도 들리지 않은 채 조용했나이다.」

꿈을 꾼 후 중전이 잠을 잘 이루지 못한 건 이상한 생각 때문이었다. 쥐는 도둑처럼 숨어들기를 잘하고 무엇을 하건 조바심치기 때문이었다. 그런 느낌을 받아서인지 내의원 박 봉사는 중전의 기가 허해졌다며 '가미귀비탕'을 준비시켰다. 가미귀비탕은 신경 쇠약으로 기혈이 허해진 불면증에 잘 듣는 약이었다.

쥐때문에 조바심치던 중전은 탕약을 마시고 잠이 들었으나 두어 식경 만에 깨어나 식은땀을 흘리며 몽롱한 시선을 허공에 띄웠다. 중전의 입에서는 자신도 알지 못할 웅얼거림이 새어 나왔다.

「저놈의 쥐, 쥐를 잡아야 해. 저놈의 쥐가 주상의 갓과 내 향주머니를 훔쳐 갔어.」

웅얼거림은 신음으로 변해 잠자리를 같이한 정조의 심기를 건드렸다. 규장각에서 온종일 실학 논의를 한 탓에 피곤한 몸을 누운 주상은 중전의 웅석에 잠깐 잠이 깼으나 이내 코를 골았다. 달빛을 움켜쥔 바람 주머니가 휘퍼럭대며 스쳐 간 경희궁 담 밖에서는 고양이 걸음으로 살금살금 다가서는 이들이 있었다. 검은 옷차림의 그들은 등에 검을 차고 있었다.

담벼락에 붙은 숫자가 스무 명은 됐고 주위를 경계하며 다가서는 무리도 그 정도였다. 멀리 떨어져 경계를 펴는 자들까지 합하면 쉰 명은 돼 보였다. 누구 한 사람 말하는 이 없이 길을 안내하는 자의 손짓 하나로 민첩하게 움직였다. 인도자는 홍상범이었다.

「내가 강 별감에게 들은 곳이다. 근방에 수챗구멍이 있을 테
　니 자세히 살펴라.」

　그러나 주위를 아무리 더듬어도 수챗구멍은 보이지 않았다.
별감 강계창과 나인 월혜가 자세히 그려 준 수챗구멍은 하루
전 중전의 명으로 막혀 버렸다.

　밤마다 사나운 꿈에 쫓겨 허둥대던 중전이 그날도 비명을 지
르며 깨어났다. 파루를 친지 얼마 안 된 탓에 어렵게 든 잠이
었다. 악몽에서 깨어나 상체를 일으키자 정조는 가만히 안아
주려다 깜짝 놀랐다. 진저리치는 중전은 땀으로 범벅이었고
동공이 열린 채 허공에서 시선을 떼지 못했다. 불덩이가 쏟아
질 듯 머리에선 열이 끓었다. 신열이었다.

「중전, 정신 차려요!」

　허공에서 시선을 거두며 중전은 잔뜩 겁에 질려 옹알거렸다.

「전하, 쥐의 모습을 한 신상이었어요. 얼굴이 사나운 장승 모
　습이었어요. 산 사람의 모습이 아닌 쥐의 모습이었다니까요.
　이놈의 쥐, 쥐를 잡아야 해요.」

　온몸이 땀투성이인 중전을 정조는 꼭 껴안았다. 그제야 정신
이 들었는지 중전이 가볍게 한숨을 내쉬며 가라앉은 목소리로
옹얼거렸다.

「전하, 쥐들이 다니는 길을 막아야 해요. 그곳을 막아야 쥐가
　못 들어와요.」

낮이 하얗게 질린 중전 때문에 경희궁 수챗구멍은 하룻밤 사이에 막혀 버렸다. 사정이 그러했기에 아무리 수챗구멍을 찾아도 손에 잡힐 리 없었다. 홍상범이 말했다.

「이보게, 전 대장.」

전흥문이 얼른 다가섰다.

「거사에 나섰으니 실패냐 성공이냐는 하늘에 달렸네. 허나, 한 가지 명심하게. 하늘이 도와 거사에 성공하건 그렇지 않건 이 담을 넘는 동시에 우린 모르는 사이네. 거사가 실패해 죽음을 당해도 비밀을 지켜야 하네. 그래야 자네의 원수를 갚을 사람이 나타날 것 아닌가.」

「알겠습니다, 어서 몸을 피하십시오. 수챗구멍을 못 찾았으니 담을 넘겠습니다.」

홍상범은 전흥문의 손을 움켜쥐고 결의를 다짐하듯 한 차례 흔들고는 급히 돌아섰다. 홍상범이 사라진 어둠 속에서 시선을 거두며 전흥문은 일어섰다.

「담을 넘겠다. 내 뒤를 따르라!」

일행이 일사불란하게 움직였다. 훌쩍 담을 넘어 어둠 속에 몸을 숨긴 전흥문의 움직임은 고양이처럼 날렵했다. 멀지 않은 곳에서 들려오는 부엉이 소리가 밤이 깊었음을 알렸다. 담을 넘은 침입자들은 전각에 오르더니 존현각 쪽으로 달렸다. 움직임은 일사불란했으나 누군가 발을 헛디뎌 기왓장이 바닥에 떨어져 깨졌다. 깨어 있던 양위마마도 그 소리를 들었다. 같은 시각 경추문 근처를 순라를 돌던 위장 김춘득도 그 소리를 들었다.

「웬 놈이냐!」

김춘득은 장검을 뽑아 든 채 앞으로 달려나갔다. 경추문은 금호문에서 쭉 내려오는 곳이니 불한당이 침입할 가능성이 컸다. 평소엔 서문이 닫혀 있어 장수가 군왕으로부터 출정 명령을 받을 때 이 문을 이용했다. 김춘득이 앞으로 나가자 검은 무리가 꽃잎처럼 담장 위에서 뛰어내렸다. 재빨리 몸을 가눈 김춘득은 침입자의 옆구리에 검을 찔러 넣었다.

「아악!」

사내가 거꾸러지자 뒤이어 뛰어내린 놈들이 김춘득을 에워쌌다. 하나같이 검은 복면을 쓰고 있었다. 사나운 호통이 어둠 속 찬 공기를 흔들었다.

「네놈들은 누구냐? 예가 어디라고 침입했느냐!」

고함과 함께 김춘득의 칼날이 엇비슷이 그어졌다. 덩치 큰 사내는 상체를 휘며 몸을 뉘더니 일어서는 반동으로 칼날을 그었다. 섬뜩한 전율이 목덜미를 엄습했다.

「타앗!」

기합을 지르며 팽이처럼 몸을 돌려세운 채 장검을 맞받아치자 금속성의 날카로운 쇠붙이가 쩔컹대며 두 사람은 순식간에 좌우로 나뉘었다. 거친 숨을 몰아쉰 복면의 사내는 어둠 속에서 눈빛을 번뜩였다. 전흥문이었다. 그는 침입자의 대장으로 부하들 보기가 민망스러웠다. 한양 땅에 자신의 칼을 받을 자가 없다고 큰소리를 쳤는데 경추문의 수직 군관 하나 제대로 처리하지 못한다는 점에 내심 이를 갈았다.

자신을 도와 칼을 휘두르는 부하들을 비켜 세우고 두어 걸음 앞으로 나선 건 상대와 결판을 내겠다는 뜻이었다. 김춘득으로선 다행이었다. 침입자의 솜씨가 여간내기가 아니어서 혼자 감당하기 버거워 그들이 한꺼번에 덤벼들면 어쩌나 갈등이 일어나던 참이었다. 도망치자니 꼴이 우습고 그들 모두를 상대하자니 난망한데 침입자의 대장 격인 자가 일대일로 승부를 가리자니 얼마나 다행스러운 일인가.

'일대일이면 해볼 만하다.'

김춘득은 칼을 잡은 손에서 힘을 빼고 너울춤을 추며 두어 걸음 옮겼다. 와! 하는 함성이 울리며 주위가 밝아지더니 숙위소 병력이 횃불을 들고 나타났다.

횃불엔 상관 않고 눈앞의 적을 상대하는 데 혼신을 다하던 전흥문은 주위를 잽싸게 살폈다. 거사는 이미 실패였지만 처음으로 만난 호적수와 한번 제대로 겨뤄 보고 싶었다.

주위가 더욱 밝아졌다. 궁 안의 모든 불이 켜진 듯했다. 숙위병의 숫자가 늘어나자 자객들은 슬슬 뒷걸음치며 도망쳤다.

그와 달리 좌중의 사람들은 칼부림을 하고 있는 두 사람의 몸놀림에서 시선을 떼지 못했다.

용호상박, 결투는 그야말로 막상막하였다. 침입자들이 달아난 경추문 안에서는 두 사람의 결전이 숨 가쁘게 이어지고 있었다. 경이로울 정도로 출중한 두 사람의 무예 실력에 누구도 쉬다가서지 못했다. 밖으로 추격 나갔던 병사들이 짝을 지어 돌아오자 그들을 향해 핀잔을 놓는 이가 있었다. 홍국영이었다.

「그래, 역적 놈들을 모두 놓쳤단 말이냐?」

홍국영이 노발대발 소리쳤지만 이미 괴한들은 멀리 빠져나간 뒤였다.

「에잉, 등신들! 궁 안에 들어온 괴한을 놓쳐? 그자들이 다시쳐들어올지도 모르잖나. 궁궐 수비에 만전을 기해야 할 너희가 쥐새끼 같은 침입자를 못 잡는 데서야 말이 되느냐!」

병사들은 입이 열 개라도 할 말이 없었다. 조금 전까지만 해도 홍국영은 일이 어찌 되어 가는지 몰라 간담이 서늘했다. 지금은 숙위소 병력이 투입됐고, 자신에게 위해를 가할 사람이 없다는 걸 알고는 수습할 채비를 서둘렀다.

「뭣들 하느냐! 부상자들의 신원을 파악하고 치료를 서둘러라. 그중에 침입자가 섞여 있는지도 파악하고!」

부상자들을 살폈으나 침입자는 없었다. 비명을 지르는 자들은 한결같이 숙위소 병력이었고, 침입자는 모두 숨통이 끊겨 있었다. 전흥문이 움직이면서 운신이 어려운 부하들의 숨통을 끊은 건 국문을 통해 배후가 드러날 염려 때문이었다. 사망자를 한곳에 모으는 소란이 끝나자, 병사들은 둥그렇게 진(陣)을 짜고 그 광경을 구경했다.

결투는 승패가 분명해 보였다. 원진의 중앙에서 전흥문은 수세에 몰려 뒷걸음쳤다. 그의 무예가 김춘득에 미치지 못해서가 아니었다. 둥그렇게 둘러싼 군사들을 보며 자신이 이곳에서 죽게 되리라는 생각에 이르자 허탈감에 검기가 흐트러졌다. 순간의 허점을 놓치지 않고 김춘득의 칼날이 파고들 때 홍국영의 목소리가 날아들었다.

「이보게 춘득이, 그놈 숨통을 끊지 말고 반드시 생포해야 하네!」

김춘득은 고개를 끄덕이며 칼날을 곧추세웠다. 그 순간 침입자가 자신을 향해 칼을 휘두르려는 눈치였다. 눈을 지그시 감고 칼날을 안으로 당기던 전흥문은 팔이 시큰했다. 손에서 빠져나간 칼이 땅바닥에 내동댕이쳐지는 순간 이번엔 다리가 시큰했다. 중심을 잃고 쓰러지며 한 손으로 바닥을 짚자 병사들이 달려들어 결박했다. 거사가 실패로 돌아갔다는 절망감에 전흥문은 가만히 눈을 감았다.

「장하다, 김춘득!」

홍국영이 외치며 앞으로 나섰다.

「장하다, 김춘득!」

누군가 홍국영의 말을 받아 외치자 자신을 희롱하는 줄 알고 뒤돌아보던 홍국영이 넙죽 엎드렸다. 어느새 정조가 거동해 있었다. 홍국영의 뒤쪽 병사들이 엎드리자 고운 달빛에 번쩍이는 용포가 찬연한 빛을 뿜었다. 정조의 한마디가 무거웠다.

「모두 수고 많았소!」

힘을 다해 싸운 끝에 기진해 버린 전흥문은 오랏줄에 묶여 숙정문 앞으로 끌려 나왔다. 그곳에 친국 채비가 갖추어져 있었다. 보위에 오른 후 친국하는 건 처음이라, 정조는 가능하면 좋은 말로 타일러 배후를 알고자 할 뿐 가혹한 형벌은 내리지 않았다. 그러나 생각할수록 괘씸했다. 저놈에게 명을 내린 자가 과연 누구란 말인가?

어떤 배포를 가진 놈이기에 군왕의 침전까지 들어오려 했는지, 정조는 머릿속이 혼란스러웠다. 마음자리가 넉넉한 왕은 장형이나 태형으로 죄인을 고문하거나 참수시키고 싶지 않았다.

이 자리를 떠나 실학을 연구하는 고아한 선비들과 규장각에서 시문을 들척이며 담론을 즐기고 싶었다. 전흥문이란 사내가 자신을 죽이려 궁에 침입했다는 사실에 모든 게 무의미하게 느껴졌다.

「죄인은 고개를 들라! 과인은 아무런 원한이 없는데 무슨 일로 나를 향해 칼을 들었느냐?」

주상의 말이 떨어지자 뒤쪽에 자리 잡은 나장들이 연호했다. 그들은 "이실직고하라!" "여쭤어라!"라고 윽박질렀지만 내심 불만이었다. 이 사내가 예를 갖춰 다룰 자인가? 궁이 어딘 줄 알고 칼을 빼 들고 주상을 해치려 한단 말인가? 그가 노린 건 나라를 다스리는 제왕의 목이었다. 그런 자를 유약하게 다룬다는 것이 말이 되지 않았다. 뼈를 분질러 단근질로 살가죽을 태워 요절을 내도 시원찮을 판에 주상의 말은 너무나 부드럽지 않은가.

「죄인은 들어라! 과인은 사람 죽이는 걸 좋아하지 않는다. 매질이나 유배 보내는 것도 좋아하지 않는다. 서로 화락하며 지내길 원한다만, 과인에게 무슨 연유로 칼을 빼 들었느냐?」

여전히 눈을 감은 전홍문에겐 주상의 목소리가 구름바다 저편에서 새어 드는 환청 같았다.

문득 몇 해 전의 일이 되살아났다. 삼개나루의 투전판이 벌어지는 객줏집 봉놋방에서 우연히 홍상범을 만났다. 석 달 노임으로 받은 이백오십 냥을 반나절 투전에 거덜 내고 부아가 치밀어 막걸리를 마실 때 홍상범이 말을 붙여 왔다.

「힘깨나 쓸 장정이 투전판엔 웬일인가?」

전홍문은 사내를 힐끗 쳐다보며 단숨에 막걸리 잔을 비우고는 왼손으로 쓰윽 턱밑 수염을 훔쳤다.

「잘 봤수다. 어쩌다 긴 투전판이지 즐기는 건 아니오. 가까이 지내던 놈이 내 돈을 탐내 투전판에 끌어들였소. 그놈 어미가 황달로 고생이 심해 그만뒀지, 그렇지 않았음 그놈 발모가진 거덜 났을 게요.」

「거 마음자리 한 번 넓소이다. 한데 무슨 일을 했기에 석 달 노임이 그리 많소?」

전홍문은 시답잖은 표정으로 막걸리를 한 잔 더 들이켜더니 한 손으로 입언저리를 쓰윽 닦았다.

「일하는 자를 감시하는 자리였소.」

「그 자린 왜 그만뒀소?」

「같은 사람을 오래 쓰지 않는 모양이오. 도검에 의지해 살아가는 나 같은 위인의 살이란 다 그렇다오.」

전홍문이 일하던 곳은 금광이었다. 광맥을 발견하거나 인부들을 감독하는 이들은 상당한 노임을 받았으나 오래도록 일할 수 없는 게 문제였다. 광산의 비밀을 알면 은밀한 일을 저지르기 쉽다는 우려 때문에 정해진 기간만 일하고 물러나는 게 광산의 불문율이었다.

광산에서 내려오던 길에 알게 된 친구와 삼개나루에 당도해 투전판에 끼어든 게 홍상범을 만나게 된 동기였다. 그는 몇 가지 더 물어본 후 자신을 밝히고 나서, 본론을 꺼냈다.

「댁은 우리 일에 적임자란 생각이오. 당신 앞길을 보장해 줄 테니 뜻을 함께함이 어떻소?」

「무슨 일이오?」

「가부만 얘기하시오. 하겠소?」

「좋소!」

상대의 말주변에 전흥문은 말려들고 말았다. 주종관계 서약을 하고 홍상범의 노비 초희를 아내로 맞아들였다. 보금자리를 마련하고 천오백 냥을 지원받은 건 그다음 일이었다. 배가 불룩하게 솟아오른 수심에 찬 아내 얼굴이 떠올랐다 흐려졌다.

「이놈! 어찌 말이 없느냐?」

고함치듯 외치는 소리에 국문장으로 돌아온 현실은 전흥문에게 고통이었다. 아무리 봐도 살길이 없었다. 일을 시작했을 땐 거사에 성공하면 큰 자리 하나는 꿰찰 수 있다는 희망이 있었으나 지금은 당장 죽음을 모면할 길이 막막할 따름이었다.

홍상범에게, 보위에 오른 주상이 복수에 미쳤다고 그동안 세뇌당해 왔으나 친국이 벌어진 그 자리가 전흥문은 마음 편했다.

잠깐이었지만 홍상범의 말처럼 주상은 복수에 혈안이 된 인물이 아니었다. 어쩌면 학문 연구에 몰두하는 진짜 성군일지 모른다는 의혹마저 생겼다. 그러나 그는 사내였다. 자신이 택한 일이었고, 그 일이 실패했으니 선택은 죽음뿐이라는 생각이었다. 그래서 거듭되는 주상의 물음에 묵묵부답으로 일관했다. 심란해하는 주상을 보다 못해 홍국영이 나섰다.

「전하, 이 일은 신에게 맡겨 주옵소서. 마마께선 자비를 아끼

셔야 하옵니다.」

「자비를 아끼라?」

「죄인을 다루는 건 학문 연구와 다르옵니다. 전하께선 고대의 법률 오형청의 깊은 매력에 끌리셨으나 그건 일반 범죄에 해당하는 것이지 중범죄는 아니옵니다.」

「그게 무슨 말인가, 홍 승지?」

「죄인을 심문할 때 현장을 목격했거나 다른 목격자가 있는 경우, 증거 능력이 있는 건 사실이오나 그것을 모든 법에 적용하는 건 아니옵니다. 전하를 시해코자 역적모의를 한 무리에겐 국법의 준엄함을 보여야 합니다.」

「죄인을 동정하는 건 인(仁)이 아닌가?」

「국법을 어긴 죄인에게 어찌 인과 덕을 준용하리오리까. 전하, 죄인의 치죄를 신에게 맡겨 주옵소서.」

주상이 고개를 끄덕이더니 치죄를 양보하고 안으로 들어가자, 홍국영이 뒤돌아서며 한 걸음 다가갔다.

「이런 놈을 봤나! 어지신 전하를 해하려 칼을 뽑아 궁으로 들어와? 이놈! 따끔한 맛을 보아야 네놈이 이실직고하겠느냐. 네놈의 뒷배가 누군지 어서 말하라! 어느 놈이 주상마마를 해하라 했느냐?」

전흥문이 쉽게 입을 열지 않으리란 생각에 홍국영은 한 걸음 뒤로 뺐다. 여유 있는 듯했으나 모진 말이 단번에 튀어나왔다.

「아직도 죄인이 꿈을 꾸는 것 같구나. 정신이 확 들도록 해 주거라! 형옥의 도구를 맛보이려면 여러 날 걸릴 터, 작은 것부터 매운맛을 보여야겠다. 나장!」

「예에!」

「죄인의 볼기를 까고 소곤(小棍) 열만 안겨라!」

나장들은 웃음기를 감추지 못했다. 죄를 지은 중범자를 어떻게 다스리는가에 이력이 난 나장들은 너그러운 주상보다 시원하게 벌을 내리는 홍국영이 더 마음에 들었다. 자연 그들의 대꾸엔 신바람이 돋았다. 나장 둘이 4푼 두께의 소곤을 찾아 들고 좌우로 갈라섰다.

「쳐라!」

홍국영의 한 마디에 철썩철썩 난타가 시작됐다. 하나요, 둘이요를 외칠 때마다 따악, 딱! 떨어지는 소리가 이상하게 분위기를 긴장시켰다. 그런데도 죄인은 표정 하나 변함없고 비명 한 번 지르지 않았다.

「어허, 그렇게 다루어 얼마나 가겠느냐. 살갗이 터지지 않도록 조심하라니까. 그 녀석의 허우대가 그만하니 어지간한 매질은 참을 수 있을 게야. 사정을 둬가며 다음 매질할 여분을 남겨 놓아.」

「아, 예에 예, 여부가 있겠습니까.」

친국을 맡은 홍국영은 단번에 끝내려는 게 아니었다. 시간을 두고 오랫동안 물어뜯어 반역의 근본을 뿌리 뽑으려는 의도였다. 나장들은 그걸 좋아했다. 열 번의 소곤 질이 끝나자 홍국영이 다그쳤다.

「주모자가 누구냐?」

「모…르…오.」

나장들이 늘어진 전흥문을 마구 흔들며 으름장을 놓았다.

「어서 대라! 사실대로 불어!」

호통이 들끓었지만 전흥문은 개의치 않았다. 홍국영은 빙글빙글 웃었다. 그게 마음에 들었다는 것인가. 이번엔 다른 명령을 내렸다.

「다시 한 번 말하거니와 네가 죽지 않는 이상 심문은 계속될 것이다. 혀를 깨물어 네놈이 자진하면 침술로 회생시켜 반생반사의 상태에서 혹형을 가할 것이다. 그래서 나는 서두르지 않는다. 벌을 받으면서 말하고 싶거든 그때 입을 열어라!」

홍국영은 한 걸음 뒤로 물러나 다시 영을 내렸다.

「이번엔 좀 더 실한 것으로 할 것이다. 중곤(中棍)으로 스무 대만 다스려라!」

중곤은 5푼 두께의 버드나무 몽둥이였다. 그것으로 스무 대면 어지간한 장정도 쭉 뻗었다.

「하나요!」

말소리 끝에 매질하는 '딱!' 소리가 후렴구처럼 붙었다. 중곤으로 스무 대를 내리치고 나서 나장들이 허리를 폈다. 죄인의 엉덩이는 살가죽이 터지고 너덜거려 선혈이 낭자했다. 곧바로 홍국영의 힐책이 떨어졌다.

「네 이놈! 공연히 억센 척 돼먹지 않은 의리 내세우지 마라! 입을 다문다면 그건 잘못 생각한 것이다. 육신이 멀쩡한 상태로 죽는 것보다 몸이 찢기길 원하면 그리 해주마! 허나 명심해라. 설령 네놈이 죽는다 해도 나는 다시 살려내 혹형을 가할 것이다!」

이번엔 압슬기를 대령했다. 화로 위엔 쇠젓가락이 올라 제 모양을 갖추었다. 다소 시간이 걸린 이유는 영조 대왕 때 얼토당토않은 죄목에 압슬기가 자주 이용돼 정조는 등극한 후 압슬기를 모두 부숴 버렸기 때문이다. 모든 게 꾸며지자 홍국영은 잠시 사이를 두고 죄인을 바라보았다.

「네가 불지 않는다고 실체가 가려지는 건 아니다. 조금 전 궁 안에서 너희와 내응했던 자들의 흔적이 발견됐다. 지금은 아니라 발뺌하나 불원간 실체가 드러날 것이다. 네놈의 시체라도 온전하려면 어서 불어라!」

전흥문은 피곤한 낯으로 날카롭게 쏘아보았다. 눈길이 홍국영의 시선과 얼크러지자 금방이라도 불이 붙을 듯하더니, 전흥문은 고개를 돌려 외면해 버렸다.

모든 게 귀찮고 시들해졌다. 하반신은 움직일 수 없을 만큼

난장을 친 상태고, 살아난다 해도 사내구실을 할지 의문이었다. 자신의 원한에 의한 거사가 아니니 더더욱 싫증이 났다. 게다가 정조의 자상한 목소리가 매를 맞으면서 되살아나 굳게 다문 다짐들이 무너지기 시작했다.

'에라, 모르겠다. 이왕 죽을 거라면 속 시원히 털어놓고 훌훌 떠나 버리자.'

불에 달군 인두질을 시작하기 전 홍국영이 다시 소리쳤다.

「이놈아! 어찌 그리 몽매하고 미련하냐! 네놈은 다른 자들의 말만 믿고 궁에 뛰어든 게 아니냐? 혼자 뒤집어쓰고 죽겠다는 건 알겠다만, 생각해 보아라! 신체는 부모에게서 받은 것이니 함부로 손상하는 건 죄악이다.」

「내…… 몸의 형틀이나 벗겨 주오…….」

홍국영은 정색하고 나장들에게 명해 죄인의 몸에서 형틀을 벗겨 냈다. 즐거운 도락을 놓친 나장들은 달갑잖은 낯으로 전흥문 가까이에서 물러났다.

「주모자는 누구냐?」

「홍술해에게 물어보시오.」

「너는 무슨 일로 궁에 들어왔느냐?」

「간당을 몰아내고 왕통을 바꾸려 했소.」

「누굴 추대하려 했느냐?」

「은전군이오.」

「무어라, 은전군?」

홍국영은 죄인을 하옥한 뒤, 홍술해를 묶어 오라는 명을 내리고 그곳을 황급히 빠져나갔다.

홍술해. 그는 영조 35년(1759) 정시 문과에 병과로 급제해 1763년 북도감진어사로 다녀와 이방좌 병사의 탐학상을 보고 엄벌을 건의해 그를 양양에 10년간 유배케 하였다.

그 후 1764년 교리에서 승지로 승차돼 장연현안핵어사로 백성의 토지를 강탈하고 이를 항의하는 백성을 살해한 현감 이경춘의 죄상을 조사하고 돌아왔다.

동부승지를 역임하고 이조 참의가 됐으며 대사성을 거쳐 이듬해엔 황해도 관찰사가 됐다. 이때 외지에서 미곡을 사들이며 1만 4천 냥을 도둑질해 제 뱃속을 채운 것이 해서찰민은어사 임희우에게 적발돼 파직됐다.

두 해가 지난 정조 즉위년엔 한 해 전 황해도 관찰사로 재직 중 옳지 않은 짓을 해서 얻은 돈 4만 냥과 벼 2천5백 석, 소나무 2백6십 주를 사취한 사실이 드러나 흑산도에 위리 안치됐다.

이듬해 한양으로 돌아와 은밀히 귀양지에 있는 홍인한·정후겸 등과 결탁해 정조를 살해하고 은전군 이찬을 옹립하려는 계획을 세워 왔었다.

한쪽엔 피골이 상접한 전흥문이 무릎 꿇린 채 앉아 있었고 그 뒤쪽에 은전군이 사색이 되어 떨고 있었다. 영상을 비롯해 좌상과 대사성이 자리하고 도승지 홍국영이 주상을 대신해 치죄에 나섰다. 조선 시대 친국은 왕족이나 궁 안의 반역 사건에 주상이 친림해 추국하는 제도였으나, 전흥문의 범궐 사건은 주상이 나서지 않고 도승지에게 일임한 것이었다.

의금부 도사가 죄인들을 구인한 후 상궐단자를 홍국영에게 올리자, 뒤이어 문랑의 목소리가 고함치듯 들려왔다. 이른바 문목이었다.

「흉악한 죄인 전흥문은 듣거라! 누구의 사주를 받고 궁에 들어왔는지 사실대로 말하라!」

전흥문이 고개를 들었다. 헝클어진 머리, 때에 전 듯한 옷, 피로한 기색, 몽롱한 시선을 허공에 띄우며 그는 주섬주섬 입을 열었다.

「나는 미친 왕이 중신들을 무차별로 죽인다기에 그걸 바로 잡고자 궁에 들어왔소이다.」

대사성이 큰기침을 뿌리며 버럭 고함을 질렀다.

「닥쳐라! 여기가 어느 곳이라고 함부로 주둥이를 놀리느냐!」

그는 홍국영을 바라보며 퉁명스럽게 뱉어 냈다.

「이보시오 도승지, 저렇듯 흉악한 자의 말을 더 들어 무엇하겠소. 범궐 행위만으로도 벌을 내릴 수 있는데, 저자의 흉악한 말을 더 들어야 하오? 문사낭청에게 문목이나 읽히도록 하시지요!」

분위기를 살피며 홍국영의 메마른 목소리가 떨어졌다.

「문목을 읽어라!」

문사낭청이 목소리를 가다듬었다.

「금반 전흥문의 범궐 사태는 나라의 근본을 뒤흔드는 것으로, 지난 임오년의 책략이 연계된 것이라 생각한다. 돌이켜 보면 이 사건은 홍인한과 노론 벽파의 대표 격인 홍계희 집안에서 도모했음을 알 수 있다. 그는 나경언으로 하여금 사도 세자의 행적을 선대왕(영조)에게 과장되게 고하여 사도 세자를 죽음으로 몰아갔던 인물이다. 행인지 불행인지 홍계희는 신왕(정조)이 즉위하기 전 세상을 떠났지만 그 가문은 사도 세자의 아드님(정조)이 즉위한 것을 누구보다 불행하게 여겼다. 그리하여 홍계희의 손자 홍상범과 그 일당은 주상을 시해코자 자객을 궁에 투입했다. 전흥문은 천민 출신의 장사로 홍상범의 계략에 빠져 그의 여종 초희와 혼약했고, 얼마간의 자금으로 신접살림을 꾸미며 모책을 감행했으며 한편으론 궁 안에 손을 넣어 궁성을 호위하는 호위군관 강용휘를 포섭했고, 뜻을 같이하는 20인의 무사까지 끌어들여 소수의 숙위병만이 주상을 지킬 수밖에 없도록 했다. 전흥문과 강용휘는 철편과 장검으로 무장한 채 궁 안을 어지럽혔으며 여기에 강용휘의 조카 별감 강계창과 궁중 나인 월혜를

안내자로 삼아 지난 7월 28일을 거사일로 정하고 경희궁 존
현각에 이르렀으나, 호위 무사 김춘득에게 발각돼 백일하에
드러난 것이다.」

홍국영이 한 손을 들어 문목 낭송을 중단시켰다. 홍국영은
자리에서 일어나 주위를 둘러보더니 다시 문사낭청을 향해 이
사건의 주도자에 대해 입을 열었다.

「이미 죄인들의 죄상은 만천하에 드러났소이다. 이 사건은
임오년에 하세하신 사도 세자의 억울한 죽음과 관련 있는 자
들이 주상을 시해코자 한 것이라 밝혀졌소. 홍상범을 비롯해
홍대섭과 그자의 노비 최세복이 유배된 홍술해 등과 긴밀히
연락해 끔찍한 계획을 세웠소이다. 따라서 사건의 진실을 규
명해 나가면 이미 귀양 가 있는 홍인한과 정후겸 등이 깊이
관여돼 있는 걸 알 수 있으니, 역모와 관련 있는 자들을 극형
으로 다스려야 할 것이오.」

사약을 든 금부도사 일행은 죄인들이 안치된 곳으로 말을 달
렸다. 의금부에 잡혀 와 갖은 곤욕을 치른 죄인들이 층층시하
로 물고가 나자 다음날은 은전군에 대한 치죄로 궁 안이 시끄
러웠다. 홍국영은 죄를 묻기에 앞서 정조에게 친국장에 나서
기를 청했다.

「전하, 친국은 죄인을 다스리는 것만이 아니라, 향후 범죄를
미연에 방지하려는 이유도 있나이다. 은전군은 모역 사건의

중심에 있는바, 왕손인 그를 친국하는 건 전하께서 직접 하문하심이 옳은 일이라 보옵니다.」

전흥문을 비롯한 대역 죄인들이 형장으로 끌려 나간 후라 친국장에서는 은전군 홀로 무릎 꿇린 채 사시나무 떨 듯 몸을 떨고 있었다. 문사낭청이 은전군의 죄목을 읽어 내려갔다.

「은전군 이찬은 대역죄인 홍씨 집안과 결탁해 성상을 해치고 보위를 찬탈하려는 음모를 꾸몄다. 그리하여…….」

목소리가 뚝 그쳤다. 주상이 한 손을 들어 문목의 읽어 내림을 중지시켰다. 주상이 직접 하문했다.

「은전군은 들으라.」

「예, 마마.」

「네가 홍문과 결탁해 나를 내치고 보위에 오르려 했느냐?」

울상이 된 낯으로 은전군이 얼굴을 들었다. 금방이라도 오열이 터질 것 같은 눈에선 구슬 같은 눈물이 흘러내렸다.

「전하, 참으로 억울하옵니다. 신은 홍문의 어느 사람도 모르옵니다. 그들이 어떤 일을 꾸몄는지도 알 수 없을뿐더러 그런 소문을 들은 적이 없나이다. 통촉해 주시옵소서!」

주상은 안도의 숨을 내쉬었다. 자신의 손으로 왕족들의 피를 왕궁에 뿌리는 일을 저지를까 두려웠었다. 그래서 이복동생인 은전군에게서 혐의점을 찾을 수 없자 서둘러 친국을 마무리 지으려 했다. 그때 홍국영이 잔뜩 허리를 굽힌 채 목소리를 깔았다.

「은전군은 저들 홍문이 억지로 짜 맞춘 정황이 있는 것으로 보입니다만, 더 큰 문제는 다른 곳에 있나이다.」

「무슨 말이오, 도승지?」

「저들 홍문의 주구 월혜는 문 숙의의 전각에서 일해 온 것으로 밝혀졌나이다. 당연히 그에 대한 치죄가 있어야 될 줄 사려되옵니다.」

문 숙의라는 말에 주상이 긴장했다. 문 숙의는 억울하게 세상을 떠난 아버지 사도 세자의 죽음과 밀접한 관계가 있었다. 폐서인 되었으나 그들의 잔존 세력이 궁 안에 꿈틀거렸으니, 주상으로선 내키지 않았다. 선대왕 영조 임금의 후궁이니 주상에게는 서조모(庶祖母)였다.

아무짝에도 쓸모없는 노파를 아버지의 억울한 죽음에 관계 있다며 죄를 묻는 건 죽기보다 싫었다. 죽이든 살리든 홍국영이 알아서 하면 좋으련만 친국을 하라는 말에, 주상은 원망하는 마음이 앞섰다.

친국을 벌이자면 문 숙의의 독설이 나올 것이고, 그리되면 한차례 입씨름하지 않으면 안 될 것이었다. 홍국영이 언제 준비했는지 오라에 묶인 문 숙의가 끌려오자 금부도사의 목소리가 좌중을 울렸다.

「죄인은 고개를 들라!」

‘죄인이라…….’

주상은 금부도사의 말을 듣고 자신의 태도를 결정했다.

「죄인 문 숙의는 대답할지어다. 지난 임오년에 내 아버님 사
도 세자께서 세상을 뜨실 때, 죄인은 선왕을 충동질하고 모
든 일을 날조해 아버님의 명한을 줄인 일이 있느냐?」

문 숙의는 시선을 꼿꼿이 세운 채 주상을 노려보았다. 경멸
하는 듯한 눈빛을 보이자 주상은 부아가 치밀어 버럭 고함을
질렀다.

「네 죄를 아느냐, 모르느냐!」

「그 말에 대답하기 전에 주상께 일러둘 것이 있소이다.」

「무엇이오?」

「주상, 나는 서할머니요. 궁 안이 아니라 해도 나는 주상과
한 가족이오. 그런 내게 하속배들에게나 던지는 말투를 쓰는
건 모멸감을 주기보다 주상의 얼굴에 침 뱉는 일임을 알아야
하오.」

‘가족?’

주상은 절로 모욕을 받고 있음을 깨달았다. 아버지 사도 세
자를 죽음으로 몰아넣은 자가 가족이라는 너울을 쓰고 있음을
일깨우고 있는 것이었다. 주상의 이마에 주름이 잡히더니 언
성이 높아졌다.

「요망스럽구나! 네 감히 가족임을 빙자해? 하면 사도 세자

는 가족이 아니라서 음해해 죽인 것이냐? 가족이 아니어서 뒤주 속에 넣어 죽인 것이냐? 어허, 치가 떨리는구나. 참으로 간악한 죄인이다. 중죄를 짓고서도 감히 말대꾸할 생각을 하느냐!」

문 숙의는 초승달 같은 눈빛으로 매섭게 주상을 쏘아보았다. 그녀 역시 이날의 친국이 어떤 결말을 불러올지 짐작하는 듯했다.

「이보시오 주상, 난 뒤주의 뒤 자도 아는 바 없소. 주상의 아비를 뒤주에 넣어 죽인 건 문가가 아니라 잘난 이가요. 주상의 친조부 영조 대왕이오! 부친의 억울함을 설분하려면 선대왕을 관에서 끄집어내 부관참시하세요! 어찌 주모자는 놓아두고 죄 없는 날 닦달하는 게요!」

「닥쳐라! 아직도 요망한 혓바닥을 나불대느냐! 주모자 운운하며 본인은 죄가 없는 양 몸을 빼는 건 누가 들어도 웃을 일이다. 선대왕마마께선 귀가 엷어 너희 같은 소인들의 속삭임에 농단 당하셨다. 모든 일을 꾸민 건 너희고 그 장단에 놀아난 건 선대왕인데 죄가 없다는 게 말이 되느냐!」

「참으로 주상은 비겁하구려!」

「닥쳐라!」

「주상, 나는 주상의 서할머니요! 나를 닦달하는 건 패륜이오. 그런 언사를 쓰는 건 패륜이라 그 말이오!」

「어허, 간교한 죄인이 이젠 그런 말을 하는가? 지난날 연산 임금은 어머니의 억울한 죽음을 설분하려 정 귀인과 엄소용을 몽둥이로 때려죽인 사실을 나는 알고 있다. 교묘한 언사로 선대왕을 흘려 사지로 몰아넣고 돼먹지 않은 말을 주절대며 발뺌하고 있으니 따끔한 맛을 보아야 할 것이다!」

「오호호호, 주상. 연산군이나 광해군을 흉내 내어 할머니에게 몽둥이찜질을 하고 싶소? 정녕 반정으로 보위에서 쫓겨나고 싶소? 자기 할머니를 두들겨 패 죽이는 게 패륜이 아니면 뭣이오? 그게 패륜이 아니라면 이씨 임금들은 다른 세상에서 살다 온 모양이구려.」

「뭐, 뭐라고?」

정조는 보좌에서 일어나 뛰쳐 내려갈 형세였다. 조정의 문무대신들로부터 지탄을 받더라도 물고를 내지 않으면 직성이 풀리지 않을 정도였다. 금방 달려갈 것 같았던 주상은 끄응 한숨을 몰아쉬며 한 호흡을 꿀꺽 삼켰다.

「하면……, 그 일은 그렇다 치자! 죄인이 궁 안 일에 관여하지 않았다 하나, 하나씩 따져 보면 그 모두가 관여하고 있음을 알 수 있다. 나인으로 있는 월혜는 죄인의 전각에 몸담은 계집이 아니냐?」

「예전에야 그런 아이뿐 아니라 다른 아이들도 내가 머무는 전각에 있었소. 허나, 내가 궁에서 쫓겨났으니 이전에 있던 아이가 누구누구인지 알 바 없고, 있다손 치더라도 그런 아이가 나를 위해 일해 줄 리 없잖소. 괜히 생사람 잡지 마시오!」

「별감으로 있는 강계창도 죄인이 수하처럼 다룬 인물이고, 나인 월혜도 죄인의 사주를 받았다고 털어놓았다. 궁 안 소란이 모두 죄인과 관계있는데 아니라고 발뺌하느냐?」

「오호호호, 억지로 죄목을 꿰맞추지 말고 죽이려면 빨리 칼을 뽑으시오. 다른 사람 손에 죽느니 제 아비를 죽인 철천지 원수라 믿는 주상 손에 죽고 싶소. 그리해야 해묵은 은원이 막을 내릴 것 아니오?」

주상이 주위를 둘러보며 소리쳤다.

「여봐라, 단근질을 준비하라!」

형리들 얼굴이 밝아졌다. 이제야 속이 확 트이는 고문다운 고문을 할 수 있으리라 믿었다. 형리들이 손바람을 일으키며 형구를 차리자 그들의 머리 위로 주상의 노한 음성이 떨어졌다.

「요망한 죄인을 인정 두지 말고 다루어라! 제 입으로 역모를 꾀하고 주상을 해하려 했다는 걸 고백할 때까지 살가죽과 뼈를 태워라!」

화가 치민 주상이 아찔한 명을 내리자 숙정문 앞은 살기로 가득 찼다. 불에 달군 쇠꼬챙이를 든 형리의 행동을 저지시킨 건 홍국영이었다. 그는 주상 가까이 다가가 아뢰었다.

「전하, 한 말씀만 올리겠사옵니다.」

「뭣이오?」

「전하께선 결코 잘못을 범하지 말아 주옵소서.」

「잘못이라니요?」

「전하, 모든 건 명명백백 드러났습니다. 별감 강계창과 나인 월혜가 무도한 홍문과 요망한 문 숙의의 사주를 받았다고 고백했습니다. 죄인을 다스리는 일은 나랏법에 따라 엄히 치죄하면 될 것이니, 전하께선 이만 물러나시는 게 좋을 것으로 보입니다. 자칫하다간 역대 폭군들처럼 성덕에 금이 가는 일이 생길 것이니 교살하라는 명을 내리시옵소서!」

「허나 방금 듣지 않았소. 저 요망한 것이 나를 기만하고 선대왕까지 농단하려 들었소! 과인이 그런 모욕을 모른 척 넘겨야 옳겠소?」

「전하, 이것이야말로 문 숙의가 노리는 일이옵니다. 문 숙의는 살아날 길이 없자 전하를 충동시켜 살군(殺君)으로 만들 심산입니다. 문 숙의가 발악하듯 한 말이니 아니 들은 것으로 하시옵소서.

그제야 임금은 정신이 들었다.

「알았소, 홍 승지.」

「전하, 참으로 영명한 결단이십니다. 전하께서 쌓아 올린 탑이 더욱 튼실해졌음을 신은 의심치 않나이다.」

형리들은 하릴없이 쇠꼬챙이를 만지작거리다 불 속에 던져 버렸다. 억센 나장의 손아귀에 끌려나간 문 숙의는 이날 오후 나인 월혜와 함께 교살되었다. 그녀의 악다구니에 찬 저주가 형장을 떠돌았다.

「두고 보시오, 주상! 모든 게 끝났다고 할지 모르나 이제 시작이오. 오호호호! 금명간 주상을 다시 만날 수 있을 게요. 오호호호호!」

반역의 그림자

귀신들이 깨어나는 자정을 기해 잡귀가 좋아하는 육식이나 어물 같은 음식을 차리고 무복을 입은 초례는 양손에 바라를 든 채 징징대며 춤을 추었다.

오늘따라 날씨가 유난히 음울했다. 안개가 끼고 달빛도 옅어 차가운 기운이 뼛속을 파고든 듯 식은땀이 돋았다. 중천에 뜬 달은 언제 기울었는지 서산 녘에 한 뼘 남짓 떠 있었다.

민간인들이 궁 안 출입을 할 때 이용하는 선화문이 멀지 않은 곳이라 한밤중에 울리는 바라 소리가 궁 안으로 들어갈 위험이 있는 탓에 바라를 치면서도 두 귀를 바짝 곧추세운 초례는 웅얼웅얼 귀신들에게 도움을 청했다. 자신이 펼치는 저주의 살법이 온전히 이루어져 노리는 과녁에 허수아비처럼 넘어지길 바란 것이다. 그녀의 머리 한 켠엔 법술을 가르친 큰무당 초혼녀의 당부가 떠올랐다.

「무고가 힘을 얻어 사대부가를 출입하다 보면 어쩔 수 없이 접살의 비법을 써야 할 때가 있다. 상대의 명을 단번에 취하지 않으면 땅과 하늘의 벌을 받아 오히려 자신이 목숨을 잃는다. 땅이 살기를 일으키면 평소와 다른 징조가 나타나고, 땅에 사는 독물들은 몰려다니거나 거북과 같은 신물의 등에 이상한 문자나 그림이 새겨진 채 나타난다. 땅에 살기가 나타나면 원인이 뭔가를 따져 대처해야 한다. 자신이 살기를 일으켜도 마찬가지다.」

큰무당은 무엇이건 두 가지 경우에 대해서는 입에 담지 않았다. '살이면 살, 사면 사였다.' 무엇이건 제자가 충분히 생각하고 마음에 깊이 받아들인 후라야 다음 이야기를 내놓았다.

「천벌은 하늘이 내린 살기요, 이상 징후다. 하늘이 이런 징후를 나타낼 땐 공중을 나는 곤충들이 요동하고, 절기를 무시하는 괴벽한 날씨가 되며 흉악한 일이 아무렇지 않게 일어난다.」

흥을 탄 바라가 세차게 징징거렸다. 오늘 같은 날 선화문을 지키는 수문장이라도 들을 양이면 여남은 명을 끌고 단숨에 달려올 게 뻔했다. 대학자 송덕상(宋德相)의 경처 당파(棠巴)는 연신 두 손을 빌며 허리를 굽실거렸다. 주위가 조금씩 어두

위지고 바람 끝이 매서웠다. 신당 문을 열어놓은 초례는 한 손을 칼날처럼 이마 위에 세운 채 기색을 환히 폈다.

「됐습니다, 큰마님. 신령들이 쉰네의 정성을 이제야 알아줬습니다. 큰굿을 올리려면 징을 두들겨야 하는데 소리가 워낙 커 궁 안까지 들어갈 위험이 있습니다. 잠시 후엔 신령의 도우심이 있을 것입니다.」

제물이 차려진 상 쪽으로 다가가 초례는 그 앞에 엎드렸다. 문득 큰무당 초혼녀의 날 선 목소리가 귓전에 울렸다.

「내가 접살법을 쓴 것은, 그들이 대단해서도 아니고 허기에 지쳐 세도가들이 던져 주는 엽전 몇 냥을 얻기 위함도 아니다. 하찮은 일개 무녀인 나를 진심으로 보살펴 준 화완 옹주의 청을 차마 거절치 못해서 접살법을 행해 사도 세자의 죽음에 앞장섰던 것이다. 하여 뜻은 이루었으나 장차 보위를 이어 후환이 될 세손에게도 내 피를 뿌려 오래도록 접살이 이어지길 바란다.」

그렇게 보면 큰무당 초혼녀는 자신의 접살이 완성되길 빌면서 목숨을 끊었다는 얘기였다. 초혼녀는 죽기 전 제자에게 당부하는 걸 잊지 않았다.

「임오년에 죽은 사도 세자와 나의 은원이 무엇인지 알려 하지 마라. 속세에 사는 인간들의 은원은 따지고 보면 별 게 아니다. 그저 먹고 사는 것, 쉬는 곳과 잠잘 수 있는 곳을 얻기 위해 아웅거릴 뿐이나 장차 사도 세자의 아들이 보위에 오르면 임오년 일을 빌미로 살겁을 일으킬 것이다. 아무리 주상의 마음자리가 후덕해도 세력을 잡으려는 신하들은 절대 가만있지 않을 것이니…….」

큰무당은 죽기 전 붉은색 주머니를 꺼내 제자에게 내리고 문을 닫아걸었다. 스승의 자진을 안 것은 다음 날이었다. 스스로 귀도로 목줄을 찔렀던 것이다. 초혼녀는 문을 닫아걸기 전 마지막으로 이런 말을 남겼다.

「예언하는 무당은 어떤 일이 일어날 것인지를 아는 것보다, 땅과 하늘이 내리는 살기를 다스리는 뛰어난 힘을 가져야 한다. 해서, 너에게 '저주의 비술'을 전해 줄 것이다. 스승이 이 비술을 죽기 전에야 내게 전했듯 나도 지금에야 너에게 전한다. 비술을 익히면 책자는 불태워라. 뜻있는 자가 너를 찾아와 도움을 청하면 이걸 사용하거라.」

저주의 비술도 접살법의 하나다. 귀신의 힘을 빌려 상대를 절명시키는 술법으로, '무고'란 말은 여기에서 파생됐다. 눈에 보이지 않은 벌레를 상대의 몸에 침투시켜 그의 의식을 조종하는 술법을 무녀가 익혔는지는 알 수 없으나 큰무당에게 오래전에 들은 말이 있어 당파는 선화문 가까이 신당을 짓고 굿판을 연 것이었다.

주위에 흐르는 음습한 기운은 점점 차가워지고 후드득 빗방울이 드날렸다. 소리가 커지자 초례는 뒤쪽 장지문을 열었다. 그곳에 북을 두드리거나 피리를 불거나 장구 치고 징을 울리는 일행이 웅크리고 있었다. 초례의 눈짓을 받자 일제히 그들 앞에 놓인 악기를 집어 들었다. 요란법석을 떠는 음악 소리가 수놓아지자, 초례는 신당 오른쪽에 여인의 화상을 걸고 두 자루의 귀도를 든 채 경중경중 춤을 추었다.

춤사위가 요란해지고 악기 소리가 높아졌다. 두 자루의 귀도가 부딪치는 소리에 당파는 입속으로 무언가를 중얼거리며 두 손을 연신 비비댔다.

칠흑같이 어두운 하늘에선 세상을 쓸어버릴 듯 줄기차게 비가 쏟아졌다.

으르릉 쾅쾅!

천둥·번개도 일어났다. 초례는 앞에 건 여인의 화상에 두 자루의 칼을 던졌다. 귀도는 비스듬히 날아가 그림의 위쪽 좌와 우를 조금씩 베어 낸 채 밑으로 떨어졌다.

'응? 칼이 박히지 않고 화상의 좌우를 베어 내?'

초례는 다시 춤을 추었다. 이쪽저쪽으로 날뛰며 집어 든 칼날을 맞부딪쳤다. 새벽 두 시쯤에 이르러 악사들을 쉬게 한 후 그녀는 당파와 마주앉았다.

「마님, 일이 다급해졌습니다. 궁 안에 크고 작은 소란이 일어나지 않는다면 머지않아 마님 같으신 분은 낭패를 당하리라 봅니다.」

당파도 그 점을 우려했다.

「해서 자넬 부른 것 아닌가. 자네 알다시피 우리 집안은 큰
선비로 추앙받는 산림 송덕상 대감의 가문이네. 이조 참판을
지낸 어른이 한이 맺힌 채 세상을 뜨셨으니 어떻게든 우리
가문을 지탱하려면 금상 내외에게 횡액이 닥쳐야 하네.」

「어찌 모르겠습니까. 허나 이 일이 쉽지 않습니다. 쉰네가
신령을 울리고 중전의 화상에 귀도를 던졌으나 그게 화상의
윗부분만 베어 냈으니 일 처리가 심상치 않을 징조로 보입
니다.」

「하면?」

「다른 방도를 찾아야 합니다.」

「방법이 있다면 말하게. 자네 말이면 집안의 무엇이라도 내
어 줄 것이야.」

쏟아지는 빗발 속에 번개가 몰아쳐 가는 빛그림자가 초례의
얼굴을 묘하게 비쳐 냈다. 뭔가를 웅얼거리다가 그녀가 비방
을 내놓았다.

「마님, 쉰네가 접살을 행한 건 중전의 몸에 살기를 불러들여
내명부를 소동시킬 계획이었습니다. 접살이 제대로 먹히지
않으니 아무래도 주살법을 써야 할 것으로 보입니다.」

「이 사람아, 비방이 있다면 어여 사용하게.」

「당장 사용하긴 어렵습니다. 준비할 게 한둘이 아닙니다. 우리 쪽보단 소격서 사람들을 매수해야 하고 동원되는 숫자도 적지 않은데다 자금도 있어야 합니다.」

「몸채로 가세. 우선 천 냥을 줄 것이니, 그것으로 일을 추진하게. 필요하면 더 준비할 것이네.」

두 사람은 즉시 몸채로 향했다.

비는 사흘간이나 계속 쏟아졌다. 빗발을 노려보며 선화문 위장 박상도는 하루 전 일을 곰곰이 되살렸다. 차림새로 보아 사대부가의 선비는 아닌 성싶어 자리를 같이했는데 허리춤에 달린 침낭으로 보아 의원으로 짐작됐다. 그런 자가 신패에 먹물을 찍은 제조 이규용의 부도를 내놓자 아연 긴장했다.

「이 어른 아시겠는가?」

「그렇습니다만…….」

「나는 제조 어른을 섬기는 내의원 주부 신칠경이네. 박 위장에 대한 말을 제조 어른께 잘 들었네.」

「무슨 일이신지…….」

「박 위장도 알다시피 궁 안은 한 치 앞을 가늠하기 어려울 정도로 이상한 기류에 빠져 있네. 중전마마께서 혼인한 지 여러 해가 지났건만 아직 회임치 못하니 보위를 잇는 일에 어떤 소란이 생길지 알 수 없네. 임오년에 사도 세자를 죽음

으로 몰아간 자들이 지금도 모책을 강구한다는 소문이니 제
조 대감이 나를 보내 은밀히 당부했네.」

아침과 저녁, 안개가 낀 날을 위주로 광주리나 함지박을 들
고 온 자들을 주의 깊게 관찰하고 이상한 기미가 보이면 토막
을 내라는 밀명이었다.

박상도는 고개를 주억거리며 마른침을 삼켰다. 그의 이맛살
이 굵어진 것으로 보아 마음 다짐을 하는 게 분명했다.

이튿날은 비가 추적추적 내리다 잦아지더니 정오가 지나면
서 안개가 깔렸다. 이날따라 사람 출입이 적은 탓에 선화문을
지키는 병졸들은 선하품을 풀풀 날리며 육질 좋은 농을 나누
는 데 한창이었다.

그때 질척거리는 물웅덩이를 피해 턱수염이 수북한 마흔 살
가량의 사내와 장옷을 둘러쓴 계집이 선화문을 향해 다가왔
다. 털북숭이 사내는 한 아름의 함지박을 지게에 얹은 채였고
계집은 두 손으로 장옷의 양쪽 아귀를 거머잡은 채 자박이며
뒤를 따랐다. 병졸 또출이가 그들을 불러 세웠다.

「어디 가시는가?」

계집이 앞으로 나서며 장옷을 어깨 위로 내렸다. 눈매가 가
늘고 사람 보는 빛이 섬뜩해 예사롭지 않았다.

「우리는 소격서 도류요. 별제 어른의 명으로 제를 지내고 돌
아오는 길이오. 삼청동 제단에 들러야 했지만 별제 어른이 궁

에 들어와 경과를 보고하라는 바람에 급히 들어오는 길이오.」

수문 장졸이 멈칫거리자 저만큼 뒤쪽에 서 있던 사내가 돌계단 위에서 성큼 내려서며 소리를 질렀다.

「어느 산에 있었는가? 차림새를 보니 산중의 흙냄새와 바람 냄새가 없질 않은가!」

사내가 되묻는 말뜻을 몰라 남녀는 잠시 어리둥절한 표정을 지었다. 가까이 다가온 사내의 어투가 무디지 않았다.

「함지박을 열게!」

털북숭이 사내의 대꾸가 만만찮았다.

「이것은 함부로 여는 게 아니라…….」

궁을 지키는 사내가 자신의 신분을 밝혔다.

「나는 선화문을 지키는 수문장 박상도! 이곳을 출입할 때엔 내 지시에 따라야 함을 들어서 알 것이다.」

그가 환도를 쑥 뽑아 들었다.

「긴말 않겠다. 너희 손으로 함지박을 열겠느냐, 내 칼에 베임을 당하겠느냐?」

계집의 입가에 비웃음이 스치며 눈매가 가늘어졌다. 이런 일을 예견한 듯 대꾸하는 말 품새가 조용하고 섬뜩했다.

「함지박 여는 것이야 어려울 게 무에 있겠습니까만, 한 가지 아셔야 할 게 있습니다. 오늘 쇤네가 가져오는 건 산중의 신령한 물과 흙입니다. 그래도 보시겠습니까?」

「열어라!」

「소격서가 지난 중종 대왕 때(1518) 폐지돼 음지에서 일하는 우리 노고가 드러나지 않았으나 아직도 삼청동엔 제단이 있고 나라에 큰일 있을 때마다 양위마마의 명을 받들어 초제를 올리고 있습니다. 중전마마의 환후가 깊어지고 회임치 못하시니 산악이든 제단이든 신령한 곳을 찾아가 영보경을 외며 양위마마의 금슬이 돈독해져 겉궁합과 속궁합이 신령의 도움으로 포태하길 기원했습니다. 다시 말하거니와 함지박 안엔 산악에서 가져온 물과 흙 외엔 다른 게 없습니다. 정기를 보존하도록 뚜껑을 닫은 채 궁 문을 지나게 해주시오.」

「무슨 말이 그리 많은가. 어서 열어라!」

박상도가 금방이라도 환도를 휘두를 듯하자 앞으로 나선 털북숭이 사내가 함지박 끈을 풀었다.

겹겹으로 싸진 매듭을 풀자 안에 든 게 나타났다. 그곳엔 다섯 개로 나뉜 물병과 흙이 있었다. 반 뼘가량의 작은 상자에 담긴 흙 위에는 빨강·파랑·노랑으로 엮어진 작은 삼색기가 있었다. 안을 뒤졌지만 보이는 건 그뿐이었다.

「자네들 어디서 오는 길이라 했는가?」

계집은 옆으로 비켜선 채 장옷을 둘러썼고 풀어진 함지박을 갈무리하며 털북숭이 사내가 대꾸했다.

「신령스러운 산이면 어느 곳이건 다 갑니다. 이번엔 북악산에 다녀왔습니다.」

예전의 소격서 관리들은 틈만 나면 북악산에 올라 신령한 정
기를 맘껏 흡수했다. 이 산 위에는 삼각산 신과 백악산 신을
모셔 왔으므로 신령한 기운을 받아들이기 위해 도가의 도류나
점복을 밝히는 무당들이 알게 모르게 산중을 드나들었다.

그런데 수문장 박상도가 엉뚱한 질문을 던졌다.

「자네들이 도가의 사람이라면 북악에 관한 시 한 수 읊어
보게.」

털북숭이 사내가 기색을 환히 펴며 목청을 가다듬었다. 조선
중기의 시인 손곡 이달(李達)의 문장으로 삼청동에서 읊은 시
구였다.

북촌 시장은 거리와 잇닿았고
무성한 가을 숲은 성곽을 뒤덮었네
삼청보전은 옛 모습 그대로인데
한 번 종소리 울리니 대궐 문을 닫누나

흐르는 물은 바위 아래 떨어지고
이슬 젖은 풀 사이로 반딧불 날아드네
멀고 먼 세상 근심 이제야 잊고자
밤은 이미 깊었건만 돌아갈 줄 모르네

낭랑하게 읊어 대는 시문을 들으며 박상도는 알 듯 모를 듯 고개를 주억거렸다. 그가 두어 걸음 물러섰다. 그것은 통행을 허가한다는 뜻이었다. 남녀는 재빨리 선화문을 통과했다.

이미 환도는 집어넣은 채 먼 하늘에 시선을 던지며 이제 빗발이 그친 것인가 나름대로 셈질하던 박상도는 궁 쪽으로 몇 걸음 내딛다 돌연 호통을 날렸다.

「게 섯거라!」

어리둥절한 낯으로 남녀가 걸음을 멈추자 박상도의 어투가 송곳처럼 찔렀다.

「깜빡했으면 네놈들에게 속을 뻔했다. 네놈들을 불러들인 자가 누구라 했느냐?」

「별제 어른이오.」

「별제? 어느 별제냐? 소격서엔 별제가 둘 있지 않느냐?」

「송치수 어른이오.」

「송치수라면 신왕이 복위했을 때 별제 자릴 물러났지 않느냐. 그런 자가 궁에 들어왔단 말이냐?」

털북숭이 사내가 주섬주섬 뒷말을 열었다. 그는 이가원의 청빙을 받아 하루 전 궁 안에 들어왔다는 것이다. 박상도는 그들을 힐문했다.

「성상이 즉위하자 이가원이 송치수를 움직여 요상한 짓을 했던 게 어둠 속에 갇혀 버렸다. 일곱 해가 지난 지금 송치수

가 다시 궁에 들어오고 소격서의 잔당들이 흙과 물을 가져왔
으니 그 용도가 무엇인지 알아야겠다.」

어이없는 표정으로 털북숭이가 너털웃음을 터뜨렸다. 그는
장옷을 걸친 여인을 흘끔거리며 핀잔을 내놓았다.

「우리가 수상쩍다느니 잔당이라느니 하는데 뭣 때문에 그러
시오?」

「네놈들이 도류라면 당연히 백의와 오건이 있어야 한다. 너희
몸에 지닌 게 도교와 무관한 물건인데 어찌 도반을 자처하느
냐! 여봐라, 이놈들을 사헌부로 압송해 엄히 문초케 하라!」

두 남녀를 압송해 가자 사태는 눈덩이처럼 커졌다. 소격서에
몸담은 도류들이 사헌부 나졸들에게 나포돼 줄줄이 끌려왔다.
그들이 단합하듯 한통속을 이룬 건 분명 다른 뜻이 있어 보였
다. 이 점에 대해 송치수는 조정을 위한 자신들의 구국충정임
을 강변했다.

「저희 도관엔 일월성신을 구상화한 상청·태청·옥청 등을
위해 삼청동에 성제단을 쌓고 조정의 안위와 양위마마의 복
을 빌며 중전마마 몸에 깃든 병마를 고치고자 모든 도반에
통문을 돌려 하늘에 기원하는 제를 올렸소이다.」

그들은 연명으로 서명해 나라 안에 있었던 크고 작은 일들을
거론한 뒤 양위마마의 근황을 하나씩 꺼내 놓았다.

이들의 움직임을 처음부터 지켜보던 이조 판서 이규용은 이

들의 수상쩍은 전말을 간략하게 적어 사헌부 장령 오경환에게
전했다. 오경환으로서는 소격서 도류들이 어찌 나오는가 관망
하며 두 남녀가 선화문을 통해 들여오던 흙과 물의 용도를 따
졌다. 답변은 송치수가 내놓았다.

「소인은 전임 소격서의 별제로 나라의 존망과 양위마마의
건강과 복록이 충만하길 기원하였소이다. 전하께서도 아시
다시피 저희는 하늘의 신께 발원하는바, 이제 우리가 할 일
은 자연의 이법으로써 조정의 안위를 편히 하고자 하는 데
있다고 믿나이다. 이 점 통촉해 주옵소서!」

오경환이 메마른 목소리로 물었다.

「송문은 지난 임오년에 홍문을 도와 사도 세자를 하세시킨
죄가 크다. 조정 안팎에 세를 규합한 것도 모자라 전하를 시
해코자 기회를 노린 자들이 무슨 명목으로 소격서 도류를 움
직여 조정의 안위와 복록을 빌었는가. 이것은 믿기지 않은
일이다.」

「아뢰옵기 황공하오나 예조의 속아문인 소격서는 삼청동에
제단이 있나이다. 북악산 자락에 들어오기만 하면 세 가지
맑은 걸 느낄 수 있다 했으니, 그 첫째가 산이 맑은 산청이
고, 둘째는 물이 맑아 수청이며, 셋째는 사람의 마음마저 맑
아진다는 인청입니다. 이 세 가지 중 오직 사람의 마음만 맑
지 못함을 안타까이 여겨 전임 별제인 소인을 위시해 모든

도류들이 천지의 신께 양위마마의 강녕하심을 빌었나이다.」

오경환은 눈빛을 빛내며 왼쪽에 무릎을 꿇린 두 남녀를 쏘아보았다. 털북숭이 사내와 젊은 계집이었다.

「나는 금상 전하처럼 마음이 넓지 못하다. 너희가 잔꾀로 전하를 기망하려 든다면 온전히 죽지 못할 것이다. 너희에게 묻겠다. 털북숭이 사내는 어디에서 무엇하는 자며 그 옆의 계집은 본색이 무엇이냐?」

그들 두 사람이 입을 열기도 전 한쪽에 선 송치수가 큰소리로 외쳤다.

「이런 법은 없소이다. 양위마마와 조정을 위해 산천의 신께 제를 올리는 소격서의 도류에게 허물을 찾으려고 당치 않은 물음을 던지다니요!」

금부 나졸을 굽어보며 오경환은 엄한 명을 내렸다.

「지금은 처음이니 듣지 않은 것으로 하겠다. 다시 한 번 묻겠는데 끼어들거나 허튼소릴 주절대면 나졸들은 떠드는 자의 입을 막아라!」

「예잇!」

나장들은 흥이 동해 큰 소리로 대답했다. 오경환의 시선이 다시 두 남녀에게 돌아왔다. 손가락 끝이 털북숭이 사내를 가리켰다.

「네 생김새는 그 옛날 촉한의 장수 장비란 자와 흡사하다.

「네가 잘하는 건 무엇이냐?」

「무슨 말씀이신지…….」

「네놈이 잘하는 걸 물었다. 도류라면 축문을 잘 욀 수 있는가, 아니면 창검을 잘 쓰는가?」

「소인은 북을 잘 칩니다.」

「하면 여인에게 묻겠다. 그대는 무엇을 잘하는가? 저 사내처럼 북을 잘 치는가, 아니면 창검을 잘 쓰는가?」

「둘 다 아닙니다.」

「하면 무엇을 잘하는가?」

그때 한쪽에 선 송치수가 버럭 악을 썼다.

「나리, 이것은 실로 얼토당토않은 일이옵니다. 도류들이 하는 일을 놓고 거기에서 허물을 찾으려는 건 신령의 가호를 무시하는 일이옵니다. 통촉하여…….」

채 말을 맺기도 전에 송치수는 입술을 싸매고 나동그라졌다. 곁에 선 나장의 육모 방망이가 사정없이 그의 입술을 후려쳐 송치수는 입술 언저리를 부여잡고 비명을 지르며 나동그라졌다.

「다시 묻겠다. 네 이름은 무엇이며 무엇 때문에 궁에 들어왔느냐?」

「쇤네는 소격서의 도류로 별제 어른의 분부를 받들었습니다. 쇤네 이름은 초례이옵고 무축에 영험이 있사옵니다.」

「무당이냐?」

「그렇사옵니다.」

「네가 궁에 들어와 예전의 소격서에 몸담은 무리와 무얼 하려 했느냐?」

「말씀드린 것처럼 양위마마의 강녕과 복록이 연년세세 평안하길 빌기 위함입니다.」

「나 역시 소격서에서 벌어진 일들을 듣거나 본 적이 있다. 그러나 지금처럼 많은 무리가 궁 안에 웅크린 적은 없었거늘 너희가 비방을 사용해 양위마마께 해를 끼치고자 했느냐?」

「그런 일은 생각해 볼 수 없습니다.」

「그래? 그렇다면 너에게 물을 일이 있다.」

잠시 후 오경환의 손짓으로 나졸이 가져온 것은 함지박의 가장 아래쪽에 놓인 중전 김비의 화상이었다. 화상의 위쪽 좌와 우측의 베어 나간 흔적을 가리키며 오경환의 질책이 송곳 끝처럼 파고들었다.

「앞에 있는 건 중전마마의 화상이다. 너희가 보는 것처럼 화상의 위쪽 좌와 우는 베인 것처럼 잘려 나갔다. 이것은 자연적으로 손상된 게 아니라 의도적으로 벤 것이다. 그렇지 않느냐?」

대답한 건 사내 쪽이었다. 그는 황망히 손을 내저으며 극구 부인했다.

「나리, 그건 천부당만부당한 말씀입니다. 그림 속 여인이 누군지 소인은 모를뿐더러, 오래도록 신당에 걸린 화상이 갑자기 그런 모습으로 떨어져 있었습니다. 이 같은 일을 윗전 어른께 고하려 그것을 가지고 궁에 들어오던 참이었습니다.」

이번엔 오경환이 여인을 향해 물었다.

「저자의 말이 사실이냐?」

「동행한 자가 그리 말했다면 사실일 것이오. 내가 아는 바로 저자는 이제까지 거짓을 말하는 걸 보지 못했소.」

「다시 묻겠다. 잠시 전에 말한 것으로 보아 여인은 무녀이고, 기거하는 곳에 신당이 있다 했는데 그곳이 어딘가? 이곳에서 멀지 않은 곳이렷다?」

여인이 입을 다물자 이번엔 사내를 향해 물었다. 무언가 좋지 못한 기류가 감지됐음인지 오경환의 눈빛이 사나워졌다.

「털북숭이 사내에게 묻겠다. 너희가 머무는 신당이 예서 가까우냐?」

「그……렇습니다.」

오경환은 즉시 명을 내렸다.

「나졸들은 이놈을 끌고 신당으로 가라! 거기 있는 사람이며 물건들을 모두 끌고 오라!」

큰소리로 대답을 떨구며 금부 나졸들이 빠져나갔다. 그런데도 여인은 미동도 않은 채 눈을 꼭 감고 있었다. 취조는 자연스럽게 별제 송치수 쪽으로 옮겨 갔다. 아직도 부어오른 입언저리를 매만지는 그를 바라보며 오경환의 질문이 날아갔다.

「소격서는 임진년 왜란이 일어난 뒤 폐지됐으니 조정에서 특별히 관원을 두어 제례를 행하는 일은 없었다. 선대왕마마께서 임오년에 하세하신 사도 세자의 공덕을 기릴 때 삼청동 제단을 이용했으나 특별히 다른 행사가 따르지 않았던 것으로 보면 선대왕께서도 불급한 것으로 생각하셨을 것이다.」

그는 잠시 말을 끊고 아래쪽으로 걸음을 옮기더니 송치수 앞에 멈추었다.

「너희가 조정의 안위와 양위마마의 만수무강을 기원한다는 건 거짓이다. 이전까지 없었던 행위를 갑자기 치르고 잡인들이 궁 안으로 몰려든 건 다른 뜻이 있음이 분명할 것이다. 소격서의 도류는 나랏법으로 총 열다섯 명을 두었으나 궁 안에 집결한 너희는 서른 명도 더 되지 않느냐. 다른 뜻이 없지 않고서야 이런 숫자가 모이겠느냐?」

오경환의 지적은 곧 현실로 나타났다. 털북숭이 사내를 끌고 신당으로 달려간 금부 나졸들은 당파를 끌고 나타났다. 그녀는 앞뒤 정황을 가릴 것도 없이 모든 게 틀어진 것으로 믿고 초례를 향해 독설을 날렸다.

「흥, 아무짝에도 쓸모없는 무당년 말을 믿고 천 냥이나 되는 돈을 주었더니 하는 짓이 고작 이 모양이냐! 네년 같은 천한 것에게 의리나 인정을 바랐던 게 참으로 어이없구나.」

당파는 곧 오경환 쪽으로 향한 채 서슬이 시퍼런 눈초리를 팔랑거렸다.

「이보시오 판관 나리, 이놈들이 제 목숨 구명하자고 죄가 없는 양 능치미를 떠니 참으로 가관일세. 송 별제 저 양반도 살려둬선 아니됩니다. 어차피 죽기로 다짐했다면 일이 잘못되더라도 제놈들만 죽으면 됐지 힘없는 나까지 끌어들였으니 저놈들은 천벌을 받겠지요.」

아직도 얼얼한 입을 오물거리며 송치수가 고함을 쳤다. 당파에게서 터져 나오는 말을 막으려는 의도가 분명했다.

「으으, 말을 삼가라! 도…… 도대체, 무슨…… 말이냐!」

한바탕 신명 나게 떠들던 여인은 좌중을 휘둘러봤다. 모두 자연스러운 몸짓이었다. 순간 여인의 뇌리가 빠르게 회전했다. 그렇다면 들통 나지 않았단 말인가? 한데 무슨 일로 나졸들이 우리 집에 쳐들어와 신당을 뒤졌단 말인가?

그녀로선 알 수 없었으나 원망이 깃든 눈길로 자신을 쏘아보는 소격서 도류들을 의식하고 나서야 아차 싶었다. 그녀는 까르르 웃더니 초례를 가리키며 쏘아붙였다.

「그래, 네년이 내 남편과 자식을 불러낸다더니 어찌 보이지 않고 지난밤 도주했느냐! 천 냥만 있으면 내 뜻을 풀 수 있다더니 그게 헛소리였느냐?」

계집의 갑작스러운 태도 변화는 그렇다 치지만, 갑자기 머리칼을 뜯으며 울부짖는 바람에 취조할 수가 없었다. 그들 앞에 초례가 궁에 들여온 흙과 두 병의 물이 든 광주리가 놓여 있었다.

오경환은 펼쳐 놓은 중전 김씨의 초상화를 들어 올리다가 고개를 외로 틀었다.

「제조가 보시기엔 어떻습니까. 중전마마의 초상화를 왜 좌와 우의 귀퉁이만 베어 냈을까요?」

「내가 보기엔, 베어진 모습이 바닥에 놓은 게 아니라 걸린 상태에서 칼을 던진 것이네. 그리한 탓에 이렇듯 좌우 양쪽이 떨어져 나간 듯싶네. 이 주부 말에 의하면 이것은 무당이 귀도를 던져 접살을 시도한 것으로 보이는데 자세한 건 알 수 없다 했네. 이자들이 노리는 건 첫째가 중전마마이고 그다음이 주상 전하가 분명하네.」

이규용이 돌아간 뒤 오경환은 관원들을 가까이 불렀다. 기골이 크지 않았지만 듬직한 체구에 눈매가 작은 신 감찰은 지략이 뛰어난 자였다.

「부르셨습니까?」

「어서 오게. 신 감찰이 보기엔 어떻던가? 소격서 도류를 사칭하고 궁 안에 모여든 자가 족히 서른 명이네. 이자들이 무슨 짓을 꾸민 게 분명한데 한결같이 국태민안을 내세워 엉뚱한 냄새를 피운단 말이야. 초례란 무녀는 본색이 드러났음에

도 모든 걸 부인하며 딴청을 부리고, 당파란 계집은 자신이 식언했음을 알아차린 후부터 횡설수설이네. 내가 아는바, 그 계집은 반년 전에 세상을 하직한 송덕상의 경처(京妻)가 아닌가. 일단은 두고 보기로 했네만, 어쨌건 방법을 찾아야 할 게야.」

「걱정 마십시오, 나리. 소인이 나름대로 방법을 준비해 놓았습니다.」

「저놈들이 도류임을 내세우는 건 전국에 흩어져 있는 노자와 장자 학파의 무리가 적지 않음을 과시하는 것일세. 하루 이틀에 가닥을 찾지 못하면 방면시켜야 하니 그 점 명심하고 수습할 방안을 찾아보게.」

소격서 무리를 집어넣은 옥방은 비좁았다. 콩나물시루라 한들 이보다 빽빽하겠는가. 좁은 옥방에 수십 명씩 집어넣어 앉거나 서기에도 곤욕스러웠다.

동문 밖에 산다는 박 선비는 목덜미가 까맣다는 이유만으로 붙들려 왔다.

「나는 글 읽는 선비요. 선비를 함부로 다룰 수 있는가?」

나졸들이 비웃었다.

「으흐흐흐, 선비? 선비 좋아하시네. 아니, 선비 목이 그토록 시꺼멓단 말인가? 방 안에 틀어박혀 글만 읽는데, 목덜미는 왜 아궁이에 들어갔다 온 듯한가? 이 사람 거짓말하는 것 좀 봐. 속일 걸 속여야지!」

목덜미가 시꺼먼 건 마음에 맞는 친구와 들판에서 시회를 즐긴 탓에 햇볕에 그을린 자국이었다. 곳곳에서 툭탁거리는 소리가 들려오자 옥지기 사령의 으름장이 기다렸다는 듯이 날아왔다.

「너희 놈들이 떠드는 건 괜찮다만, 내가 지난밤 나랏일로 잠을 자지 못했다. 너무 피곤해 잠을 자려고 하니 지금부터는 조용하기 바란다. 내가 잠들지 못하면 너희는 그 대가로 날이 새도록 곤욕을 치를 것이다.」

옥사 모서리 쪽에 의지한 초례에게 수작을 거는 사내가 있는가 하면 건너편 옥사엔 눈매가 서늘한 사내와 당파의 밀담이 한창이었다.

그런가 하면 다른 옥사엔 송치수의 패거리들이 심각한 표정으로 뭔가를 의논하는 분위기였다. 눈이 동그란 사내가 입을 열었다. 그는 이미 주위를 탐색한 뒤였다.

「송 별제 어른, 나는 소격서 도류도 아니고 송문의 사람도 아닙니다. 심부름해 주면 백 냥을 준다기에 황해도를 다녀온 것뿐입니다요.」

감았던 눈을 치뜨며 송치수가 두 눈을 부라렸다. 아무리 옥사지만 누가 들어와 있는지 알 수 없는 상태라 재빨리 주위를 휘둘렀다. 누워 있는 한량 차림의 사내 외엔 특별히 눈에 띄는 이가 없었다.

「그러잖아도 자네에게 애길 전하려 했으나 일이 꼬여 챙겨 주지 못했네. 금명간 이곳에서 나가면 수표교 옆 제중당이라 는 한약방의 오사를 찾아가게. 그곳에 가 내 애길하면 백 냥 을 내줄 것이야. 다시 한 번 당부하네만, 함부로 입을 나불대 면 크나큰 봉욕을 당한다는 걸 잊지 말게.」

「그럼요, 별제 어른.」

날이 밝자 어수선한 옥사 안이 정리됐다. 소격서 도류 가운 데 한 사람만 방면됐을 뿐, 다른 사내들은 이곳저곳의 옥사에 흩어져 갇혀 있다 보니 누가 어느 옥사에 있고 밖에 나갔는지 알 수 없었다.

「나는 돈화문 밖 최부잣집에서 장정 몇 놈과 집안을 지켰던 신가요. 며칠 전 도둑이 들어 재물을 몽땅 쓸어갔는데 그게 번을 잘못 선 우리 탓이라고 고변해 사흘이나 사헌부 옥청 신세를 졌소. 속이 출출하니 해장국에 막걸리나 한 사발 하 고 헤어집시다.」

신가의 말에 사내는 망설이는 기색이었으나 간밤부터 식사 를 거른 터라 따라나섰다. 막걸리가 나오자 쪼르르 잔을 쳤다.

「근데, 형장은 무엇하는 분이우? 나처럼 도둑을 예방하는 사 람은 아닌 것 같고…… . 글깨나 읽은 선비 같은 데……, 그 렇소?」

「비슷합니다.」

「함자는 어찌 되시우?」

「김석한이오. 글이야 어려서부터 읽었지만 도학에 빠진 건 불과 1년입니다. 노장의 가르침을 따르니 날이 갈수록 의혹만 깊어집니다.」

「옥사에서 들으니 어딜 다녀왔다고 하던데……, 고향이?」

「한양입니다. 저번에 황해도를 다녀온 건 별제 어른의 심부름이었지요. 마늘 여섯 쪽을 반드시 차고 가라기에 그리했지요. 매우 위험한 일이라 백 냥을 받기로 하고 심부름했는데 아직 받지 못했습니다. 가만, 급한 걸음이 아니면 나와 제중당 한약방에 가지 않겠소. 내 돈을 받으면 한잔 걸판지게 사리다. 바쁜 걸음이 아니면 함께 갑시다.」

「바쁜 걸음은 아니오만…….」

「급한 볼일이라도 있으십니까?」

「그건 아니우. 까짓것 그럽시다. 오가다 만난 것도 인연이니.」

두 사람은 해장을 마치고 수표교 옆에 자리한 제중당을 찾아갔다. 약초꾼으로 뵈는 험상궂은 사내 셋이 그들을 맞이하며 위아래를 훑어보았다.

「송 별제 어른이 보낸 사람으로 오사란 분을 만나러 왔소이다.」

「그렇담 기다려야겠소. 오사 그 양반 상주에 간 지 한 달이다 돼 가니 이제 돌아올 때가 되었수다. 이곳에 있기 뭐하면 뒤채에 들어가 돌아올 때까지 잠이나 한숨 주무슈.」

김석한을 대신해 신가가 물었다. 오사라는 이의 고향이 상주냐는 물음이었다. 나이가 쉰은 돼 보임 직한 사내가 후덕한 인상처럼 답변이 그만이었다.

「그 사람이 오 씨인 것만은 분명하지만, 남들이 부르는 것처럼 먹구렁인 아니라오. 연유가 길지만 오 씨만큼 불행하고 바쁜 사람도 없다오. 지난번에도 부모님만 아니면 남에게 해로운 짓은 절대 못하겠다고 괴로워했는데, 사람의 일이란 게 어디 그렇수. 그저 살아 있는 게 죄지.」

사내 말에 의하면 오사는 집안 식구들이 한결같이 대풍창이었다. 한때는 식구가 모두 죽기로 작정했는데 막내 계집아이가 우는 바람에 그나마 모진 목숨을 끊지 못했다. 그래서 식구들이 모두 사람의 눈을 피해 산중으로 들어갔는데, 마침 허름한 초가집을 발견하고 그 집에 의탁했다.

이 집은 언젠가 도둑 떼가 들어와 집안 식구들을 몰살하고 재물을 털어간 후 흉가라 하여 지금껏 비어 있었다. 그런데 본시 술도가였던 모양으로 집 안 깊숙한 곳에 널따란 광이 있고 나무로 만든 큰 통 안에 반쯤 찬 술이 있었다. 먹을 걸 구하지 못한 식구들이 심심찮게 이 술을 마셨는데 반년 만에 대풍창에서 벗어났다.

너무 놀라 술통 안을 휘저어 보았더니 안에서 나온 건 삭지 않은 먹구렁이와 뱀 뼈였다. 그때부터 오 씨 별명이 오사였다. 고향에 부모가 살고 있는데, 급한 일이 생겨 한 달 전에 내려갔다고 일행이 귀띔해 줬다. 나이 든직한 사내가 입을 열었다.

「나는 이 나이 되도록 살아오면서 오사만큼 배암에 관해 지식이 많은 사람은 처음 봤네. 그랬으니까 송 별제가 거금을 주고 일을 부탁했을 것이지만서두.」

「무슨 일인데요?」

신가의 물음에 사내는 고개를 저었다. 자신은 내용을 모른다는 투였다.

「말이야 바로 말하지. 저분 선비님이 무슨 이유로 오사를 찾는지는 모르지만, 아마도 남을 해치는 일일 것이오. 그게 아니면 심부름을 해주었던지.」

사내의 말은 계속되었다.

「자신이 살기 위해 남을 해하는 건 천벌을 받아요. 그래서 오사에게 수없이 말했어요. 이젠 그런 일 그만두라구요. 그런데도 이번만은 어쩔 수 없다고 먼 길을 떠났으니 그걸 나무랄 수야 없는 일 아니오.

길거리가 부산스러웠다. 오가는 사람들이 번잡스럽게 부딪치는 소리가 가게 안까지 들려왔다. 정오가 지나면서부터는 하늘이 찌푸려지고 흐린 하늘에 물기가 비치더니 초저녁부터 빗발이 보였다. 추적추적 내리는 빗발을 바라보며 김석한이 입을 열었다.

「황해도 땅 사암천(蛇岩川)엔 이렇듯 가랑비가 오면 이상한 현상을 볼 수 있어요. 하늘에서 빗방울이 물 위에 떨어져 동그라미를 내는 것이지만, 어찌 된 셈인지 그 냇가에선 물방울이 떨어져 동그라미를 그리는 대신 톡톡 튀어 오르는 걸 볼 수 있답니다.」

「물이 튀어 올라요?」

「예, 그렇다니까요. 어떻게 물이 튀어 오르는지 너무 신기해서 놀라 자빠질 지경이라니까요. 제가 그곳 사암천을 다녀오는 조건으로 백 냥의 돈을 받기로 했지만 두 번 다시 가고 싶지 않은 곳입니다.」

그때 신가가 몸을 틀며 소리쳤다.

「누구요?」

어둠 속에서 자박거리는 발짝 소리를 내며 대략 서른 살쯤으로 뵈는 사내가 나타났다. 이상하게도 그의 왼쪽 눈썹 부분이 하얗게 바래 있고 눈에선 싸늘한 냉기가 흘러나왔다.

「주인 행세를 하면 그만한 이유가 있을 터?」

김석한의 낯빛이 밝아졌다. 그는 상대가 오사임을 한눈에 알아보았다.

「송 별제 어른이 보내서 왔습니다.」

「연락 받았소.」

신가는 순간 의혹이 왈칵 밀려들었다. 별제 송치수가 사헌부 옥사에 있고, 자신들만이 옥사에서 나왔는데 연락을 받았다는 건 믿음이 가지 않았다. 그렇게 보면 '연락을 받았다'는 말속에는 사전에 묵계가 있었을 것이라는 계산이 나왔다.

어떤 묵계일까. 필경 비밀을 지키기 위한 살인일지 모른다는 예감이었다. 오사는 손수 술과 안주를 준비해 뒤채로 가져왔다.

「기다리느라 적적했을 터이니 한잔들 하십시다.」

그는 상주에 가지 않고 관악산에 있었다고 막걸리 한 잔을 주욱 들이켜고 나서 털어놓았다.

「사람의 운명이란 게 그렇습디다. 대풍창 병마가 우리 집안에서 물러갈 때만 해도 천하를 얻는 것 같아 기쁨의 끝이 보이지 않더니 송문과 손잡고 세상이 깜짝 놀랄 일을 꾸미자 어느 때부터 이렇듯 왼쪽 눈썹이 하얗게 변하고 조금씩 빠져 이곳에 몸담은 채 온갖 처방을 해보았는데 '삼인방'이란 의서에 백화사고라는 처방이 있었습니다.」

만드는 방법은 어렵지 않았다. 백화사 다섯 마리에 웅황 한 냥, 산꿀 한 되, 행인 한 근을 준비하면 끝이었다.

먼저 뱀을 술에 담가 껍질과 뼈를 버리고 다려 가루로 만들고, 웅황도 가루로 만들어 행인과 갈아 꿀에 넣고 고약처럼 달여 식사 때마다 한 숟갈씩 술에 타서 하루 세 번 복용하면 되는 처방이었다.

반드시 통천을 가루로 복용해 기생충을 몽땅 나오게 해야 하는데, 오사는 이를 무시하고 통천을 복용치 않기 때문에 자신도 모르는 사이 기생충이 침범했던 것이다. 그런데 어느 날 별제 송치수가 찾아와 은밀히 미끼를 내놓았다.

「보아하니 자넨 뱀독에 중독된 듯싶네. 내가 땅꾼들에게 신령한 뱀을 잡으라 했으니 머잖아 자네 몸에 깃든 병마를 몰아낼 수 있을 것이야. 내가 자네를 치유케 하는 대신 자네도 날 도와주게. 황해도 땅 사암천을 찾아가 물에 사는 벌레들을 잡아 물병에 채워 오게. 자네는 그 벌레를 잡아 주기만 하면 되네. 이 일을 하는 대신 자네에겐 영사 한 마리와 천 냥의 거금을 내릴 것이네. 별도로 주는 백 냥은 그 벌레를 가지러 온 자에게 주게.」

송치수가 일러 준 황해도 땅에 다녀온 뒤 김석한이 벌레가 든 물병을 가져가고, 자신은 관악산에 땅꾼들과 기거했다고 털어놓았다.

「대풍창은 참으로 고약스러운 병마요. 온몸이 썩어 가는 데도 고통을 모르니 이보다 더 큰 불행이 어딨겠소. 송 별제가 말한 영사는 관악산 땅꾼들에게 잡으라고 한, 눈 위를 달리는 설상사였소.」

그것을 송치수는 '영사'라 했다. 뱀이 눈 위를 달릴 때 몸 안에 부자나 산삼 등 열을 일으키는 물질이 가득 차 있기 때문에 단잠에 들어가야 할 한겨울에 열기를 참지 못하고 눈 위를 달리는 것이었다. 그래서 설상사라 했다.

「소격서 도류인 이분에겐 내일 아침 일찍 백 냥을 줄 것이니 가져가십시오. 줄곧 내 애길 했습니다만, 곁에 계신 분은 누구신지?」

김석한이 상대의 말을 받았다.

「나와 동행이오. 백 냥을 받으면 이분에게 술 한잔을 크게 낸다 했소.」

「함자가 어찌 되시오?」

「신가(申哥)요.」

「신가? 신씨 성을 쓰는 누굽니까?」

「사헌부에 몸담은 신칠경이오.」

「사헌부의 신칠경?」

「그렇소, 하하하하하.」

신칠경은 술상에서 반 무릎 물러앉으며 호방하게 웃음을 터뜨렸다. 동행한 김석한과 집주인 오사는 깜짝 놀랐으나 짐짓 태연하게 신칠경을 바라보았다.

「내가 세상에 태어난 지 이레가 됐을 때, 병마로 목숨이 위태했던 모양이오. 부친이 점치는 자를 불러 물었더니 내가 스물을 넘은 후 봄이 아홉 번 지나면 나라를 위해 큰 공을 세운

다 했소. 지금 내 나이 스물아홉의 봄이 지났소. 분명 그대들이 좋지 않은 짓을 저지르고 있다는 걸 느꼈소. 지난해 사헌부에 발고가 들어와 제중당을 은밀히 탐색했으나 뚜렷한 혐의점을 찾지 못했는데 지금에야 못된 무리의 형체가 드러나고 있으니 그 아니 다행인가.」

오사는 싸늘하게 코웃음을 치면서 자신의 잔에 술을 반 잔쯤 따르더니 단숨에 들이켰다. 한쪽에 앉아 있던 김석한이 오사에게 궁금증을 참지 못한 듯 입을 열었다.

「한 가지 물읍시다. 내가 황해도에서 가져온 물병에 든 게 뭐요? 그 안에 당신이 말한 대로 벌레가 들어 있소?」

「……일을 시킨 자가 그 점에 대해 물어선 안 된다고 했을 것이오.」

「하지만…… 워낙 궁금해서…….」

「그게 명을 재촉하는 길이오. 안다는 건, 입으로 화살을 날려 상대를 상하게도 하나, 하찮은 입술 때문에 상대에게 독화살을 쏘라고 재촉할 수 있습니다. 그것이야말로 스스로 명줄을 갉아먹는 것 아니오? 이미 여기까지 알고 있으니 얘기하리다. 송치수가 궁에서 무엇을 하는지는 알 수 없으나 내가 황해도 사암천에서 가져온 건 두 종류의 벌레로, 하나는 단호(短狐)라 하는데 사공(射工)이라고도 부르오.」

오사가 이 벌레에 대해 말할 때 잔혹하리만큼 차가운 웃음이 눈가에 얼음조각처럼 매달려 있었다. 얘기가 이어졌다.

「사공은 눈알이 없으나 귀가 밝아 물속에서 사람의 말소리
를 듣고 입으로 독을 쏜다네. 그런가 하면 모래 속에 묻혔다
가 사람 그림자를 보고 독을 쏘기도 해 그 독을 맞으면 몸이
더웠다, 추웠다 하는 것이오. 이레 전 사헌부에서 궁인의 시
신 한 구를 발견했을 게요. 몸에 상흔이 전혀 없고 반점과 울
혈만 보이는 건 단호의 독이 침범해 목숨을 빼앗은 탓이오.」

오사는 두 번째 독에 대해 털어놓았다. 이것은 단호보다 무
서운 사슬(蛇蝨)이었다.

「사암천엔 단호의 독보다 무서운 게 있소. 바로 사슬이오. 뱀
의 비늘 속에 살며 뱀을 괴롭히는 벌레요. 뱀은 개울이나 여
울목에 나와 몸뚱이를 부딪쳐 사슬을 털어 내는데, 그러면 독
이 모래에 들어가 숨게 되는 거요. 그러나 사암천엔 모래가
없으므로 자갈밭에 있다가 사람의 발 속으로 스며들게 되는
거요. 이 독을 맞으면 침구멍에 좁쌀 같은 게 생기고 그 둘레
에 다섯 빛깔의 무늬가 생기게 되는데, 모르긴 해도 두 분의
몸에 그런 울혈이 생겼을 것이오. 나는 대풍창이니 뱀의 독
이 들어온들 고통을 느낄 수 없는 데다, 설령 들어왔다 해도
내 몸 안에 기생하지 못하고 나가 버리니 별 탈 없소. 아하하
하, 편히 쉬시오. 내일 아침까지 살아 있길 바라겠소!」

오사는 큰 소리로 웃어댔지만 가게로 나가기 전, 검은 천으

로 몸을 싼 사내들에게 잡혀 어디론가 끌려갔다.

날이 밝자 사헌부에는 간밤에 잡아들인 죄인들에 대한 호적 단자가 올라왔고, 그들을 취조할 장소는 사헌부 옥청 앞으로 정해졌다. 단상엔 제조 이규용이 앉아 있고 그 옆에 오경환이 자리를 지켰다. 서른 명의 도류들과 송치수, 그리고 무녀 초례와 송덕상의 경처 당파가 자리를 함께한 가운데 별장 이장수의 호령이 쩌렁하게 울렸다.

「너희 소격서 무리가 어느 때부터 불계를 도모했는지 알 수 없다만, 모든 게 밝혀졌으니 사실대로 직고하길 바란다!」

이 별장이 옆으로 물러나자 온몸을 결박당한 오사가 나타났다. 그는 좌중을 바라보다 고개를 푹 숙였다. 이규용을 대신해 오경환의 목소리가 좌중을 압도했다.

「지금이라도 늦지 않았다. 모든 걸 사실대로 말한다면 참형은 면할 것이다.」

누구 한 사람 나설 기미가 없자 오경환이 다시 입을 열었다.

「본관이 조사한 바에 의하면, 당파는 무녀 초례가 접살법에 능함을 알고 추종 세력을 모은 후 궁을 범하여 양위마마를 시해하려는 참담한 변란을 획책하였다.」

송치수는 오경환을 거만스럽게 노려보며 빈정거렸다.

「무슨 근거로 그런 말을 하는지 모르겠소만, 보아하니 사헌부 장령 같은데 어디 한번 들어 봅시다. 우리가 무엇으로 양위마마를 해치려 했다는 게요?」

「닥쳐라! 얄팍한 재주로 민심을 속이고 하늘의 뜻을 거역하
려는 너희가 궁에 들여온 두 개의 물병엔 황해도 사암천에
기생하는 단호와 사슬이란 벌레가 들어 있다. 그 독으로 양
위마마에게 위해를 가하려 했다는 걸 이미 알고 있는데 아직
도 헛된 망상에 젖어 있단 말이냐?」

사암천에서 가져온 벌레를 기생시키려는 것이 흙의 용도라
고 오경환은 지적했다. 흙 속에 벌레를 숨겼다가 초례가 사술
로 벌레를 불러내 궁 안의 정적들을 처치한다는 끔찍한 계획
이었다. 모든 일이 밝혀지자 초례는 선선히 털어놓았다.

「사내든 계집이든 세상에 나와 뜻을 정한 후 그걸 이루지 못
하고 죽는다 하여 무슨 여한이 있겠소. 두 개의 벌레가 들어
있는 그릇은 양위마마의 목숨까지도 빼앗을 수 있는데 어쩌
다 운수불길해 모든 게 드러났으니 참으로 절통하오. 그러나
이게 끝이 아니오. 내가 죽은 후 내 뜻을 이을 자가 반드시
나타날 것이오!」

말을 마친 초례는 한 차례 괴소를 터뜨리더니 시커먼 피를
반 사발이나 토하고 바닥에 늘어져 버렸다.

문인방

꿈이었다. 참으로 고약하고 넌덜머리 나는 꿈이었다. 가늘게 뜬 눈에 비웃음을 담은 문 숙의와 화완 옹주, 그리고 송덕상의 꿈을 꿀 때는 식은땀이 맺혔다. 사계절이 지나는 동안 그렇게 시작된 독기는 기가 약하다 보니 때와 장소를 무시하고 주상의 몸과 마음을 괴롭혔다.

겨울에서 봄으로 바뀌는 계절엔 온역이 극심하게 일어났다. 기력이 쇠하지 않도록 힘을 기울였지만 잦은 기침과 불면증으로 고생하자 내의원 이 주부의 처방이 여간 조심스럽지 않았다.

「전하, 심장이 허해 잠을 못 자거나 잠이 들더라도 깨어나면 잠이 든 것 같지 않은 증세가 있는 건 전하의 옥체에 이상이 있다는 뜻입니다. 증세가 지속되면 혼수상태에 빠질 수도 있사오니 전하의 옥체를 위해 영신해독탕을 드셔야 하옵니다.」

「알겠소. 내 이 주부의 당부를 잊지 않고 있으니 너무 염려 마시오.」

의원을 물리친 뒤 주상은 서안을 뒤적이며 생각에 빠져들었다. 주상은 잠자리에 들면 달갑지 않은 꿈길에 빠져 날이 새도록 허우적거리기 일쑤였다. 즉위 초에 전흥문의 범궐 사태로 관련자들이 층층시하 물고 나고 계묘년(정조 7)엔 송덕상을 따르는 문인방의 반역 음모가 일어났지 않는가. 그런데 근자엔 궁 안팎의 움직임이 심상치 않아 밤마다 알 수 없는 것들이 꿈길을 찾아와 잠자리를 어지럽혔다.

'아직도 궁에 잔당이 있다는 얘긴가?'

기가 약해진 탓이라지만 반드시 그런 것만이 아니었다.

'문 숙의를 따르던 노론 일파가 죽음을 당했고 화완 옹주 역시 강화도 교동으로 쫓겨났다. 그녀에게 내린 작위는 몰수되고 한갓 정치달의 처가 돼 지금은 파주로 유배지가 바뀌지 않았는가. 송덕상을 추종하던 문인방 패거리들이 모습을 감춘 지 오래됐거늘 그들이 꿈길을 찾아와 태연스레 술자리를 여는 건 무슨 연유란 말인가.'

주상은 살며시 눈을 감았다. 희미한 안갯속이었다. 살갗을 적시는 습습한 기운 속에 참형을 당한 노론의 수장들이 넉살

좋게 술잔을 나누며 껄껄거리는 모습이 자꾸만 눈에 밟혔다.

'저들은 죽음의 순간에도 시작이라 했다. 뭐가 시작이란 말인가. 저들의 뿌리가 튼실해 역모가 드러났어도 아무렇지 않단 말인가? 그래서 나의 잠자릴 파고드는가?'

주상이 보위에 오르기 전에도 왕실엔 삼급수(三急手) 사건이 있었다. 경종 때지만 칼이나 독약, 폐출은 왕실에 대한 위협이었다. 그러한 일을 꾸밀 수 있는 게 누구란 말인가? 양반이라 칭하는 사대부들이다.

조선 왕조가 한양에 터를 내리자 알게 모르게 그들은 힘을 규합했다. 왕실에서도 왕권을 강화하려 세조 대왕이 장용위라는 친위대를 만들었듯, 주상도 사도 세자의 묘역을 수원으로 옮기는 등 장고의 절차를 모색했으나 그것만으로 안심할 수는 없다.

주상은 세손으로 있을 때부터 규장각에 대한 관심이 유별났었다. 역대 왕들의 저술·어필·화본 등이 어지러이 널린 걸 볼 때마다 그걸 짜임새 있게 둘 장소에 골몰했다.

나라의 기틀을 연 초기의 규장각은 양성지의 상소로 군왕이 지은 시문이나 저술을 따로 보관할 비서각을 만들었었다. 숙종 임금 때 종정사 옆에 역대 왕들의 글씨나 그림 등을 보관할 조그만 집을 짓고 규장각이라 한 게 그것이다. 보위에 오른 주상은 규모를 확대해 학문 연구와 편찬 사업의 본산이 된 각신

(閣臣)이라는 정규 직책 관리도 마련했다. 그들은 규장각에 머무르며 그곳에서 일어난 하루하루에 대한 일지를 썼다.

획기적인 문화 정책은 서얼을 등용키 위해 〈서류소통절목〉을 정해 전교를 내렸다. 정조 14년엔 서얼 출신 각신들이 규장각에 포진해 주상의 뜻을 살펴 왕실의 강녕함과 실학에 대해 논의했다. 그들은 역대 제왕들의 글씨나 화첩에 주상이 관심을 기울이는 이유를 알 수 없었다. 단오가 지난 이날도 주상은 정오가 지나도록 지난 계묘년의 기록을 매만지더니 유배지에서 돌아온 정약용이 들어서자 가만히 옆으로 밀어 놓았다.

「전하, 해미현에 유배되었던 정약용, 성상의 은전으로 위리안치가 풀려 부르심을 받자와 대령하였나이다.」

「어서 오시오, 사암(俟菴)!」

각신이 옆방으로 물러나자 주상은 좀 더 가까이 오게 한 후 아껴 두었던 말을 끄집어냈다.

「중원에선 단오가 오면 문무 신료가 난정(蘭亭)에 모여 흐르는 물로 몸을 씻는 수계사(修禊事)를 치른다 하지 않소. 과인도 정초엔 몸을 씻고 경술년의 세수(歲水)를 마시면서 그동안 미뤄 왔던 일들을 처리해야 할 때가 됐다고 생각했소.」

그 옛날부터 제왕들은 왕실의 평안함을 기원하려 굳게 닫은 우물 뚜껑을 1년 만에 열어 자정이 넘으면 물을 긷고 뚜껑을 닫았다. 어룡정은 새해 첫날 군신이 마시는 물이니 세수다. 대소 신료가 이 물을 마시며 지난해의 좋지 않은 일은 잊고 새날 엔 기쁜 일만 있어 달라 기원했다.

왕가나 사대부들은 건물을 지을 때도 열두 가지 동물 모형 어처구니를 지붕에 올렸다. 액화가 들어오는 걸 차단하고 집 안이 평안하길 비는 것으로도 안심이 안 돼 새해 첫날 물을 마 시며 모든 것이 깨끗하게 정화되길 기원했다.

신하들이 편전에 들어서는 조회가 열리면 주상은 덕담과 함 께 세수를 내렸다. 그러면 신하들은 더럽고 추한 것, 깨끗하지 않은 일들, 사랑이 부족한 일들은 물을 마심으로써 오장육부에 낀 때처럼 씻겨 나가길 바랐다.

정초가 훌쩍 지나고 궁원엔 5월의 꽃들이 화사하게 피었지 만 규장각에 오른 주상의 용안은 무겁게 굳어 있었다.

「이보시오 사암, 과인은 보위에 오른 후에도 서로 물고 뜯는 일보다 더불어 사는 상생의 법을 좋아했기에 내가 머무는 곳 도 탕탕평평실(蕩蕩平平室)이라 한 게 아니오. 날 죽이려 든 자에게 인과 덕으로 후은을 베풀었는데 저들은 그걸 기만이 라 여기고 죽어 가는 그 순간에도 나를 능멸하지 않았소.」

그게 노론 벽파의 공격이었다. 보위에 오른 주상이 노론을 견제할 목적으로 남인 시파를 육성하자 정권을 장악하려는 노 론의 염치없는 무리가 가만있지 않았다.

채제공의 영의정 기용이 사실로 나타나자 첫 번째로 정약용이 해를 입고 유배됐었다. 주상은 해미에 유배된 그를 10여 일 만에 사면령을 내려 규장각에 불러 독대한 것이었다.

「태조 대왕께서 한양에 도읍을 연 지 4백 년, 왕조가 이어져 오는 동안 벽파(僻派)들은 학문의 칼로 민초의 생활을 자르고 온갖 비리를 일삼고 공맹의 가르침을 방패 삼으니 이 아니 놀랄 일인가.」

「황공하여이다, 전하.」

「정치하는 자는 하늘의 매서움을 깨달아야 하는데, 한양에 터를 잡은 저들은 자신들이 쥐고 있는 것과 아는 것이 최고인 양 다른 사람 말은 무시하기 일쑤인데다 엿가락처럼 파당을 지어 스스로 허물이 드러나면 그걸 타인에게 뒤집어씌우길 능란하게 하지 않던가. 정치는 불을 대하듯 해야 하는데 화상을 입은 것도 동상을 입은 것도 남의 탓으로 돌리니 어찌 저들이 백성의 마음을 얻겠는가. 사암, 과인이 규장각에 있는 게 학문 때문만이겠소?」

「하오면.」

「지난 계묘년, 송덕상을 따르던 무리가 《정감록》을 내세워 반역을 꾀한 탓에 전임 내금위장 신득수(申得洙)를 궁 밖에 보내 송덕상의 제자로 알려진 문인방 사건을 조사케 한 일이 있소. 한데, 궁 안의 기미가 예사롭지 않아 자초지종을 조사하다 살해됐으니 이것은 과인에 대한 위험이 아직도 있다는 애기가 아니겠소.」

「성급한 판단이옵니다, 전하.」

「그 같은 행동을 한 건 나에 대한 도전이며 자신들의 기득권을 잃지 않으려는 몸부림이라 보오.」

주상의 호흡은 짧고 어투는 더욱 강경했다. 자신의 마음을 알아주는 정약용을 만났으니 뱃속의 열화는 작은 화산이 돼 분출되는 게 당연했다.

「내금위장 신득수의 주검은 자신들이 다른 세상에 살고 있다는 교만함의 증거요. 그자들은 왕권에 도전하고 마음먹기에 따라 어떤 일이라도 할 수 있음을 과인에게 경고한 것이오. 보위에 있는 동안 허수아비처럼 가만있어 달란 것 아니겠소. 세상을 떠난 홍국영이 '안다[知]는 건 입[口]으로 살[矢]을 날려 상대를 상하게 하는 것이니 이거야말로 헛된 지식의 산물'이라 탄식하면서 '벽파가 규합하는 걸 차단해야 왕권이 선다'고 했소. 새삼 그 말이 떠오르는구려. 저들이 내금위장의 몸을 성문 앞에 찢어 놓았으니 이것이 선전포고가 아니고 무엇이리오!」

「하오나 마마.」

「사암, 저들이 기득권을 버리지 않는 건 과인에게 물러나라는 것이 아니오. 그러니 맞설 수밖에 없네. 그게 어떤 어려움을 가져올지라도 이 나라 조선의 백성과 왕실을 위하는 일이면 밀고 나가겠네. 저들이 사람 죽이는 걸 우습게 생각해 추하고 더러운 짓을 자행했으니 나는 저들의 치부를 밝은 곳에 드러내 사절(土節)의 귀감을 삼을 것이네. 수하를 죽이는 일이 몸에 배 왕실을 여염집처럼 여긴다면 나 역시 그들처럼 대해 줄 것이야.」

「전하, 저들 노론 벽파와 맞부딪치는 건 위험하옵니다. 4백 년 동안 이 땅에 터를 내린 저들의 뿌리가 단단하오니 전하께서 직접 움직이기보다…….」

「아니오, 사암. 돌이켜보면 민간이나 궁중 난동은 어제오늘의 일이 아니었소. 과인이 보위에 오른 초기에도 있었고 문인방을 비롯해 문양호 사건 역시 넓게는 공맹을 따르는 자의 소행임을 알아야 하오. 사암을 부른 건 과인의 뜻을 받들어 4백 년이나 부와 권세를 누린 저들의 썩고 상한 곳을 도려내려는 것이오. 그러니 어찌 아픔이 없겠는가. 또한 신득수의 죽음을 둘러싼 내밀한 비밀들을 밝혀 달라는 것이네. 사암을 지평에 봉하였슨즉 사헌부에 비장된 계묘년 사건을 다시 살펴 주기 바라네.」

「알겠나이다, 전하.」

규장각에서 물러나온 정약용은 궁을 나와 안국방 쪽으로 길을 잡았다. 한양은 동서남북으로 나누어 '사산(四山) 밑'이라 했고, 양반들이 거주했던 곳이다. 낙산 밑의 동촌과 서소문 내

외인 서촌, 남산 아래 남촌, 북악산 밑 북촌이 바로 사산 밑이었다. 특히 이곳은 양반의 중심인 노론이 많이 살았다.

정약용이 종운가를 가로질러 안국방에 들어서자 낯선 사내가 따라붙었다. 그는 걸음을 빨리해 정약용 곁을 따르며 자신을 소개했다.

「소인은 전하의 친위부대 장용위 근무를 명 받은 민치록입니다. 노론의 표적을 피하려 전하께서 소인을 뽑아 나리의 호위 무사로 명하였으니 소인을 장용사(壯勇使)라 부르시옵소서.」

「알겠네.」

「소인은 나릴 따르면서 은밀히 조사해야 할 일이 있습니다.」

「무슨 일인가?」

「그것은 벽파의 기득권을 없애려는 것입니다. 그들의 교묘한 치적 쌓기와 그들의 가혹한 행위에 신음하는 백성들의 고초를 찾아 나서는 게 목적입니다. 또한 정순 왕후의 움직임과 문인방 패거리들을 감시하는 것도 소인이 감당해야 할 일입니다. 전하께서 사도 세자 묘역을 수원으로 옮기신 것도 저들의 일을 분쇄시키는 것이라 볼 수 있습니다. 장차 수원에 천도하실 모양이오니 한양에 터를 내린 사대부들의 반발이 만만치 않을 것으로 보아 그들의 기세를 꺾기 위해 조사하는 것이라 보옵니다. 노론 벽파에선 문인방 패거리들과 내

응해 전하의 계획을 차단시키려 하니 제조 이규용 대감도 나릴 도우며·학문과 의술에 뛰어난 서과라는 의녀가 나리와 함께할 것입니다.」

잠시 사이를 두고 사내의 말이 이어졌다.

「나릴 봉행하란 명은 그만큼 나리 신변이 위험하다는 뜻입니다.」

「따르게. 사헌부 근무를 명 받았으면 일단 관아로 들어가 내금위장의 검시 기록부터 살펴보겠네.」

그들은 사헌부로 돌아와 내금위장의 검안에 앞서 기록보관실에 비치된 송덕상 반역 음모의 해묵은 두루마리를 펼쳤다. 그것은 정조 7년인 1783년 1월 15일의 기록이었다.

인정전에 모인 신하들은 《정감록》을 되뇌던 역적들을 일망타진한 사실을 기뻐하며 주상에게 축하 인사를 올렸다. 난리가 토벌되면 되풀이되는 하나의 관습이었다. 이날 주상은 전국에 사면령을 반포했다. 웬만한 죄인은 다 풀어주라는 명으로, 이 역시 뒤숭숭해진 민심을 달래기 위한 상투적인 조치였다. 왕은 포고문에서 문제의 《정감록》사건을 일으킨 문인방과 이강래 등 주범들의 죄상을 간단히 요약했다. 사면령을 내리는 동시에, 역모 사건의 전모를 백성들에게 간단히 알려 줄 필요가 있기 때문이었다.

이 사건의 중심에 있는 송덕상은 재야에 묻힌 큰 나무로 대학자인 '산림(山林)'으로 통했다. 문인방 사건이 일어나기 다섯 해 전, 충청도 회덕에 사는 성리학자 송덕상은 재야의 선비들에게 이름이 높아 재야의 큰선비란 뜻으로 '산림'이란 명호를 얻었다. 그는 효종 때 북벌론을 내세우며 정국을 홀로 이끈 송시열의 자손이었다. 이 점 때문에 정조 즉위에 공을 세운 홍국영 일파의 추천으로 벼슬길에 올라 정조 3년(1779)엔 이조 참의가 되어 홍국영의 정치적 목적에 따라 반대파들을 내쫓는 데 앞장섰다. 민치록이 말했다.

「홍국영은 그것으로 만족지 않고 자기 누이를 전하의 후궁으로 들여보냈다. 하늘이 무심치 않아 그의 누이가 병으로 세상을 떠나자 왕제(王弟) 은언군의 아들을 누이의 양자로 삼아 훗날 세자로 삼을 생각을 했으며 중전 김씨를 살해하려 독약을 넣은 게 발각되지 않았습니까.」

그 때문에 홍국영은 실각했고 송덕상에게도 그 여파가 미쳤다. 이에 송덕상은 눈에 보이도록 꼬여 가는 상황을 재빨리 전하께 상소하여 자신은 홍국영과 남다른 사이가 아님을 강변했으나 반대파들은 맹렬히 규탄했다.

「전하, 홍문관 교리 서유성이옵니다. 이조 판서 송덕상이 홍국영의 비호를 받아 크고 작은 일에 관여한 건 세상이 다 아는 일이옵니다. 권력자가 시키는 대로 왕세자 책봉에 관여하

는 죄를 지었는데도 홍국영이 실각하자 자신은 죄가 없다고
하는 것은 어불성설이라 보옵니다.」

이로 말미암아 정조 5년 4월 28일, 송덕상은 조정에서 물러
나고 그 죄를 물어 귀양가게 됐다. 그 타격은 그의 제자들에게
까지 영향을 미쳤다. 송덕상이 학자다 보니 그의 주변엔 선비
들이 많았다. 스승이 벌을 받아 몰락하면 그들에겐 미래가 없
었다. 그들은 죽림으로 들어가 세상이 바뀌기를 기다릴 수밖
에 없었으나 제자 중엔 극단적인 방법을 택하는 자들도 있었
다. '문인방'이 그들이었다. 송덕상이 귀양지에서 고통을 받다
세상을 뜨자 제자들이 직접 행동에 나선 것이 바로 《정감록》
사건이었다.

정약용이 훑어본 문인방 사건은 그리 간단한 게 아니었다.
사건을 정확히 알려면 송덕상의 제자들 움직임을 살펴보아야
했다.

송덕상의 제자 신형하는 황해도 평산 사람으로 스승의 억울
함을 풀어야겠다는 생각에 허위 사실을 유포한 죄가 있어 전라
도의 한 섬으로 귀양을 갔다. 이때 송덕상을 추종하던 박서집
이 유배지에서 우연히 문인방이라는 사람과 동거하게 되었다.

평안도 출신인 문인방은 본심을 털어놓았다. 그가 스승의 억
울한 처지를 생각해 장차 군사를 일으켜 한양으로 쳐들어갈
계획이라고 큰소리치자, 박서집은 그에 찬동했으나 얼마 후 겁

이 나 그 지역 관원에게 문인방의 역모 사건을 밀고했다. 그 섬은 전라도 관할이어서 전라관찰사는 영을 내려 관련자 전원을 체포했다.

전주와 한양에서 혹독한 신문이 진행됐다. 이 과정에서 문인방은 자신이 역모를 꾸민 사실을 시인하고 함께 붙들려온 자들도 반란 혐의를 인정했다. 그들은 밀고자 박서집과 함께 일의 성사를 기원하며 하늘에 빌었다고 했다. 평민 지식인으로 술사이기도 했던 문인방은 《정감록》의 한 구절을 이용했다. 이때 일곱 글자의 흉악한 예언이 부각됐으나, 그 구절은 문인방이 소지한 《경험록》이라는 예언서에 나와 있다고 했다. 그러나 그들이 잡힐 당시 《경험록》이라는 책자는 남아 있지 않았다.

「같은 집단인 이경래는 강원도 양양에 살며, 도창국은 평안도 영원에 있고, 김정언과 오성현은 함경도 안변에 거주합니다. 곽종대는 평안도 순안에 살며 난이 성공하면 청계 선생을 모시려 했는데, 그 손자 송계유는 나이 스물여덟으로 저와 마음을 합해 역모를 꾀했습니다.」

이것으로 보면 문인방처럼 고향이 평안도인 사람도 있지만 함경도 출신도 상당했으며, 이 밖에 강원도 출신도 있었고 송덕상의 집안사람들도 일부 있었다.

회덕에 있던 송씨 집안은 조선 사회에서 손꼽는 명문으로, 그들이 송덕상으로 말미암아 정치적 어려움을 겪고 있었다 해도 일시적인 것이었다.

조선 사회에서 그들이 향유한 특권적 지위는 이런 정도의 일로 무너질 리 없었다. 그러므로 송덕상의 손자가 모의에 참여했다는 문인방의 진술은 신문 과정에서 억지로 강요됐을 가능성이 클 것이다.

송덕상의 제자는 서울과 충청도에 대부분 살고 있었는데, 하필 조선 사회의 변경인 서북 지방과 강원도 해안 지방의 몇몇 제자들만 스승을 위해 난리를 꾸몄다는 게 이해하기 어려운 대목이었다.

사건의 주모자인 문인방은 힘세고 날랜 평안도 출신의 장사 도창국, 강원도 양양의 선비 이경래와 친했다. 이경래 역시 송덕상의 제자로 정조 5년 9월 문인방 등이 이경래를 찾아갔을 때 그가 이런 말을 했다고 했다.

「우리 스승님 송덕상이 조정에 죄를 얻어 멀리 귀양을 가 계시니 사태가 몹시 급해졌다. 그러니 빨리 일을 도모하는 게 좋겠다. 문인방 그대가 인재를 모집하면 일이 성사된 다음 장수든 정승이든 높이 등용하겠다.」

문인방은 그 말에 기뻐하며 이경래를 도원수로, 도창국을 선봉장으로 정했다. 이경래는 양양에 일가친척이 많은데다 노복도 숫자가 많아 유사시에 난을 일으켜 양양군수를 잡아 죽이고 무기와 병사를 확보하는 것쯤은 문제 될 게 없다고 봤다.

반란군은 이웃 고을 간성을 공격하고 강릉으로 밀고 들어간 뒤 원주를 함락시키고 곧이어 한양으로 진격해 동대문을 거쳐 대궐을 점령한다는 계획을 세웠다.

거사에 성공하면 그들은 송덕상을 '대선생'에 책봉하기로 뜻을 모으고, 반란을 일으킬 시기는 갑진년(1784) 7월과 9월 사이로 정했다.

이경래 집안은 강원도 양양뿐 아니라 한양에서도 명성이 자자한 명문가였다. 이경래의 친척 공조 참의 이택징은 최우선 포섭 대상에 떠올랐다. 이택징은 정조의 왕권 강화 정책에 반대해 규장각 운영을 강도 높게 비난한 적이 있었다.

「규장각은 전하의 사적인 관서에 지나지 않고, 규장각의 관리들은 전하의 사사로운 신하일 뿐입니다.」

이처럼 정조의 정책적 고려에 날카롭게 맞선 인물이었다. 문인방은 이런 이택징을 서둘러 합류시키고 그들을 지렛대 삼아 서울의 여러 양반을 역모에 끌어들였다. 당시 한양엔 몇 해 전에 거세된 홍국영 일파를 비롯해 정조의 왕권 강화 정책에 반대하며 울분을 삭이지 못해 어쩔 줄 몰라하던 양반들이 많았다. 양반들의 봉기는 영조 초년에도 있었다. 삼남 지방에서 일어난 무신난(1728)을 비롯해 몰락한 양반들이 반란을 꾀한 게 한두 번이 아니었다. 특히 17세기 초에 일어난 인조반정(1623)은 양반들이 반란을 통해 정권을 교체한 본보기였다.

그런 점에서 문인방과 이경래 등이 무력을 통해 정권을 탈취하겠다는 소망을 품게 된 것도 터무니없는 일만은 아니었다. 문인방 사건은 역모 사건이 새롭게 달라진 측면도 있었다. 권좌에서 밀려난 힘있는 양반들이 서북 지방을 비롯해 전국 각지의 평민 지식인이나 술객들이 합세하기 시작했다는 점이 눈에 띄었다. 모의 과정에서 평민 지식인들의 역할이 점차 강화됐다는 점도 놓쳐서는 안 될 일이었다.

문인방은 양양과 한양을 이경래에게 부탁해 놓고 자신은 삼남 지방으로 내려갔다. 힘이 센 장사들을 모집해 거사를 성공으로 이끌 생각이었다. 관헌에 체포되기 직전 그가 충청도 진천에 머무른 것도 장사들을 모으기 위해서였다.

억울하게 멸시받던 평민 지식인들이 송덕상과 같은 명문가 출신과 어울린 것은 문인방 사건 때 연루됐을 가능성이 크지만 법망을 용케 빠져나간 평민 지식인 중에 이규운은 전국 각지를 떠돌며 훈장 노릇을 하던 평민 지식인이었다.

그런 이규운이 산림 송덕상과 가까워진 것은 우연한 기회를 통해서였다. 정조가 등극한 그해 이규운은 강원도 통천에 있었다. 통천은 송시열이 함경도로 귀양 갔다 돌아오는 길에 잠시 머물던 곳이라 송시열의 기념비가 있었다.

이 비석을 다시 세우는 일로 송덕상을 몇 차례 만나는 과정에서 이규운은 강원도 김화 수령으로 재임하던 송덕상의 아들까지 사귀게 되었다.

이규운은 평안도 선천 사람으로 본명은 오도하였다. 그는 고향을 떠나 강원도를 떠돌다 서울 양반 이찬이란 사람을 대신해 과거 시험 답안지를 써줬는데, 그 덕에 이찬은 진사가 됐다. 이규운은 제 이름을 걸면 아예 과거 시험장 출입이 불가능하였으나 그가 대필해 준 글로 다른 사람은 진사가 되었다.

허탈과 실의에 빠진 이규운은 《정감록》을 읽고 반란을 꿈꿨지만 송덕상 같은 양반을 위해 피 흘릴 사람이 아니었다. 한양 땅엔 술객을 자처하며 요사스러운 일을 꾸미는 자가 적지 않았기에 주상은 그 점을 정약용에게 살피게 한 것이었다.

가지가 셋인 매화

5월 열닷새, 어전 조회가 끝나자 이조 판서 겸 내의원 제조 이규용은 혜경궁 홍씨의 부름을 받았다.

「대감을 뵙자 한 것은 어제저녁 두 폭의 요상한 그림을 받았기 때문이오. 수빈의 처소 근처에서 비단 보자기에 싸인 것을 나인들이 발견한 모양인데, 한 폭은 능선이 첩첩하고 골이 깊으니 궁은 아닌 듯하나 산세가 짐을 싣는 길마처럼 불쑥불쑥 솟아 있고, 또 하나는 가지가 셋인 매화 그림인데 화제(畵題)가 수상쩍어 혹여 만삭의 수빈에게 무슨 일이나 생기지 않을까 하여 불렀소.」

이규용이 그림에 시선을 보내자 혜경궁은 두 폭을 나란히 펴 보였다.

한 폭은 길마처럼 생겼고 또 한 폭은 가지가 셋인 매화나무였는데 가지마다 금방이라도 꽃을 피울 듯 만개한 모습이었다. 그 아래쪽엔 낙관은 없었지만 초서체의 글씨가 가지런히 쓰여 있었다.

매일생한불매향(梅一生寒不賣香).

매화는 평생을 추운 곳에서 살지만 향기를 팔지 않는다는 말이었다. 매화 그림에 이런 내용이 있다는 건 가볍게 볼 일이 아니어서 혜경궁은 그림들을 조심스럽게 접어 놓았다.

이규용이 들기 전 혜경궁은 정조와 서로 다른 의견을 내세우며 얘기를 나누는 중이었다. 그 얘기는 조금의 진전도 없이 똑같은 내용으로 다람쥐 쳇바퀴 돌듯 반복될 따름이었다.

「주상! 이젠 이 어미의 얘길 알아들으시겠습니까?」

「말씀하시는 뜻이야 아옵니다만…….」

「주상, 어미가 자식 못 낳는 며느리 타박한다고 흉보실지 모르지만, 흉잡히는 일보다 나는 왕자를 보는 일이 더 중합니다. 생각해 보세요. 중전이 제아무리 어질다 해도 여잡니다. 의빈이 낳은 문효는 나이 겨우 다섯 살도 못 되어 원인 모를 치독으로 세상을 버렸습니다. 그 어미마저 그 후에 낳은 딸을 보지도 못하고 세상을 떴지 않습니까.」

혜경궁의 언성이 높아졌다. 의빈 성씨는 정조의 빈이었다. 정조 7년에 소용에서 의빈으로 진봉됐는데, 정조 임금의 맏아들 문효 세자를 낳았으나 치독으로 세상을 버렸고 다시 옹주를 낳았으나 의빈 성씨 역시 치독으로 세상을 떴다.

혜경궁이 정조의 상처를 건드리자 곁에서 몸 둘 바를 모르고 있던 수빈 박씨는 혜경궁에게 매달리며 말을 막았다.

「어마마마! 중전마마께서는 신첩을 끔찍이 잘 보살펴 주고 계시옵니다. 분부를 받잡고 집복헌으로 이사 왔습니다만, 신첩은 가시방석에 앉아 있는 것만 같사옵니다.」

「너는 궁중의 속을 모르니 그런 소릴 하는 것이야. 이번엔 내가 꼭 지키고 있다가 무슨 일이 있어도…… 이번 소생만은 잘 기를 작정이니라.」

혜경궁과 수빈이 나누는 대화에 귀를 기울이며 잠자코 앉아 있던 정조 임금이 무겁게 입을 열었다.

「어마마마! 그렇다 해도 중전에게 한마디 말씀도 없으셨다는 것은…….」

「여태 말씀을 드렸으니…… 그만하면 아실 텐데 주상은 왜 자꾸 딴 말씀만 하십니까? 내가 얼마나 깊이 생각한 끝에 행한 일인지 주상은 아직도 짐작이 안 되십니까? 역적 김우진은 중전과 아주 가까운 친족입니다. 아직 내 눈으로 보지 않은 일이라 쉬 말하기는 어려우나, 왕실에 또 무슨 흉변이라도 일어나야만 아시겠습니까?」

혜경궁이 역적이라 일컫는 김우진은 사도 세자가 부왕 영조의 극심한 노여움을 사 자결하라는 명령을 받았으나 거역하자 뒤주 속에 갇혀 여드레 만에 죽게 한 무리 중 한 사람이었다.

중전 김씨가 그 김우진이란 자와 친척이라는 점을 혜경궁은 늘 못마땅하게 여겼다. 사도 세자의 억울한 죽음 탓에 기나긴 세월 홀몸으로 지내 어언 쉰넷이라는 나이가 된 혜경궁. 그녀는 수빈 박씨가 잉태했다는 말을 듣자 후사가 없는 중전 김씨가 수빈 박씨를 질투해 무슨 계략이라도 꾸미지 않을까 잔뜩 의심을 품고 있었다.

그래서 수빈 박씨의 처소를 자기의 감시가 쉬운 집복헌으로 옮기게 해 철저히 보살피고 있었으나 세상일에 비밀이란 없는 법이어서 혜경궁의 이런 속셈은 중전에게 알려지고 말았다. 이에 중전 김씨는 임금 앞에서 울음을 터뜨리며 하소연했다.

「전하, 어마마마께서 제게 그러실 수는 없사옵니다.」

중전은 엎드린 채 어깨를 들먹이며 서러운 눈물을 쏟았다.

「진정하시오, 중전.」

「마마께서도 아시다시피 신첩은 왕실에 후사를 낳아 올리지 못한 것이 뼈에 사무치는 한이옵니다. 때문에 문효 세자가 병을 앓을 때도 어미의 심정으로 신첩은 며칠 밤을 꼬박 새워 병간호했사옵니다. 하오나 동궁은 세상을 버렸고, 그 뒤

로도 신첩이 후사를 위해 얼마나 애썼나이까? 한데도 어마
마마께선 저를 의심하고 계시니…….」

중전 김씨는 생각할수록 억울하고 슬퍼 흐르는 눈물을 어찌
할 수 없었다.

「연로하신 어마마마께서 하시는 말씀이니 그저 그러려니 여
기시오, 중전.」

「아무리 그렇다 해도 신첩이 궁에 들어온 지 벌써 몇 년이옵
니까? 신첩의 나이 열 살에 전하와 가례를 올렸사오니 어마
마마의 며느리 노릇을 한 지도 이십팔 년째이옵니다. 그런데
저를 의심하시다니요. 전하, 제 나이 어느덧 사십이옵니다.
그런 신첩이 후사를 못 잇도록 방해했다는 의심은 신첩을 대
역죄인으로 모는 것이나 다름없나이다.」

중전은 말을 맺지 못하고 흐느끼기 시작했다. 일이 이렇게
되어 가자 누구보다도 처지가 난처한 것은 정조 임금이었다.
혜경궁의 편을 들 수도 없는 노릇이며 그렇다고 중전 편을 들
수도 없었다. 이것이 요즘 궁 안 사정이었다.

문효 세자가 다섯 살 만에 치독으로 세상을 버린 것이 엊그
제 같은데 문인방이니 뭐니 궁 안을 떠도는 해괴한 소문에 혜
경궁은 이조 판서 이규용을 불러 간밤에 나인들이 가져온 그
림에 대해 세세히 알아볼 것을 지시했던 것이다.

사헌부로 간 이규용은 머리 회전이 빠르고 매사에 빈틈없는

감찰 서과를 불렀다.

「혜경궁마마께서 입수하신 그림에 뭔가 의심스러운 점이 많
으니 너는 먼저 길마 그림이 의미하는 것으로 보이는 무악재
를 조사하고 일이 끝나면 지평 정약용의 명을 받도록 하라.」

명을 받은 서과가 찾아가는 무악재는 산의 모양이 길마처럼
생겼기 때문에 길마재라고도 불리며 여름이 머지않은 고갯마
루엔 아직도 봄날의 자취가 남아 있어 부드러운 훈풍이 살랑
거렸다. 울창한 소나무 숲을 넘나드는 싱그러운 바람은 어두
워지기 전에 길마 그림의 단서를 찾아야 한다는 조급함으로
신경이 곤두선 서과의 마음을 달래주었다.

서과가 이곳저곳 살피며 길마 그림과 비슷한 지형을 찾던 중
얼핏 굵은 소나무 가지에 명주 끈으로 목이 매인 채 좌우로 흔
들리는 여인의 몸이 눈에 들어왔다. 서과는 서둘러 달려갔으
나 나무 위로 오르기엔 다급한 상황이라 품에 지닌 단검을 뽑
아 날렸다. 목을 매단 끈이 끊어지고 여인의 몸이 아래로 떨어
졌다. 검지를 목 언저리에 대자 맥이 있었다. 아직은 숨이 끊
긴 게 아니어서 서과는 여인을 둘러업고 고갯길을 뛰었다.

술시에 든 지 한참 지난 시각이었지만 하지가 가까운 때라
아직 숲길이 어둡지 않은 것이 다행이었다. 한약방이란 간판
은 고개 중간쯤 내려왔을 때에야 나타났다. 금방이라도 떨어
져 내릴 것 같은 간판과 사람의 왕래가 있을 것 같지 않은 한

약방 문을 두드린 건 이곳이 아니면 반 시각은 뛰어야 하기 때문이었다.

「뉘시오?」

일흔은 돼 보이는 의원이 호롱불 심지를 돋우며 입술을 삐죽 내민 것을 보면 이 시각에 찾아온 손님이 그리 달갑지 않다는 뜻이었다. 검시 기록을 꺼내는 서과를 향해 한마디 했다.

「죽은 자의 몸을 원했으면 목을 매단 그곳에서 할 일이지 예까지 뛰어온 건 뭣 때문이오. 살길 바라는 게요, 아님 죽길 원하시오?」

묻고 있었지만 노인의 손은 부지런히 움직였다. 서과가 굳이 검안을 작성할 필요없이 노인은 여인의 몸을 이리저리 굴리며 의견을 내놓았다.

「어허, 사람을 죽이려면 제대로 죽여야지 이게 뭔가. 자액 흉낼 냈지만 아주 엉성해. 사람이 세상에 태어나기까지 천지의 기운을 받고 형상을 하늘로부터 받았으니 귀하지 않은 이가 어디 있을까. ……수(壽)를 다하지 못하고 비명횡사하면 그 얼마나 한이 되리.」

노인은 혼잣말처럼 말했지만 서과는 흠칫 놀라 한걸음 물러났다. 자신은 이 처자가 세상살이를 비관해 스스로 목을 매달았다 여겼는데 노인은 아니라는 것이었다.

서과는, 초검이든 복검이든 죽은 자의 몸을 놓고 자살이냐

타살이냐를 따질 경우 가장 명확한 방법을 선택해야 하는데 선택한 방법이 옳지 않으면 죽은 자의 원한을 받게 된다는 속언이 문득 떠올랐다. 그때 의원의 목소리가 날아왔다.

「누군가 목을 조르고 죽었다고 판단해 목을 매단 것 같소이다. 혹 관원이시우?」

「그렇소, 의원. 나는 사헌부의 감찰 서과라 하오. 이 주검은 길마재를 넘던 중 우연히 발견했소이다.」

의원은 고개를 외로 저었다. 누워 있는 여자, 목을 매단 이 여자는 죽어 있는 게 아니란 뜻이었다.

「의원이 병자를 보고 살려야 할지, 죽여야 할지를 판단할 수 있어야 명의(名醫)라 할 수 있습니다. 되는대로 사람을 살리고 멋대로 약재를 남용해 사람을 죽이는 건 돌팔이지만, 이 길에 들어와 사람을 살리고자 생각했다면 죽어 가는 사람도 살려야 하지 않겠습니까.」

의원은 휘둥그레 눈을 뜬 서과를 힐끗 올려다보며 빙그레 웃는 낯으로 다음 말을 이었다.

「이 아낙은 죽은 듯 보이나 죽은 게 아니라 인후를 졸려 혼절한 것입니다. 한숨 자고 나면 무슨 얘기든 들을 수 있을 겁니다.」

의원은 아낙의 몸을 안으로 들여 시술할 채비를 서둘렀다. 목을 매단 여인의 가슴에 온기가 남았다면 닭 볏의 피를 내어 입에 떨어뜨리고 윗옷을 벗겨 중완혈에 뜸을 뜬다. 한 장에 일각에서 이각 정도 가는 뜸 열다섯 장이면 소생시킬 수 있을 것 같았다. 의원은 뜸을 준비하면서 가까이 다가온 서과에게 한마디 건넸다.

「닭 볏은 환자가 사내면 붉은 암닭을 쓰고 여자인 경우는 붉은 수탉을 씁니다. 어찌 됐건 이 처자는 서 감찰님을 만나 살아났소이다.」

의원은 비로소 안도의 숨을 내쉬었다. '검시체식(檢屍體式)'엔 이런 때 '조액'이라 하지만 본받을 만한 법식인 것만은 틀림없다.

한편, 사헌부에서는 죽은 사람 하나가 망우리 고개에 버려져 있다는 보고를 받고 장령 하나를 딸려 지평 정약용을 파견했다.

산속 날씨는 봄비가 촉촉이 내리고 있었다. 버려진 사내는 망우리 고개 초입에서 약 백 자〔尺〕 들어간 곳으로 움푹 파인 자리였다. 정약용은 즉시 검시 기록을 작성했다.

「우리가 오기 전 이 사낸 살아 있었을 것이다만, 지금은 명이 끊겼다. 이 사낸 행세깨나 하는 집안의 종이 분명하지만 손이 흐트러지고 눈이 열렸으니 몽둥이로 맞아 죽은 게 분명하다. 복부는 어떤가?」

「팽창하지 않습니다.」

「특별한 상처를 찾을 수 있느냐?」

「보이지 않습니다.」

「상흔이 푸르거나 붉은빛이 열다섯 군데나 되니, 이는 집단적으로 몰매를 당한 것이다. 머리나 옷가지가 흐트러진 걸 보면 주검은 구타를 당한 후 버려졌을 것이다.」

주검을 사헌부에 가져와 갯버들 나무껍질을 덮어 위조된 상흔을 찾았으나 흔적이 나타나지 않은 것으로 보아 이 주검은 몽둥이로 구타당했기에 가만가만 두드리면 상처는 피막이 분리돼 소리가 났다. 초를 뜨겁게 해 몸에 덮자 잇단 상처가 나타났다. 사망에 이른 원인은 목뼈의 골절이었다. 겉옷과 머리카락에도 지푸라기가 묻어 있고, 어깨 어름의 살갗엔 일정한 무늬가 나타났다. 그것은 인위적으로 만든 게 아니라 오랫동안 벌을 받을 때 나타난 상처 흔적이었다.

이틀 만에 사헌부에 돌아온 서과는 자신이 내의원 제조 이규용의 명을 받았다고 보고를 올린 뒤 정약용의 지시를 받아 지난해의 검시 기록을 기록 보관실에서 찾았다. 북악산 자락에 사는 선비 김무학의 검험 기록이었다. 그의 집안은 유가의 법통을 이어받아 김무학의 부친 선일(仙佾)이 삼청관이라는 도관을 이곳 삼청동 계곡에 지은 것인데, 산과 물이 맑고 사람이 맑으니 살기에 더없이 좋다는 곳이었다. 김무학은 이곳에 사는 걸 크게 내세우며 자신은 크게 복을 받을 것이라고 호언장담했다.

「아하하하, 삼청동 골짜기가 얼마나 아름다운가. 도성 안에 이곳만큼 빼어난 곳은 없을 것이네. 삼청이 첫째고, 둘째가 인왕, 셋째가 쌍계, 넷째가 백운, 다섯째가 청학 아닌가. 나는 삼청에 사는 걸 크나큰 자부심으로 여긴다네.」

김무학은 이렇게 말하면서 병자호란 때 청나라로 잡혀간 청음 김상헌의 삼청동에 대한 시를 음송했다.

삼청의 골짜기
그윽하고 넓은데
푸른 잔디 흰 돌 사이엔
맑은 시냇물만 흐르네

이처럼 호방한 김무학이 지난해 초겨울 싸늘한 주검으로 발견되자 그의 주검에 대해 말들이 많았던 건 사실이었다. 검시 기록을 살피며 정약용이 한마디 내놓았다.

「김무학은 학문이 깊을 뿐 아니라 도학에 조예가 깊었네. 정중동의 이치에 밝다 보니 원수를 맺을 만한 사람이 없었지. 그런 그가 갑자기 죽었는가 하면 몸에 나타난 상흔은 깊은 원한에 의한 살인이 분명하네.」

칼을 사용해 살상하는 경우 한두 번 찌르는 것으로 끝맺지만 그의 주검은 상처가 깊은데다 과다한 출혈을 일으키려 칼을 돌려 뺐으니 의원의 눈에 띄었어도 손을 쓰기엔 이미 늦었을 것이다. 정약용이 고개를 갸웃거리며 서과에게 물었다.

「무악재에서 단서가 될 만한 것을 발견했는가?」

「예, 길마 그림의 지형을 찾아보았으나 특별히 의심스러운 점은 없었고, 목을 맨 아낙을 발견했사온데 아직 숨이 붙어 있어서 무악재 아래 의원에 치료를 부탁해 두었습니다. 그나저나 한 해 전 김무학 피살 사건을 어찌 생각하십니까? 재조사해 봐야 하지 않겠습니까?」

「글쎄…… 사헌부에 들어와 해결되지 않은 사건을 뒤적이다 알게 되었네만, 그 일은 참으로 이상한 사건이야. 원한이니 치정이니 도학이니……, 어느 것도 이상한 점이 없는 자인데 주검으로 발견됐으니 말이야. 사내가 그런 꼴을 당하는 건 두 가지지. 같은 하늘에 머리를 두고 살 수 없는 원한이 있거나, 치정에 얽힌 경우 말일세.」

김무학의 검시 기록엔 그의 주검이 발견된 것이 음력 11월 초닷새라 적혀 있었다. 눈이 내리지 않은 채 날씨만 혹한이었다. 그의 주검은 칼에 찔렸지만 피는 엉겨 붙어 흐르지 않았다. 칼에 찔린 채 살해된 주검이라면 타살이 분명한데 동기가 없었다. 그가 다른 사람에게 원한을 살 만한 마땅한 이유가 없었다.

그런데 이번엔 전임 판서를 지낸 민동호가 싸늘한 시체로 발견돼 사헌부를 긴장시켰다. 때마침 장인을 찾아온 사위와 딸은 뜻밖의 상황에 아연실색하여 이 일을 관아에 신고했다. 사위는 초시에 합격한 후 곧장 성균관에 들어갔기에 관직은 얻지 못한 상태였다.

「지난밤 시생을 불러 학문에 대한 말씀이 있었습니다. 장인 어른의 운수가 불길해 장차 수난의 기운이 있으니 처신을 바로 하라는 말씀이 있었는데……, 이처럼 자진하실 줄은 뜻밖의 일입니다.」

이 자리엔 정약용은 말할 것도 없고 서과까지 나와 있었다. 독물에 중독돼 목숨을 버리는 일은 종종 있지만, 민간에선 쥐약이나 농사짓는 데 사용하는 약제를 이용하는 게 대부분이었다. 그런데 얼핏 보기에도 비상과 같은 독물의 중독이었다.

주검이 있는 방은 당연히 출입을 통제하고 검험이 시작됐다. 검시 기록은 정약용이 맡았고, 서과가 곁을 따랐다.

「주검의 상태는 어떠냐?」

「몸에 작은 포진이 있습니다.」

「색깔은?」

「청홍색입니다.」

「눈동자는 어떤가?」

「터졌습니다.」

「귀는?」

「부은 채 커졌습니다.」

「혀는 어떠냐?」

「혓바늘이 돋고, 혀 역시 입술처럼 터졌습니다.」

「복부를 살펴라.」

「팽창했습니다.」

「항문은 어떠냐?」

「부었습니다.」

「손톱과 발톱을 살펴라!」

「입술처럼 청흑색입니다.」

비로소 정약용은 죽은 자의 상반신을 살폈다. 파랬다. 다시 하반신을 살피고 나서 결론을 내렸다. 주검의 당사자인 민 판서는 배가 부른 상태에서 야갈독에 중독된 것으로 보였다.

상반신이 파란 건 배가 부른 상태에서 독풀을 먹었다는 얘기인데 그것은 있을 수 없는 일이라고 단정했다.

「오래전 염제 신농씨는 모든 약초의 맛을 보다 단장초에 중독돼 목숨을 버렸다. 그게 야갈이다. 조선에도 얼마든지 독성이 밝혀지지 않은 풀은 있다. 강한 독성을 내뿜는 그 풀이 무엇인가도 중요하나 민 판서가 독풀에 중독돼 죽어야 하는 이유를 찾아야 할 것이다.」

무악재 아래 의원 집에서 연락이 온 건 다음 날이었다. 혼수상태에 빠진 처자가 깨어나 자신을 살려 준 사람을 만나 보고 싶다는 전갈이 전해졌다.

상대의 신분을 알 리 없는 처자는 뜻밖에도 숭신방 민 판서 집의 행랑채에 사는 판돌 아범의 아낙이었다. 혼인한 지 두 해 지만 슬하에 자식이 없었던 탓에 처녀가 아닌가 싶은 생각이 들 정도로 행색이 단아했다.

「죽을 목숨을 살려 주어 감사합니다. 제 남편은 어찌 됐는지 궁금합니다.」

아낙은 남편의 생김새를 일러 주고 말문을 열었다. 아무리 생각해도 낯선 사내들에게 끌려와 이런 봉변을 당한 건 지난 해 자신이 본 일 때문이 아닌가 싶어서였다.

「무슨 일을 봤습니까?」

아낙은 말이 없었다. 그러나 상대가 자신을 구해 준 은인이 라는 점에 눈가의 찬바람을 지우고 조심스럽게 말문을 열었다.

「우리 아가씨는 이씨 댁 서방님과 혼인했답니다. 워낙 사람 됨됨이가 크고 담대해 혼인 첫날부터 친구들에게 끌려가 기 방이다 어디다 돌아다니며 술을 마신 바람에 집안사람들의 걱정은 이만저만이 아니었지요. 첫날밤도 치르지 못한 신부 로선 무거운 원삼과 족두리를 쓰고 온종일 방 안에만 있었으 니 그 고역도 무시 못할 일이었지요.」

애기를 듣는 서과의 머릿속에 하나의 정경이 그려졌다. 육중 한 민 판서 집 대문 앞에 부리는 종들이 안절부절못하고 서성거리는 정경이었다. 종들의 입장에선 신랑의 얼굴을 본 게 아니었다.

사모관대를 쓰고 들어왔다가 유생 차림으로 출타했으니 갓을 쓰고 도포를 걸친 사내가 지나가면 '우리 서방님 아닐까' 하는 바람에 달려가 확인하곤 했다. 날은 춥고 밤은 깊어 가는데 도무지 신랑이 나타나지 않자 민 판서는 행랑아범과 두 하인을 밖으로 내보냈다.

「너희는 새신랑의 얼굴을 보아 알 것이다. 이 시각까지 어디서 뭘 하는지는 새삼 말해 무엇하겠느냐만 필경 과음으로 몸이 상할 것이니 서둘러 모셔 오너라.」

이들은 집으로 들어오는 두 갈래 길에서 기다리며 이제나저제나 신랑이 나타나길 기다렸다. 그날 자시가 가까워 한 사내가 술에 취해 금방이라도 쓰러질 듯 걸어오고 있었다. 분명 '서방님이다!' 하는 느낌에 행랑아범은 하인들에게 눈짓을 나누며 냅다 그 선비를 둘러업고 뛰었다. 사내를 신방 안에 넣으며 행랑아범이 은근히 한마디 찔러 넣었다.

「헤헤헤. 서방님, 이런 날엔 새아씨와 단꿈을 꾸셔야지요. 술을 드셔도 합환주를 드시는 게 좋은 것 아닙니까.」

기름진 미소를 띠며 행랑아범은 그곳을 물러났는데 아침이 오면서 난리가 일어났다.

「어둑새벽에 누군가 대문을 두드리는 게 아니겠어요. 한겨울 삭풍이 스쳐 가는 자리지만 워낙 대문을 크게 두드려 그 소린 몸채에도 들릴 정도였어요. 간밤에 신랑을 찾으러 나간 하인이 대문간에 달려가 밖을 내다보다 질겁했지요. 소스라 치게 놀라 민 판서 대감의 방 앞으로 달려가 신랑이 바뀌었 다고 했답니다.」

「무어라, 신랑이 바뀌었어?」

집 안이 발칵 뒤집혔다. 지난밤 워낙 술을 많이 마신 탓에 바람막이가 되는 대문 한쪽에 신랑은 쭈그리고 앉아 졸고 있었다. 깊은 잠은 아닐 것이고 허기와 피곤기가 한꺼번에 몰려들어 쉬고 있는 게 분명했다.

약간의 시간은 있었지만 해결 방도가 떠오르지 않은 민 판서 는 신방에 있는 사내를 끌어내 광에 가두고 대문 밖에 있는 신 랑의 외침은 모른 척했다. 추위와 한기에 지쳐 신랑이 돌아가 면 그제야 처리 방법을 생각해 볼 참이었다.

서과가 물었다.

「일이 잘못돼 신랑이 바뀌었다면 사실대로 말하고 방책을 찾아보는 것이 옳지 않느냐?」

「저야 무슨 일이 있었는지 모르지요. 서방이 돌아와 이런저 런 말을 해줬으니 그제야 알 수 있었지요. 아마 신랑은 나중 에 이 일을 알았고, 그날 일을 아는 사람을 죽이려는 걸 거예 요. 지금은 아씨도 살려 둘지 모르지만 머지않아 나쁜 마음을 먹을 게 틀림없어요.」

서과는 망우리에서 발견된 사내의 형상을 말해 주었다. 이미
짐작하고 있었다는 듯 여인은 자신의 서방임을 선선히 수긍했
다. 집 안엔 이들뿐만 아니라 두 명의 하인까지 있었다. 비로
소 서과는 사실을 밝혔다.

「어제 숭신방의 민동호 판서가 세상을 떠났습니다. 독풀에
중독됐는데 자살을 가장한 타살이 분명합니다. 사헌부에선
누구보다 사위를 의심하고 있습니다만, 성균관에서 학문을
익히고 있는 탓에 확실한 물증이 나올 때까지 지켜보고 있습
니다. 불원간 잡아들여야지요. 한 가지 궁금한 게 있습니다.
신랑으로 오인돼 광에 갇힌 선비는 어찌 됐습니까? 신랑이
돌아간 뒤 목숨을 빼앗았습니까?」

「아, 그 선비님요! 김무학이라 했어요. 혼례는 이틀 후 다시
치러지고, 아가씨와 새신랑이 돌아가고 난 뒤, 뒤꼍에서 죄
를 논하는 일이 벌어졌어요. 대감께서 '논죄하겠다!'고 외쳤
으니까요. 재갈을 풀고 그 사람에게 물었어요, 죄를 알겠느
냐고요. 그 선비님은 당당했어요. 자신은 이곳이 어느 기방
안뜰이라 생각했답니다. 신부 차림이 이상해 나중에 깨달았
지만 이미 때는 늦은 후였어요. 자신이 실수로 이 집을 월장
한 게 아니고 술에 취한 자신을 이 집 하인이 방 안에 집어넣
은 거라고요. 그게 어찌 자신의 허물일 수 있느냐 했지

만……, 결국 선비님은 몽둥이세례에, 칼을 맞아 목숨을 잃고 야산에 버려졌지요. 그 사실을 안 아씨는 가지가 셋인 매화 그림을 그려 제게 주시면서 궐에 의녀로 있는 제 동무에게 전하여 중궁전에서 보시도록 조치를 취하라 하셨어요. 제가 길마 그림을 구해 거기에 매화 그림을 싸서 동무에게 전했지요. 중궁전 근처에 놓아두라고요. 자세한 걸 아시려면 아씨를 만나야 해요. 그러니 감찰님께서 우리 아씨를 한번 만나주세요. 한시가 급합니다.」

서과는 민 판서 댁인 숭신방으로 향했다. 신랑은 성균관에 나간 뒤였으므로 집에는 민 규수 혼자뿐이었다. 그녀의 거처로 생각되는 방문을 열었을 때, 민 규수는 대들보에 줄을 늘어뜨린 채 목을 매단 뒤였다. 아래엔 한 통의 유서가 놓여 있었다.

　　……참으로 사람 일이란 알 수 없는가 봅니다. 혼인한 내가 뜻하지 않은 일로 낯선 사내에게 몸을 맡긴 후 아침이 되어서야 사실을 깨달았습니다. 어떻게든 해결할 방안을 찾았으나 김무학 선비님은 자신이 목숨을 잃는다 해도 일을 옳게 처리하겠다는 말을 했습니다. 그분은 제게 정표를 준다 하여 지니고 있던 봉황초를 줬습니다만 그게 화를 자초하게 될 줄 어찌 알았겠습니까…….

사연을 차분하게 써 내려갔지만 내용은 참담했다. 신부의 몸에 봉황을 음각으로 새긴 초가 있음을 이상히 여긴 신랑은 당연히 닦달했다. 봉황초는 남녀가 장래를 약속하고 죽을 때까지 변치 말자는 비익조가 새겨진 초였기 때문이다. 뒤늦게 당도하여 서과로부터 자초지종을 설명들은 정약용은 포교를 성균관에 보내 민 판서의 사위를 잡아오게 하는 한편, 민 규수의 주검을 사헌부로 이송시켰다.

얼음 송곳에 숨은 계략

　어둠이 물러가지 않은 용인 관아의 어둑새벽 고요함을 꽹과리 울음이 산산이 찢어 놓았다. 깡깡대는 소리는 금이 간 쇳덩이가 울부짖는 것처럼 짜증스럽게 귓가를 할퀴었다.

　「도대체 어떤 놈이 식전부터 소란을 떠는 거야?」

　엷은 꿈 자락을 잡아끌어 겨우 도망간 잠이 찾아오는가 싶더니 두서없이 쳐대는 꽹과리 소리에 단잠이 삼천리 밖으로 달아나 버리자 칠복은 고개를 뽑아든 채 구시렁거렸다.

　「사또, 이놈의 한을 풀어주소서! 억울하게 죽은 내 누이의
　한을 풀어 주소서!」

　하품을 풀풀 날리며 자리에서 일어난 칠복은 관문을 열기 전 찾아온 사내의 목소리에 짜증부터 터져 나왔다.

「아주 발광을 해요, 아무리 급해도 그렇지. 제 놈은 밥 안 처 먹고 똥 안 누나. 관아에 있는 사람은 잠도 안 자고 일을 하냐 그 말이야! 어둑새벽부터 지랄 떤다고 어느 놈이 제 놈 일부터 봐주누!」

짜증이 목 밑까지 차오른 탓에 토해 놓은 말이었지만 밖에서 꽹과리를 쳐대는 유장호란 사내를 알고 있었다. 이곳 용인 땅 에서 목에 힘주고 다닌 이창배 대감이라면 울던 아이도 울음 을 뚝 그친다는 호랑이 같은 위인이었다. 지금은 자리에서 물 러났지만, 한때는 조선의 범죄자들을 잡아 족치고 추쇄자들을 호령하던 형조 판서를 지낸 인물이었다.

그렇듯 위세 있는 집안으로 누이동생을 시집보냈으니 유장 호의 집안은 사돈집 위세를 보는 듯했으나 혼인한 지 두 해가 되도록 아이를 회임치 못하자 식솔들의 눈길은 싸늘해졌고 급 기야 자식을 얻기 위해 여느 비방이라도 사용해 보려는 지경 에 이르렀다.

「아씨, 이슬 비방을 사용해 보세요. 새벽이슬은 음기가 안으 로 뭉치니 자식을 갖게 합니다. 그러니 새벽이슬을 받아 마 셔야 합니다. 해 뜨면 음기가 산산이 부서지니, 해 뜬 뒤의 이슬은 마시면 아니 됩니다.」

어찌 이것뿐이랴. 용하다는 용인 땅 무당 어미는 해거름 녘 에 찾아와 비방을 내놓았다.

조선명탐정 정약용 113

「자식 얻기를 고집한다면 굳이 비방을 가리겠습니까. 아씨, 매월 보름날엔 산중의 빈 무덤을 찾아가 자식을 달라 발원하십시오. 그리하면 대자연의 기를 받은 뱀이나 여우 영(靈)이 얼씨구나 찾아들 것입니다.」

그녀 역시 시집오기 전 같은 또래의 처녀들에게 그런 얘길 들은 적이 있었다. 이른바 '독약 처방'이었다. 여인으로 태어나 자식을 갖지 못하는 건 칠거지악에 해당됐다. 시집에서 쫓겨나는 참사가 벌어지기 전 수단과 방법을 가리지 않고 자식을 갖는 게 '빈 무덤 처방'이었다.

누군가가 쓴 무덤 자리를 찾아가 자식을 점지해 달라 천지의 신께 고하고, 무덤 자리에 들어가면 자기도 모르게 자식을 갖게 된다고 했다. 마음자리를 틈타는 뱀과 여우의 원귀가 효험이 있었는지 없었는지는 모르나 며느리 유씨는 그해 복어 고기를 먹은 후 독성으로 세상을 떴다. 아이를 가지려는 그녀 행동을 볼 때 자식을 가진 듯해서 이창배 대감은 용인 관아에 연락해 초검을 치르게 했고, 그게 미심쩍어 관찰사 박우철에게 복검을 의뢰했었다.

그들은 한결같이 음식 중독 때문인 사망으로 결론을 내렸다. 그 일이 벌써 1년이 넘고 다시 석 달이 지나고 있으나 아무리 세상일에 둔한 자라 해도 대부분 기억했다. 큰며느리가 횡사한 이후 이창배 대감이 먼저 세상을 뜨고 그의 아내도 두 달을 버티지 못하고 남편의 뒤를 따라갔다.

대감은 생전에 큰며느리가 마음에 들었던지 잣나무 숲에 조성한 묏자리에 묻게 한 후 매일 슬픔에 빠져 지냈다. 그런데 며칠 전, 돌풍과 벼락이 때려 중간이 부러진 잣나무가 무덤을 덮쳐 봉분이 허물어지고 암반 때문에 얕게 묻혀 있던 관까지 반쯤 부서졌는데 그 바람에 안에 있는 시신이 밖으로 드러나자 그것을 보고 유장호는 용인 관아를 찾아와 꽹과리를 울리며 읍소하는 것이다.

용인 현감 오경하는 관문을 열기엔 이른 시각이었으나 동헌으로 나와 유장호를 불러들였다.

「네가 무슨 일로 관아를 찾아와 소란을 떠느냐?」

「사또, 시생이 어젯밤 꿈에 꿈길을 찾아온 누이가 자신의 한을 풀어 달라 울며 사정하였소이다. 어떤 한이 있어 이승을 떠나지 못하느냐고 물었더니 자세한 건 자신의 무덤에 가면 알 수 있다 하여 누이가 묻힌 무덤에 갔는데, 간밤에 벼락 맞은 잣나무가 누이 무덤을 덮쳐 봉분은 무너지고 관이 드러나 부서진 관 속을 살펴보던 중 이상한 징후가 있어 이렇듯 찾아왔소이다.」

「이상한 징후라니?」

「소인이 부서진 관을 수습하고자 잣나무를 들어내니 누이의 주검은 아직 완전히 삭지 않았는데 이상하게 배 부위는 먹물과 청색을 뿌린 듯 검푸른 빛을 띠었고, 주변에는 벌레들이 죽어 있었습니다. 이로 보아 그 부분에 독이 있었던 것으로 생각되옵니다. 또한 그 아래엔 태(胎)와 비슷한 옅은 자국이 있는데 그것은 회임을 나타내는 징후였습니다. 누이가 자식을 가지려고 백방으로 노력한 걸 보면 이는 아이의 태가 분명하옵니다.」

「하면, 누군가가 누이의 몸에 몹쓸 짓을 해 독물로 살해했다는 것이냐?」

「그러하옵니다, 사또!」

오경하는 항인과 오작인, 그리고 사령 둘을 대동하여 무덤으로 향했다. 유장호의 말은 과연 틀림없었다. 동쪽을 향해 봉분을 세운 무덤은 일곱 자쯤 떨어진 곳에 줄지어 서 있는 잣나무에 벼락이 떨어져 무덤을 덮쳤는데 이미 유장호가 주위의 흙먼지 등을 털어 낸 탓에 달리 손 쓸 필요 없이 조사할 수 있었다.

관 속의 상황은 유장호가 설명한 내용과 같았다. 배 부분이 검푸른 빛깔로 물들어 있었다. 수없이 보아 온 주검의 상황으로 보아 독물에 의한 중독사란 건 의심할 여지가 없었다. 증거를 채집하고 관을 손질하여 봉분을 덮었다.

초검관 용인현의 형방 이정진의 검시 기록엔 독을 먹고 죽은 경우의 상황을 예시해 주검의 상태를 대비해 두었다.

이창배 대감의 며느리 유씨의 주검은 입술이 퍼렇다거나 혀가 문드러지고 입술이 찢어지는 현상은 보이지 않았다. 일반적으로 독을 먹은 경우 그런 상황이 전개되고, 입안이 검붉거나 검고 손톱이 푸르기 마련이다. 그러나 주검은 은비녀를 인후에 넣었다가 꺼내 보니 검은 반응이 있을 뿐, 다른 현상이 없는 것으로 보아 비상이나 야갈 등의 독물에 중독된 게 아니라 복어 같은 독이 있는 생선을 먹었을 때의 정황과 다름없다. 만약 주검의 임자가 벌레의 독으로 죽은 경우, 전신 상하의 머리와 가슴이 푸른색이거나 검은색이고 간혹 배가 부풀어 오르거나 입으로 피를 토하고 항문으로 피를 쏟는다.

집안에 떠도는 말처럼 유씨가 아이를 포태하기 위해 금석약을 복용했다면 그것 역시 합당치 않다는 것이다.

만약 아이를 가지려고 중원의 비방인 금석약이나 그와 비슷한 약을 먹고 중독됐다면 주검의 위아래에 한두 군데 푸르게 부어오른 부위가 있어야 한다. 그것은 주먹으로 때려 상한 흔적과 유사하고 혹은 청흑색의 큼직한 멍처럼 된다. 또한 손톱은 검고 신체의 육봉(肉縫)에 피가 있으며 배가 부어오르기도 한다.

그런가 하면 주검의 상태가 깨끗한 점을 조사한 내용은 다음과 같았다.

비상이나 단장초 등에 중독된 경우 봄이나 여름 가을 겨울의 더위 한때를 지나면 온몸에 포진이 발생해 청흑색이 되는 건 널리 알려진 사실이다. 눈동자는 터져 나오고 혀 위에 작은 혓바늘이 돋고 혀 또한 터진다. 두 귀는 부어 커지며 복부는 팽창하고 항문이 벌어진다. 그러나 유씨의 주검엔 이런 증세를 발견할 수 없다. 여러 정황을 살펴보면 복어로 말미암은 중독사가 분명하다.

복검관인 경기도 감영의 도사 박우철의 검시 기록엔 다른 내용이 적혀 있었다.

주검이 복어 때문인 치독이라고 하나 본관이 은비녀를 사용해 입에 넣었다 꺼내 조각수로 씻어 낸 후 다시 입안과 목구멍에 집어넣고 종이로 밀봉했다가 한참 지나 꺼내 보니 청흑색으로 변했다. 이것은 조각수로 씻어 냈어도 색깔이 지워지지 않았으므로 독으로 죽었다는 의혹이 따른다. 물론 복어와 같은 독이 있는 음식을 유씨가 먹지 않았다면 주검의 몸에서 꺼낸 밥 알갱이 등으로 독이 든 음식을 시험해 볼 수 있으나, 이미 독에 중독돼 죽었다 하니 남은 건 생전에 먹은 음식이 있는 창자 안을 살펴보아야 검시가 바로 될 것이다. 명문 사대부가에서 해부를 허락지 않으니 이것은 애석할 따름이다.

초검관이 보는 관점은 복어에 의한 중독사로 보아도 무방했으나, 복검관은 치독의 의혹이 있다고 단언했다. 검시 기록을 몇 번이나 들여다보아도 확실히 단언할 수 없는 상황이었다. 주검의 상황과 관 속에 일어난 여러 가지 정황을 참조해 용인현감 오경하는 '치독'이라는 결론을 내렸다.

「대감, 아무래도 누군가 독으로 며느님을 살해한 것 같습니다. 며느님의 몸에서 흘러나온 태(胎)가 있는 것으로 보아 아무래도 죽기 전에 회임한 게 분명합니다.」

이창배 대감의 큰아들 이민형은 지난날 중원에서 유행하는 금석학의 하나인 오석산(五石散)에 취해 좋지 않은 상황을 맞이했다. 이러한 단약 처방을 귀띔한 건 용인 관아에서 5리 남짓 떨어진 곳에 자리 잡은 구제원(救濟院)이란 한약방에서 일하는 상구란 자였다. 그 당시 향시에 떨어진 큰아들의 마음을 잡는 데엔 그만한 것이 없었다.

「큰서방님 집안에 우환이 있다 들었습니다. 부인께서 병을 얻어 시난고난 어려운 처지에 있다 하는데……, 그래가지고서야 큰서방님의 마음자리가 편할 리 있겠습니까?」

아닌 게 아니라 그의 아내는 시집온 후 여섯 달 만에 병석에 드러누웠다. 특별한 병명이 있는 것도 아니고, 처녀 시절부터 몸이 아픈 내력도 없었다. 그저 온종일 죽은 듯 잠을 잤다. 나중에 구제원(救濟院) 의원이 찾아와 진맥하며 운독임을 역설했을 때엔 병이 상당히 깊어진 때였다.

「그럼 상구 네가 의원을 데리고 와서 안사람을 진맥해 보도록 해라.」

상구의 단약 처방 권유에 이민형은 진맥부터 할 것을 지시했다.

「나리, 불기운이 왕성한 여름에, 서늘한 기후(金氣)가 시작되는 가을로 바뀔 때엔 온기인 토기(土氣)가 교량 역할을 합니다. 즉, 건강을 유지시켜 주는 금기가 질병을 일으키는 불기운의 독성에 해를 입는 걸 말하지요. 이때 온기인 토기를 완화시켜야 하는데 오행으로 화생토(火生土) 토생금(土生金)의 역할을 하게 됩니다.」

이러한 운독은 급기야 독감이나 뇌염·열병·괴질 등으로 발전하게 되므로 영신해독탕을 쓰는 게 일반적인 해법이었다.

그러나 유씨는 스스로 병을 밖으로 나타내지 않은 채 줄곧 골골거리다 목숨을 잃었다. 몸이 약해 약을 쓰기엔 너무 늦었다는 게 박 봉사의 진맥 결과였다.

이때부터 이 댁의 큰아들은 중원에서 건너온 오석산이라는 처방법에 빠졌는데, 이것은 강력한 최음 효과가 있지만 조로로 급사할 위험이 있었다. 아니나 다를까. 이 댁 큰아들은 어느 날 아침 자신의 방에서 영원히 깨어나지 않은 잠 속에 빠져 버렸다. 집안에 우환이 생기자 이창배 대감은 외부 출입을 삼갔으나 마음의 병 때문에 오래 버티지 못하고 저승길로 떠나 버렸다. 오경하는 이 대감 댁 사정을 들으며 한마디 내놓았다.

「그렇다 보니 구제원(救濟院)에서 일하던 상구가 이 대감 댁 집사로 들어갔겠구나?」

형방 이정진이 조심스럽게 뒤를 받았다.

「그렇습니다. 일은 그리된 것입니다만, 저 역시 오래도록 그 집안을 주의 깊게 살폈습니다. 연이은 변고가 누군가의 음모로 일어나지 않았나 싶은 우려였지만 지금까지 이렇다 할 실마리를 찾지 못하고 있습니다.」

「무덤 안에 생긴 유씨 여인의 변고는 그 나름의 충분한 이유가 있을 것이지만, 무엇보다 독을 써 살해했다는 게 심상치 않네. 형방의 검시 기록은 유씨 부인이 자식을 얻기 위해 갖가지 비방을 썼다 했는데, 죽은 자의 몸에서 흘러나온 태가 있었다는 게 납득되지 않아. 형방은 상구란 자의 신원 파악에 주력하도록 하게.」

이날은 아침부터 비가 내렸다. 추적추적 내리는가 싶더니 오후 늦게부터는 조금씩 굵어져 앞뒤 분간을 못 할 정도로 쏟아부었다. 삼화루의 기생집에서 좌우 양쪽에 계집을 낀 이씨 댁 둘째 도령 이도형은 여느 때처럼 밤이 깊어 가는 것에도 아랑곳없이 얘기꾼들이 들려주는 구수한 넉살에 손뼉을 치며 깔깔거렸다.

「아하하하, 그러니까 색이란 것도 밥 먹는 거와 같다, 그 말인가? 식색은 동격이다, 그 말이야? 아하, 그런 것 같아. 어느 시골 촌로는 그런 말을 하더구먼. 하루라도 제 여편네를 사랑해 주지 않으면 잠을 못 잔다는 거야. 밥을 먹는 거와 같다는 거지. 그런데 나는 그렇지 못하니 어쩐다?」

얘기꾼의 표정이 의아스럽게 변했다.

「무슨 말씀이신지?」

「자넨 몰라도 되네. 가만, 얘기는 매듭지어야지. 식색은 동격이라 했으니 어떻단 말인가? 이것은 배운 자나 안 배운 자나 마찬가지고 부유한 자나 가난한 자가 마찬가지라 그 말 아닌가?」

「그렇습니다. 그래서 공자님도 늘 자신의 양력을 키우기 위해 잉어탕을 드셨습니다.」

이도형은 처음 듣는 얘기가 아니었다. 상구에게서 신선으로 변화한다는 '선화칠기' 이야기를 들었었다. 일곱 가지 비방을 사용하는데, 한 가지에 이레씩 총 49일이 소모된다. 일곱 가지 비방에 속해 있는 게 '잉어탕'이었는데, 오석산과 병행해 일곱 가지 비방을 권하며 상구는 목소리를 낮췄다.

「많은 사람이 방법을 뻔히 알면서 실행하지 못하는 건 '참을 인' 자 뜻을 제대로 파악지 못해서지요. 비약을 복용할 때는 그것을 쓰는 상대자가 다른 사람으로 정해져 있습니다. 자신의 부인에게 비방을 사용하면 장차 음녀로 변하는 속성이 있다는 경고지요.」

상구의 말은 일곱 가지 약을 복용하는 49일 동안은 자기 부인과의 관계를 금하라는 얘기였다. 젊은 육신이라면 어딘가에 풀어야 하는데 당장은 그게 문제였다. 이도형은 생각난 듯 하루거리 지역으로 상구를 심부름 보냈다.

「전일 구제원(救濟院) 박 봉사가 그런 말을 했네. 자신에게 의술을 가르친 인산 선생이란 분이 있는데, 의학이 신의 경지에 이르러 못 고치는 병이 없다 했으니 그분을 찾아가 내가 쓴 서찰을 보여 주면 말씀이 있을 것이네. 자네가 그걸 듣고 오게.」

상구가 길을 떠나자 그날 밤 이도형은 상구와 동거하는 초설이라는 계집의 처소로 기어들었다.

밤이 깊어 가고 있었다. 향나무에서 풍기는 아련한 내음은 쏟아지는 빗발 속에 어디론가 숨어 버리고 무심히 내리는 빗발 소리만 한가로웠다. 이도형의 처 김씨 부인은 적이 한숨을 뿌리며 윗목에 켜놓은 황촉의 불을 껐다.

왈칵 어둠이 밀려들었다. 김씨 부인은 열아홉에 혼인했으니 나이는 고작 스물이었다. 혼인하고 지금까지 남편은 몇 번이나 잠자리를 같이했는가. 혼인 첫날은 술에 취해 어떻게 지나갔는지 모르고 그 이후엔 생각하기조차 싫은 기억의 연속이었다. 어느 날 남편은 술에 취해 넋두리처럼 하소연했다.

「이보시오, 부인. 부인은 참으로 운이 없습니다. 나는 어렸을 때 툇마루에서 잠을 자다 변을 당했답니다. 집에서 기르는 황구가 낮잠 자던 내 잠지를 물어뜯었어요. 죽는다고 우는 나를 부모님이 살리셨지만 내 잠진 그때 반 토막이 도망가 여느 사내의 반 정도밖에 안 되는 물건이 됐지 뭡니까. 백방으로 치료할 방법을 찾다 보니 여러 비방이 나타났습니다만, 그게 옳은지 그른지를 몰라 이렇듯 방황하고 있어요.」

김씨 부인은 처음엔 그 말이 무슨 뜻인지 몰라 의아했으나 남편이 아랫바지를 까 내리고 반이 도망가 버린 물건을 내보이자 얼마나 놀랐는지 모른다.

남편은 어떤가. 그 역시 술김에 저지른 행동이었지만 자신의 못난 행동이 부인에게 슬픔을 안겨 줬다는 죄책감에 슬슬 피하는 상태였다. 그렇다 보니 이렇듯 비 오는 밤에 홀로 지낸다는 게 더 쓸쓸했다.

그녀는 요즘 상구의 처 초설이 전해준 《옥방비결》이라는 책에 관심을 기울였다. 그 책은 남녀의 음양이 깨져 생겨난 질환에 대해 다루고 있었다.

음력 4월과 10월은 음양의 두 가지 기운이 활발히 교류하므로 교합할 수 없는 달이라 했다. 또한 해가 갓 일몰했을 때 교합을 가지면 안 되며, 병을 앓고 난 뒤 기력이 충실해져 부인에게 가까이 가려면 반드시 목욕하고 교합할 것이며 목욕하지 않고 입방해선 안 된다. 열병을 앓다 조금 차도를 보이다가 다시 심한 열병을 앓으면, 백 일이 경과해야 기력이 정상화된다. 그새를 못 참고 범방하면 치료가 어렵고 죽는 자가 많다.

그래서 그녀 역시 불만을 품지 않고 남편이 들어오면 나름대로 준비해 놓은 비방, 즉 음양서에 전하는 사내의 단소 처방법을 일러 줄 생각이었다.

《옥방비결》에 의하면, 사내의 양경이 단소할지라도 처방법을 택하면 굵고 길어질 것이라 했다. 약재는 백자인을 비롯해 백렴·백출·계심·부자 등을 섞어 분말로 만들어 식후에 한 숟가락씩 하루 두 번 복용한다. 그런가 하면 《옥방비결》엔 산초·세신·육종용을 같은 분량으로 하여 개 쓸개주머니에 넣어 천장에 30일간 매달아 두었다가 이것을 음경에 바르면 한 치쯤 길어지고, 또 《동현자》엔 육종용과 해조를 분말해 정월에 흰 개 쓸개즙으로 개어 음경에 세 번 바르고 아침에 길은 물로 씻어 내면 세 치쯤 길어진다고 했다.

양경이 단소해 마음고생이 심한 남편을 위해 그녀는 나름대로 최선의 비방을 준비해 놓고 있었다. 그러나 왠지 허전한 것은 자신이 시집와 그런 걱정까지 해야 한다는 서글픈 생각이었다.

김씨 부인은 비방서를 한쪽에 미뤄 놓고 이리저리 뒤척이다 잠에 빠져들었다. 얼마나 됐을까. 가슴이 답답하고 큼직한 바위에 눌린 듯한 느낌에 그녀는 가만히 눈을 떴다. 금방이라도 터져 나올 것 같은 비명이 입안에서 멈추었다.

시커먼 그림자가 자신의 배 위에 엎드려 있는 게 아닌가. 그것은 물건이 아니라 사내였다. 한쪽으로 얼굴을 틀어선지 어둠이 내린 방이라 상대가 누구인지 가늠할 수 없었지만 속적삼과 하복부에 걸친 옷가지를 벗겨 가는 솜씨가 익숙하고 날렵했다.

'누구지?'

이토록 대담한 짓을 할 정도면 자신의 처지를 잘 아는 자가 분명했다. 그녀는 죽은 듯 눈 감은 채 마른침을 삼켰다. 사내도 자신의 옷을 벗는지 부스럭대는 소리가 들리며 두툼한 손이 그녀의 가슴 쪽을 움켜쥐며 얼굴을 숙였다.

사내의 입술이 뜨겁게 다가왔다. 혀는 마술을 부리듯 이쪽저쪽으로 움직이며 잠자는 여인의 욕기를 깨우더니 이윽고 정상 위로 돌아와 묵직한 것이 여인의 닫힌 문을 열고 들어왔다.

'헉!'

굳이 상대가 누군지는 알고 싶지 않았다. 이 순간이 영원히 멈추지 않았으면 하는 바람만 마음자리에 남아 있었다. 그녀는 길고 긴 신음을 토해 내며 깊은 환희의 골짜기로 떨어져 버렸다. 그러나 그게 끝이 아니었다. 이젠 기진하여 잠이 든 것 같았는데, 사내가 어디를 건드렸는지 욕기가 바람 타는 물결처럼 일어나고 있었다. 그녀가 다급히 물었다.

「뉘⋯⋯, 뉘시⋯⋯오?」

다시 한 차례 파정을 맞이했을 때 사내의 말이 무겁게 내려앉았다.

「다음 날 비 오는 시각에 오겠소.」

여인에게서 어떤 말이 나올지는 생각하지 않는 듯 사내는 바람처럼 빠져나갔다. 중문을 벗어나 익숙하게 길을 잡아 오르더니 저만큼 불 켜진 곳으로 다가갔다. 불빛에 드러난 사내의 얼굴은 상구였다. 창가로 다가가 방 안 동정을 살피자 도란도란 얘기 나누는 소리가 들려왔다.

「서방님, 어찌 그리 용력이 대단하십니까. 쇤네는 깜빡 죽을 뻔했습니다.」

처음엔 그 말이 진정인 듯싶었으나, 순간 짜낸 듯한 소리란 걸 알고부터 이도형은 퍼뜩 정신이 들었다. 자신이 상구의 처 초설을 탐한 건 세 번째지만, 어쩌면 이 계집이 기다리고 있었는지 모른다는 생각을 하고 있었다.

자신이 방에 들어왔을 때 낡은 상 아래 구겨진 채 놓여 있는 건 비방서였다. 맞대 놓고 읽어 보진 않았지만 그 책들은 아내의 방에 있는 것과 같았다. 그러나 의문은 초설의 아양 속에 어디론가 사라져 버렸다.

이틀 후, 상구가 돌아오자 이도형은 무엇이 그리 즐거운지 얼굴을 환히 펴며 백미 다섯 가마에 해당하는 금전을 내놓았다. 물론 그가 가져온 처방서에 대한 대가였다.

「서방님, 인산이라는 의원이 말씀하기를 이런 일엔 햇살이 요란한 날보다 비가 와야 음기가 성하다고 합니다. 다음엔 습기가 많은 날 오라고 했습니다. 그리고 한 가지……, 서방님께 부탁이 있습니다. 제가 그곳을 다녀오던 중 예전에 신세를 진 빚쟁이를 만났는데 따라오며 어찌나 귀찮게 하는지. 그래서 거짓으로, 나는 겉보기엔 이래도 살 날이 얼마 남지 않았다고 했더니 믿지 않는 눈치였으나 내가 의원 댁에서 나오는 걸 보고는 반신반의하는 것 같았습니다. 좀 더 확실히 하려면 서방님이 제가 쓴 것처럼 유서 하나만 써 주십시오. 그자가 치근거리면 그것을 보여 주며 나의 모든 건 금(琴)이와 천(泉)이라는 이에게 예전에 줬다고 말하겠습니다.」

「금이와 천이?」

「예에, 그런 사람이 있습니다. 나를 목숨같이 여기는 자들입니다.」

이도형은 쓴웃음을 지으며 자신의 모든 것을 '금과 천이에게 상속하다'라는 내용의 유서를 대필해 줬다.

　그렇게 날들이 지나고 자나깨나 비 오기만을 학수고대하던 어느 날 한 줄기 서늘한 바람이 일어나고 빗발이 보이자 이도형은 부리나케 집으로 달려왔다.

「이 사람아, 이게 얼마 만인가? 이럭저럭 석 달이 지났네. 그 음기인가 뭔가가 강해야 약발이 잘 받는다지 않았는가? 이름난 의원이니 그 말을 믿고 지금껏 기다려 왔네. 이참에 자네가 다녀오면 내 좋은 날을 택해 잔치를 열겠네. 어디 그뿐인가 약을 먹고 효험을 본다면 자네에게 백미 쉰 섬을 상으로 줄 게야. 그리 알고 수고 좀 해주게.」

　의원이 사는 곳이야 가고 오고 이틀이면 게으른 걸음이라도 남아도는 일정이어서 이도형은 약발만 잘 받는다면 무슨 재물을 풀어서라도 뻑적지근하게 잔치를 치러 자신의 세를 과시할 심산이었다. 그런데 그날 저녁 초설의 거처를 찾아들었을 때 예기치 않은 말을 듣고는 마음자리가 편치 않았다.

「서방님, 몸이 이상해요. 그동안 내 서방과 잠자리를 하지 않았는데 몸이 이상해 산파 할미에게 증세를 말하자 아이를 가진 것 같답니다.」

　초설은 '작은아씨도 아이를 가졌답니다'라고 말하려다 그것만은 참았다. 의당 놀라워해야 할 이도형의 눈빛이 이상하게 출렁거렸다. 자신의 아이를 가졌다는 점에 이상한 느낌을 받은 게 분명하지만 초설은 갑작스러운 일에 놀라 그러려니 했는데 사실은 그게 아니었다.

어려서 황구가 물어뜯을 때 어디를 잘못 건드렸는지 의원은 이창배 대감에게 "이 아이는 성장해 아이를 가질 수 없습니다"라는 말을 했었다. 잠든 줄 알고 말했겠지만 그는 깨어 있었다.

이도형은 성장하면서 무엇이든 비뚤어지게 보는 습성이 있었으나 나이를 먹어 가면서 자신의 병은 고칠 수 있다는 자신감을 갖게 되었다. 어느 때인가 자신의 결점을 형수가 알게 돼 보기만 하면 웃는 일이 벌어졌다. 그것이 자신을 비아냥대는 것이라며 분개한 이도형은 이 일을 상구에게 의논했고 상구가 방법을 가르쳐 줬다. 독을 뿌린 얼음을 송곳처럼 갈아 잠든 형수의 배꼽을 찌르게 한 것이다.

상구가 한양에 올라가 약재상에서 독극물을 입수해 내려온 사실을 관아에서 알게 된 건 비슷한 사건이 일어나면서였다. 조정에선 이를 역모로 몰아 치죄했고 매타작을 견디다 못한 죄인들이 극구 함구하다 간신히 입을 열었다. 이들의 말이 사실인지 아닌지 확인하는 중에, 가을로 접어든 날씨는 때아닌 우기에 빠져 줄기차게 빗발을 뿌려 댔다.

하루가 지나자 비가 온종일 내리더니 그날 밤엔 천둥·번개를 동반하여 으르렁댔다. 모처럼 마음이 편해진 것일까. 이도형은 부인이 있는 방엔 얼씬도 않은 채 초설의 몸을 깔아뭉개며 의미심장한 눈길을 팔랑거렸다. 이곳에 들어오기 전 부엌일을 하는 나주댁에게 일러두었다.

「이번 잔치는 자네가 알아서 하게. 자네 음식 솜씨가 그만이라 들었네. 음식은 차갑지 않으면 변질될 우려가 있으니 얼음을 풍성히 갖다 달라 하게. 오늘 저녁이 지나면 빗발이 그칠 것 같으니 내일이라도 잔치를 열 수 있도록 서둘러 주게.」

초저녁부터 추적거리던 빗줄기는 자정이 가까워지자 앞뒤 분간 없이 쏟아졌다. 집 안에 있던 하속배들은 비가 그치면 잔치를 한다는 귀엣말을 들었는지 저희끼리 담소를 나누며 즐거워했지만 둘째 아씨는 깊은 생각에 빠져 있었다. 이미 구제원(救濟院)으로 약을 가지러 떠난 줄 알았던 상구가 한밤중에 방에 들어와 다짜고짜 불을 끄고 자신을 쓰러뜨렸던 것이다.

「잠깐만 기다려요. 이러다 서방님 들어오면 우린 살아남지 못합니다. 그러니…….」

말은 채 뒷매듭을 짓지 못했다. 그녀는 두 손을 고리처럼 만들어 사내의 등에 깍지를 꼈다. 스스로 생각해도 당치 않을 마음 자락의 요동이었다.

'이게 얼마 만인가. 밤마다 이 사내를 기다리는 건 내가 요부여서인가?'

이런 생각은 사내의 몸놀림이 시작되면서 멀찍이 도망쳐 버렸다. 한 차례 뜨거운 숨결을 몰아쉬고 난 후, 상구는 품속에서 기선당이라 쓰인 작은 병 하나를 건네주었다.

「나는 오래전부터 사람이 화목하게 사는 걸 꿈꿔 왔습니다. 부인을 사모해 이렇듯 뛰어들었습니다만, 한 가지 부탁이 있습니다. 장차 내가 부인 앞에 보이지 않더라도 항상 있는 것처럼 생각해 마음을 써주신다면 설령 죽었다 해도 부인을 잊지 않고 찾아올 것입니다.」

「무슨……, 말씀……이신지?」

「내 한 가지 부인께 청이 있습니다. 이 기선당은 서방님의 병 치료에 도움이 되는 물약입니다. 이것을 복용하면 서방님의 걱정거리를 치료할 수 있으나 어지간해선 복용하려 들지 않을 겁니다. 그러니 부인께서 이 기선당 몇 방울을 탕기에 떨어뜨려 그릇을 깨끗이 씻어 낸 후 약을 드시면 효험을 볼 것입니다.」

상구가 떠난 후 작은 아씨는 기선당에 든 액체를 떨어뜨려 탕기를 씻어 냈다. 때마침 방에 들어온 이도형이 그것을 보고 눈빛이 묘하게 번들거렸다.

「그것으로 나를 죽이려는 거요?」

그 말에 부인은 소스라치게 놀라 자리에서 일어났다. 여전히 이도형의 눈이 야릇하게 빛을 뿜었다. 그는 자리끼를 그곳에 따르더니 부인의 눈앞에 들이댔다. 마시라는 것이었다. 그제야 부인은 아차 싶었다. 기선당이란 약재가 독약인지 어떤 것인지 분간할 수 없었기 때문이다.

그녀는 모든 걸 체념하고 단숨에 마셔 버렸다. 박하 향같은 향내가 목젖을 타고 넘어가자 심신이 상쾌해졌다. 그제야 이도형은 머쓱한 표정으로 얼버무렸다.

「내가 농이 심했나 보오. 부인께서 나를 위해 그 같은 탕기를 준비하신 걸 모르고 마음을 어지럽혔구려.」

말은 그렇게 했지만 본심은 결코 그런 것 같지 않았다. 더는 그곳에 있을 수 없었던지 이도형은 슬그머니 자리를 떠나 버렸다. 그는 의혹을 품었다.

어쩌다 부인을 안아 보았지만 이상하게 차가웠다. 초설이 혼잣말처럼 '아이를 가졌다'는 말을 들었을 때의 기묘한 분노가 머리 한쪽에서 똬리를 튼 느낌이 부인에게서 풍기는 걸 짐짓 모른 척했다. 그가 오늘 부인의 방에 들어온 것은 혹여 아이를 갖지 않았느냐 물어볼 참이었다. 부인이 탕기만 닦지 않았다면 당연히 물어봤을 것이다.

비가 내리는 중에 뜻밖에 인산 선생이 보낸 심부름꾼이 당도했다. 그의 손엔 선생이 혼신의 힘을 다해 지었다는 탕약이 들려 있었다. 진즉 도착해야 할 상구가 오지 않아 준비한 약첩을 심부름꾼에게 보냈다는 내용이었다. 선생의 서찰을 받아 든 이도형은 환하게 웃으며 초설을 불러 탕약을 끓이라 내줬다.

「온 정성을 다해 끓이게!」

비가 왔지만 곳곳에서 초빙한 손님들이 찾아들었다. 그들이 자리에 앉기를 기다려 이도형은 자신이 자격지심으로 여겼던 문제가 해결됐다는 점에서 술잔을 높이 들었다.

「자, 한잔들 하십시다!」

그는 단숨에 잔을 비우고 초설이 가져온 탕약을 마신 후 뒤로 넘어져 버렸다. 그의 입에선 피가 줄줄이 흘렀다. 때마침 현장에 당도한 오경하는 뜻하지 않은 사태에 어안이 벙벙했다. 부인이 나섰다.

「서방님께선 진즉부터 이런 생각을 하셨습니다. 본래는 집안 식구들과 함께 저승으로 가려 했는데 생각을 바꾸었답니다.」

그러나 오경하가 고개를 젓자 이정진이 소곤거렸다.

「이도형이 독이 든 음식을 먹은 건 그렇다 치고, 그자가 얼음을 기다랗게 깎은 건 얼음 침을 만들려는 속셈입니다. 그것으로 누군가를 노리기 위해 잔치를 연 것 같은데……. 그런 자가 스스로 독약을 마시고 죽는다는 게 말이 안 됩니다.」

뒤쪽에서 이정진의 귀엣말을 들은 초설이 끼어들었다.

「그건 그렇지 않습니다, 주인 나리는 오래전부터 자신이 저지른 죄 탓에 무척 괴로워했습니다. 쉰네는 그게 뭣인지 모르나 미루어 생각건대 형수님 배꼽을 얼음 침으로 찔러 살해하지 않았나 생각됩니다. 그것 때문에 오래도록 마음고생이 심하셨는데 서방님에게 일이 생기면 자신의 재산을 두 아이에게 상속한다는 유언을 남기셨다고 우리에게 말해 줬습니다.」

아들을 낳으면 천, 딸을 낳으면 금이라 짓고 그 아이들에게 자신의 재산을 상속한다는 유언을 남겼다는 것이었다. 작은 아씨와 초설의 몸에 자라고 있는 생명의 씨를 말하는 것이었다.

성균관 살인 사건

성균관은 인재 양성을 위한 유학 교육 기관으로 기원은 중국 주나라로 거슬러 올라간다. 천자의 도읍에 설치한 벽옹이나 제후의 도시에 설치한 반궁 제도로, 우리나라에선 고려의 국자감, 신라의 국학, 고구려의 태학이 그 기원이다.

조선 시대에 들어와 최고 학부를 '성균'이라 했는데, 이것은 고려 충렬왕 24년(1298)에 국자감을 개칭해 성균감이라 했고, 충선왕이 즉위하며 성균관이라 고쳐 유학 교육을 전담하는 교육 기관으로 자리매김했다. 조선 왕조의 한양 천도에 따라 새로운 도읍지가 정해지고 동북부인 숭교방에 터가 닦여 태조 4년 공사가 진행돼 세 해 만에 완성된 게 성균관이다.

존경각이라는 도서관이 지어졌으며 반궁제의 필수 요소인

반수(泮水)는 성종 9년(1478)에 만들어졌다. 성균관 유생의 정원은 나라를 연 초기엔 150인이었으나 세종 11년(1429)엔 200명으로 늘어났으며 학생의 반은 상재생, 반은 기재생 또는 하재생이라 하여 어린 학생들을 선발했다.

기재생은 사학생도로서 소정의 시험에 합격해 입학한 승보 기재와 조상이나 부친의 공적을 등에 업은 문음기재가 있다. 성균관은 관리 후보생을 양성할 수 있는 교육 기관이니만큼 그 자격은 양반 사대부 집안의 자녀로 한정됐다. 성균관에 들어온 유생들은 동재와 서재로 나눠 기숙하며 아침저녁 식사 때마다 식당에 비치된 명부에 서명했다.

이것이 원점(圓點)으로 계산하는 근거가 되는데, 아침저녁 두 번 식당에 들어가 서명해야 1점을 받고 3백 점을 취득한 자 중 통산 3백 일 이상 기숙하며 공부한 유생에게 관시(館試)에 응시할 자격이 주어졌다.

유생들이 재학하는 동안 생활의 중심이 되는 곳은 동·서재 였으므로, 자치 기구인 재회를 통해 회장을 뽑아 장의(掌議)라 했다.

정조가 보위에 오른 후 서출의 생원이나 진사도 입학했는데 이들을 남헌(南軒)이라 했으며 그들은 양반이 아닌 남반이었 다. 쉬는 날이면 유생들은 재회를 이끄는 장의의 안내로 주시 관(主試官)이나 대사성 대감을 찾아뵙는 게 일반적인 일이어서, 오늘도 예외 없이 대사성 김은기 대감 댁에 모인 것이었다.

시회가 한창이었다. 성균관의 호랑이 김은기 대감의 사랑채에서는 때마침 내리는 겨울비에 해물을 섞어 탕을 끓인 탓에 흥겨운 분위기 속에서 서로 술잔을 들이켜며 껄껄거렸다.

예로부터 어진 선비가 많이 살기로 이름난 건천동은 단종 대왕 때 김종서, 세조 대왕 때 정인지와 양성지, 명종 대왕 때의 노수신, 선조 대왕 때 류성룡을 비롯해 이순신, 원균과 같은 인물이 배출된 것만 봐도 알 수 있다.

평소 김은기는 자신이 건천동에 살고 있다는 걸 자랑스러워했으나 요즘 들어 시들해진 건 연초를 전후로 일어난 심상치 않은 살인 사건 때문이었다. 그것이 모두 자신이 천거한 인물들이어서 유생들이 찾아와 자리를 같이했지만 정신은 이미 다른 곳에 있었다. 이날 모인 사람 가운데 멀리 청나라에 다녀온 이상원이라는 유생의 견문록이 흥미를 끌었다.

「되놈의 나라에 갔다가 여각에서 희한한 책을 봤지 뭡니까. 《철경록》이라는 책이었는데 내용이 이해되지 않았었어요. '사람의 집에 이거 하나라도 있으면 반드시 간도(姦盜)를 불러들인다'는데, 그게 되놈의 나라나 조선이나 어쩌면 똑같이 흥미를 끄는지요.」

「간도라? 허허 그게 뭔가?」

「시생이 책을 살폈더니 바로 삼고육파가 아닙니까?」

처음 듣는 얘기지만 흥미가 일어나 누군가 급히 물었다.

「삼고육파가 뭐요?」

뒷얘기에 뜸을 들이던 이상원은 그것들을 천천히 읊어 냈다. 삼고란 여승인 니고, 여도사인 도고, 그리고 점쟁이 여자 괘고였다. 육파는 방물장수인 아파, 중매쟁이인 매파, 무당인 사파, 뚜쟁이 여편네인 건파, 여의사인 약파, 산파인 온파였다. 이상원은 그것들을 열거해 놓고 나름대로 뒤적거렸다.

「성균관 유생으로 고담이론을 들추는 건 학령에 위배되는 것이나 시생은 서출인 데다 남반이니 백가자집을 다뤄도 될 것으로 봅니다.」

「어허, 누가 뭐랬는가? 어서 얘기나 해보게.」

「그러지요. 《철경록》의 저자가 집안을 소란스럽게 하는 분란의 싹으로 아홉 가질 분류했습니다만, 가만 들여다보면 이 사람들은 세상의 온갖 쓴맛을 다 본 사람들입니다. 그런데도 이 아홉 가지 분류 안에 도사와 승려를 집어넣지 않은 건 무엇 때문일까요?」

그에 대한 답변은 젊은 선비 오경하의 몫이었다. 그가 단정하게 결론을 내놓았다.

「중원에선 바람과 물결을 남녀의 대비로 놓고 그것을 다스릴 사람을 도사와 승려라고 믿기 때문 아니오?」

호색 문학에는 남녀의 성 접촉을 낭성이라 했는데 그건 물결이 출렁댄다는 뜻이다. 사람이나 짐승이 출렁대는 건 바람이 불어오기 때문이며, '바람났다'는 건 여인이 흥분됐거나 그런 상태에서 즐겁게 내지르는 비명이란 설명이다.

「그러므로 낭(浪)은 짐승의 교미를, 바람[風]은 방사를 뜻하지요.」

모두 낄낄대며 웃어 대자 김은기 대감 역시 자신의 사위로 점찍은 오경하의 농질을 예사롭지 않게 지켜보았다. 어디 그뿐인가. 아무리 유생들이 지천으로 있는 자리라 해도 양반이 아닌 남반으로 호기롭게 얘기하는 이상원도 눈에 띄었다.

사내라면 저만한 배포는 있어야 했다. 그러한 느낌을 이상원도 모르지 않았음인지 자신을 노려보는 노 대감의 시선을 피하며 화제를 슬쩍 다른 곳으로 돌렸다.

서출인데도 이런 자리에 끼일 수 있는 건 청나라를 오가며 심심찮게 진귀한 물건을 가져오는 데다 낯선 이국의 정서를 은근슬쩍 풀어헤치는 염담이 그만이었기 때문이다.

대사성 대감의 훈훈한 사랑채와 달리 거리엔 앙상한 가지가 바람에 흔들리고 있었다. 박석원은 앙상한 가지 사이로 춤추는 진눈깨비를 눈여겨보며 감회에 빠져들었다.

예닐곱 때였을 것이다. 항상 병상에 누운 어머니는 자신이 서당에서 돌아올 때쯤이면 아픈 몸을 이끌고 연못가에 나와 있었다. 사시절 지치지 않는 모습으로 어머니를 맞이한 건 연꽃이었다.

「얘야, 너는 연꽃 같은 처녀에게 장가들어라. 그런 여인은 상대를 지치게 하지 않는다. 1년 사시절 한 번도 같은 모양이 아니나 모습을 달리해 사람을 맞지도 않는다. 좋은 것과 싫은 게 분명하나 연꽃은 사람을 기다리고 그 사람을 위해 갖가지 모습으로 맞지 않더냐.」

겨우 명맥을 유지해 오던 어머니의 병환은, 아버지가 첩실을 집 안으로 들이면서 급속도로 악화됐다. 배가 다른 동생과 세 살 터울인 그에게 찾아온 첫 번째 시련이었다. 어머니는 마음의 쓸쓸함을 심호흡으로 추스르며 한숨을 몰아쉬곤 했다.

그런 어머니의 모습을 되새기는데 차가운 바람을 비집으며 중년 여인이 다가왔다.

「저기 도련님, 한 말씀 드리겠습니다.」

마흔이 넘어 뵈는 여인은 다소곳이 고개를 숙인 채 말문을 열었다.

「저는 김은기 대감의 따님 정화 아가씨와 혼담이 오가는 오경하 도련님의 유모랍니다. 어릴 때부터 젖어미로 도련님을 키워 왔기에 그분의 심성은 쉰네가 잘 알지요. 성균관에서 수학하고 있으니 우리 서방님을 모르시진 않지요?」

「그렇소만.」

「그래서 부탁드립니다. 쇤네도 가끔 그 댁에 들러 아가씨를 몇 번 봤습니다. 혼담이 오가던 중 우리 도련님 댁에서 혼례를 할 수 없다고 하지 않겠습니까. 그러니 도련님이 얼마나 놀랐겠습니까?」

「그래서요?」

「한 가지 청을 드립니다. 저녁 일곱 시가 지나면 사람들이 잠자리에 들어갈 것이니 뒷담을 넘어 별당으로 가시어 아가씨께 이 함을 건네주면 됩니다. 어려운 일인지는 알지만 이곳에 아가씨를 구하는 비방이 있습니다. 그리 해주시면 향갑을 사례로 드리겠습니다.」

중년 여인이 건넨 향갑은 한눈에 봐도 진기하게 치장된 데다 뿜어져 나오는 향기가 아련히 코끝을 자극했다.

뜨거운 바람이 마음속을 몰아갔다. 그러잖아도 일주일 후면 돌아가신 어머니 기일이었다. 무덤 앞에 이런 고급 향을 피운다면 얼마나 정겨워하실까. 생각만 해도 가슴이 벅차올랐다. 게다가 지금은 급한 일도 없었다.

「도련님, 그리 해주시겠습니까?」

「그러리다.」

「그럼 향갑을 받으시지요.」

비가 사납지 않고 추적추적 내렸지만 담을 넘을 땐 시야가 흐릴 정도는 아니었다. 사전에 집 안 구조에 대해 들은 적이 있었으므로 망설이지 않고 여인이 가리켜 준 별당 앞으로 다가갔다. 여인의 말이 귓가에 아른거렸다.

'정화 아가씬 무척 담대하답니다. 일기가 고르지 않은 밤이라도 일곱 시 어림엔 불을 끄고 잠자리에 든답니다. 그러니 불이 꺼졌다 하여 이상히 여길 필요는 없습니다. 처지가 난처해진 아가씨께 이 물건을 주고 나오실 동안 쇤네가 밖에서 기다리겠습니다.'

박석원은 큼큼대며 방 안 기척을 살폈으나 별다른 반응이 없었다. 방문을 밀어 보니 지도리가 걸려 있지 않은 듯 쉽게 열렸다. 재빨리 안으로 들어가 자세를 낮추며 속삭이듯 불렀다.

「아가씨, 유모 심부름 왔습니다.」

더듬거리며 한 걸음씩 앞으로 나갔다. 서너 걸음 걷자 섬뜩한 느낌이 전해지며 불안감이 밀려들었다. 피 냄새도 풍겼다. 오싹 소름이 돋으며 엉거주춤 물러서는 그의 몸이 문지방에 걸려 우당탕탕 소리를 내며 넘어졌다.

「누구냐?」

집 안을 돌아보던 횃불 든 사내가 몸채 쪽에서 달려왔다. 덩치 좋은 하인들이 손에 몽둥이를 든 채 집주인 김은기 대감 곁을 따랐다. 이윽고 불을 밝힌 방 안은 온통 피범벅이었다. 피는 군데군데 떨어진 채 정화 아가씨가 반라의 몸으로 목이 졸려 죽어 있었다.

「이게 무슨 일인가? 어서 관아에 연락하라!」

급보를 받고 현장에 나타난 정약용에게 김 대감이 반색을
했다.

「자넨 정 지평 아닌가?」

「그렇습니다.」

「허어, 이 무슨 일인가? 내 집에서 이런 일이 일어나다니!」

「잠시 들어가 계십시오. 시생이 주위를 둘러보겠습니다.」

「아니야, 여기 있겠네.」

검시 기록을 작성하기 전인 데다 진눈깨비가 쏟아지는 밤이
었으니 일단 집안사람들 얘기부터 듣는 게 순서였다.

「이곳은 별당이라 들었습니다만, 온종일 사람 그림자가 비치
지 않는 곳 아닙니까?」

「성품이 차분한 아이라 그렇게 지내는 걸 좋아했네. 이런 말
하긴 쑥스럽지만 정화는 비 내리는 밤이나 눈 내리는 겨울밤
엔 잠을 자지 않고 경색에 취하는 걸 좋아했었네. 제 어미가
세상을 뜬 후 생겨난 버릇이라 관여치 않았네.」

관원들에게 주위를 지키게 하고 사랑채로 안내돼 상황을 전
해 들었다. 저녁이 오기 전까지 이곳에선 시회가 열렸었다. 젊
은 선비들의 용출하는 시구를 듣는 것만으로 값어치가 충분한
하루였는데, 집 안에 피 뿌리는 일이 일어났으니 심사가 편할
리 없었다.

「이보게 정 지평, 평생 살아오며 남에게 해 끼친 일이 없는데 내게 이런 사단이 일어난 이유를 알 수 없네. 나는 선대왕 때나 지금이나 당쟁의 실마리를 제공한 어떤 일도 하지 않았네. 임오년 그 난리에도 병을 핑계 삼아 두문불출 한 걸음도 나가지 않았으니 벽파든 시파든 당쟁에 휘말려 은원을 쌓지 않은 것을 알지 않는가. 그런데도 이 같은 일이 생겼으니 철없는 유생의 춘정 탓인가? 어허, 딸아일 살해한 범인을 잡아 광에 가뒀으니 그나마 다행한 일이네만……, 이렇듯 자네가 왔으니 그놈이 왜 그런 짓을 했는지 밝혀주게.」

「일단 주검부터 살피겠습니다. 자세한 얘긴 그때 가서 듣겠습니다.」

뒤늦게 당도한 서과가 상관에게 예를 차리고 검험을 시작했다. 사체에 영초를 바르고 다시 감초즙으로 닦아 내 상흔을 살폈다. 군데군데 멍 자국과 상처 흔적이 나타났다.

「상처는 가슴 부위와 목에 있습니다. 상흔 어귀의 피육은 피가 있기 마련인데 그건 보이지 않고, 내막(內膜)이 뚫리고 살이 벌어진 것으로 보아 나중에 베인 듯싶습니다.」

이번엔 정약용이 물었다.

「언제인가?」

「사후입니다.」

「죽은 뒤?」

서과가 고갤 끄덕이며 한 부분을 가리켰다. 상처 부위였다. 한눈에 사인으로 지목된 곳을 가만가만 누르자 맑은 물이 새어 나왔다. 주변 역시 건조하고 피가 없었다. 이것은 죽은 후 칼에 베인 상흔이었다.

「직접적인 사인은 뭔가?」

「목뼈인 듯싶습니다. 식도를 강하게 압박했으니 호흡 곤란을 일으켰을 것입니다. 이것은 강간치사 때 나타나는 현상이지만, 그렇다 해도 이상합니다. 이곳은 외진 데다 낮에도 사람 왕래가 많지 않고, 집안 식구들 역시 발걸음이 뜸한 곳입니다. 그런 곳에…….」

「김 대감 여식이라면 그만한 배포는 있어야겠지. 조금 전 내게 그런 말을 했다. 살아 있을 때라면 얼굴을 마주할 수 있으나 이미 세상을 버렸으니 죽은 아이의 얼굴은 보기 싫다고 말이다. 한시라도 빨리 옮겨 가라 성화잖느냐.」

「대감의 피붙이가 아닙니까?」

「그렇다 해도 죽은 사람이란 것이지.」

「그러잖아도 관아에서 주검을 실어 갈 수레를 보냈습니다. 진눈깨비가 뜸해지면 옮겨 싣겠지요. 하온데 대사성 대감께선 따님의 죽음을 조금도 슬퍼하는 기색이 없습니다?」

「워낙 현실적인 분이시라 그런 거겠지. 자넨 상관하지 말고 검시 기록이나 작성하게. 주검이 놓인 장소며 사인이 되는 곳의 위치는 빼놓지 말고 그려 넣게. 조금 전, 감초즙으로 닦은 주검에 난 상흔 길이와 너비, 깊이를 영조척으로 측정하고 그것이 기울어졌는지 반듯한지도 살피게.」

「예.」

서과가 비켜서는 걸 보며 마당 한쪽에 있던 김은기 대감이 가까이 다가와 이상하다는 듯 소매를 잡아끌었다.

「이 사람 정 지평!」

「말씀하십시오.」

「범인이 내 딸아이에게 칼을 사용하지 않았단 것인가?」

「따님은 목뼈가 부러져 사망했습니다.」

「허어, 이런 낭패가 있나. 딸아이 방에 들어온 젊은 놈이 보따릴 들고 있기에 그걸 풀었더니 상자 안에 칼이 있었네.」

「칼이라니요?」

「사랑채로 가세. 그곳에 흉기가 있으니!」

사랑채로 돌아온 김은기 대감이 문갑 안에서 꺼낸 든 건 은장도였다. 화려하게 치장되지는 않았지만 은으로 꾸민 탓에 정성이 깃들어 있었다. 피가 묻은 칼날을 들여다보던 정약용은 칼날 좌우에 글자가 쓰여 있는 걸 발견했다. 좌측엔 부(夫), 우측엔 시(示)였다.

「이 칼은 사헌부로 가져가야겠습니다.」

「그리하게.」

정약용은 밤늦은 시각 사헌부로 돌아와 피의자에 대한 치죄를 시작됐다. 잔뜩 겁에 질린 박석원은 자신이 만난 중년 여인을 입에 올렸다.

「나는 아무 죄가 없습니다. 그 여인이 선물로 향갑을 주고 상자 안에 든 물건을 정화 아가씨께 전해 주라 했습니다. 그래서 난 뒷담을 넘어 별당에 간 거고…….」

「들어가 보니 죽어 있었단 말인가?」

「예에. 상자 속에 든 물건만 전해 달라기에 그런 것으로만 알았지요. 그런데 가서 보니 상황이 달랐어요. 방바닥엔 피가 흥건했고 아가씬 죽어 있었으니까요. 더구나 내가 가져간 상자 속엔 피 묻은 칼이 들어 있었어요.」

「그 칼을 밖에 있는 여인이 줬다?」

「예에, 그게 아가씨를 살리는 비방이라면서요.」

「하긴 그렇다. 그게 있으니 자네의 죄 없음은 밝혀질 일이고!」

집안사람들에게 붙들렸을 때, 누구도 박석원의 말을 믿어 주지 않았다. 담장 밖에서 자신을 기다리는 중년 여인이 있다고 했지만, 그럴 때마다 김 대감의 고함과 사나운 매질이 떨어질 따름이었다.

「네 이놈! 담장 밖의 계집은 또 누구냐? 글 읽는 자가 모든 사실을 털어놓고 용서를 구할 일이로되 모른다고만 하니 될 법한 일이냐! 네가 내 딸아이와 어떤 관계인지 그것을 말해라! 사련이 있었느냐?」

「아닙니다.」

「아니면 범방이라도 하려 담을 넘었느냐?」

「아닙니다, 대감!」

「어허, 너같이 파렴치한 위인은 사헌부 옥청이 아니라 이 집 사옥에서 죽어 나가리라!」

다행히 정약용 일행이 당도해 몽둥이찜질을 멈췄지만, 그렇다고 김 대감의 분노가 사그라진 건 아니었다. 정약용은 관원이 모인 자리에서 결론을 내렸다.

「여러분도 보아 알겠지만, 간단히 생각한 범행이 때론 깊은 수렁일 수 있네. 이번 일이 그런 것으로, 사람이 죽어 있는데 젊은이를 보내 물건을 전달하게 하고……. 또 그 물건이라는 게 사람을 살해한 칼이란 점은 젊은이를 범인으로 몰아가려는 잔재간이 아니라, 대사성 대감에게 경고하는 것이라 볼 수 있네. 살해된 정화 아가씨가 혼례를 앞둔 처녀임을 볼 때 집안 사정을 잘 아는 자가 꾸민 일이라고 보는 것이 당연하나 대사성 대감 댁은 성균관 유생들이 빈번히 오가며, 또한 장차 이 나라를 이끌어 나갈 준재들이 용트림하는 곳 아닌가.」

겉으로 보면 정화 아가씨의 살해범으로 박석원을 지목할 수도 있지만 그를 이곳까지 안내한 중년 여인이 있다는 것이 사건의 또 다른 문제였다.

　정약용의 뇌리를 억누른 건 칼날에 쓰인 두 글자였다. 성균관 수장 대사성 대감의 여식을 살해한 범인의 흉측한 경고였다. 정약용은 그것을 주상의 마음을 못질하는 벽파의 계략으로 보았다. 칼날에 쓰인 글자는 이런 뜻을 담고 있었다.

　부(夫)는 파란 강충이〔青蚨〕가 날아갔으니 사람이 흙 아래 묻혔다는 뜻이다. 파란 강충이에서 벌레가 날아가 버리면 부(夫)만 남는데 이것은 '흙 아래 사람이 있는' 불길한 모습으로 대사성 대감을 조롱하는 것이다. 또한 시(示)는 '가정과 나라를 욕되게 한다'는 뜻으로 '마루 종(宗)'에서 집(宀)을 깨뜨리면 시(示)가 남는다. 이것은 전하를 기망하는 뜻이다.

「저들이 전하의 치정에 맞서 싸우겠다는 것 아닌가! 개혁을 선포한 전하의 치정에 맞서 4백 년 동안 갈고 닦은 터전을 내줄 수 없다는 비명 같은 것일 게다.」

　정약용은 필묵을 꺼내 심상치 않은 사건에 대해 급히 전하께 글을 올렸다.

나비의 독

한 통의 차자가 어전으로 내달았다. 주상께 올리는 정약용의
수사 보고서도 함께였다.

……전하, 사헌부 지평 정약용 돈수백배하여 아뢰나이다. 성
균관 대사성 김은기의 여식 정화 낭자의 죽음은 조정의 세를 누
린 무리가 저지른 흉측한 살인 사건으로, 전하의 개혁 정치에
반발하는 것으로 밝혀졌나이다. 사건의 뼛속엔 선대왕 시절 어
느 쪽으로도 치우치지 않은 대사성 대감에 대한 원망과 은원이
깊게 남아 있었나이다. 선대왕의 치정이 바르게 미치지 못함을
이유로, 허리가 곧은 위인들이 편당을 지어 큰소리를 내고 중앙
요로에 줄을 댈 불급한 일을 추진하려던 것이라 보옵니다. 신은

이들의 죄상을 뼛속 깊이 새겨 흉측한 무리가 칼날에 새긴 글자 이유를 추적하는 한편 근자에 대사성이 추천한 인물이 성주 관아로 임지가 정해졌음을 들었사오니 급히 관장의 생사를 살펴볼까 하나이다.

대사성 김은기 대감은 성주 관찰사를 진출시킨 공과가 있었다. 정약용의 질문에 김은기 대감이 이상한 점을 떠올린 건 얄따란 장부 위에 끼적인 '사아(蛇牙)'란 글귀 때문이었다. '뱀의 어금니'라는 뜻이다. 뱀 껍질이 한의학 재료로 사용되기는 하지만 이는 잘 쓰는 말이 아니다. 얄따란 서책에 쓰인 '사아'란 말이 쉽게 납득되지 않는 것으로 보아 다른 뜻으로 쓰인 가능성 있는 말은 뇌물 장부였다.

얄따란 장부엔 언제 누구에게 무엇을 얼마나 전했는지 내역이 쓰여 있어 한결 그의 추정을 뒷받침했다. 바로 이 뇌물 장부에서 눈에 띄는 대목이 성주 감영이라는 명칭 아래 나비 한 마리가 그려져 있다는 점이었다.

'한 마리 나비라. 날짜별로 쓰인 걸 보면 성주에서 사람이 온 게 몇 달 되지 않은 것 같은데······, 무슨 일인가?'

그 당시 조정에선 선대왕 때 형조 정랑을 지낸 전치욱의 아들에게 관찰사를 내려 성주 감영에 도임시키고 있었다. 과시를 통하지 않고 부친이 조정에 끼친 업적을 평가받아 내린 공이었다.

고향을 떠난 지 다섯 해 만에 성주 감영 관찰사로 부임한 전성국의 금의환향은 멀리 함창 지방까지 뻑적지근하게 울릴 정도로 대단한 경사였다. 공검지 금잉어가 잔칫상에 오르고, 철지난 성주 명물 개구리참외가 떡하니 모습을 드러낸 것만 보아도 전성국의 금의환향은 고을 안팎의 시선을 끌 만하였다.

이러한 점은 전임 형조 정랑을 지낸 부친의 음덕이 자리 잡은 탓에 여기저기서 보내온 선물이 곳간 한 개는 채우고도 남을 정도여서 고을 사람들의 부러움을 샀다.

환영연이 열리고 초승달 춤의 달인이라는 성주 기생 추월의 춤사위가 좌중을 한껏 들뜨게 하자, 눈치 빠른 고을 유지가 은근슬쩍 분위기를 잡아 살랑살랑 흔들었다.

「아하하, 오늘 밤은 추월이 차질세. 관찰사 어른은 혼인한 지고작 여섯 달이니 뜨거운 피를 어찌 주체할 것인가. 부인께선 오는 길에 배탈이 난 탓에 여각에서 쉰다 했으니 오늘 밤엔 추월이가 모셔야겠다!」

어지간히 깊어진 술판이 막을 내린 후에야 숙소로 돌아온 전성국은 조촐한 주안상을 펼치고 설익은 염담의 끈을 풀었다.

「아하하하, 기생이란 술자리에서 흥을 돋우는 게 본색 아니냐. 그리하자면 창을 잘하거나 춤을 잘 춰야 하고 이불을 깔면 응석받이 요본감창에 일가견이 있어야지. 그래, 넌 뭣에

「자신 있느냐?」

「쇤네는, 사내의 마음 낚는 춤을 추옵니다.」

「하면, 〈관산지월〉을 아느냐?」

「그건 이백의 풍류 시지요.」

「오호! 성주 변방에 있는 네가 그것을 안다?」

자리에서 일어난 추월은 대답 대신 쥘부채를 펼쳐 들고 노래를 불렀다.

명월이 천산에서 나오니

첩첩한 구름바다로다

수만 리를 불어온 바람이

옥문관(玉門關)을 휘어감누나

한(漢)은 백등(白登)의 길로 내려오고

호(胡)는 청해(靑海)에서 엿보나니

무릇 싸우는 땅에서

돌아오는 사람이 없구나

수객(戍客)은 변경을 지키며

어두운 얼굴로 돌아갈 날 생각하고

높은 누각에선 이 밤도

한숨 소리 그치지 않누나

풍류 시로 통하는 이백의 〈관산지월〉을 노래하며 추월이 한 마리 나비처럼 사뿐히 춤을 추자 전성국은 손뼉을 치며 즐겁게 화답했다.

「아하하하, 좋구나. 내 오늘 풍류를 아는 정인을 만났구나!」

전성국이 호쾌하게 추켜세운 〈관산지월〉은 당시의 묵자들에게 은근히 알려진 풍류 시였다. 이 시엔 여러 부분이 은유적으로 모습을 감추고 있었다.

옥문관은 사내 공격에 자지러지는 여인네의 감춰진 곳이고, 언덕과 하늘에 걸린 달은 위에 붙은 젖가슴을 은유한다. 그런가 하면 남자와 여자를 구름과 비, 바람과 달, 꽃과 이슬로 노래한다.

어디 그뿐인가. 한(漢)은 남편이며 호(胡)는 샛서방이고 수객(戍客)은 국경수비대다. 남편이든 샛서방이든 빨리 물러가라는 건 또 하나의 샛서방이 기다리기 때문이다. 은유로 이루어진 시가를 알고 있다는 점에서 전성국의 마음은 추월의 깊은 곳으로 이미 빠져들고 있었다.

날이 밝자 감영이 발칵 뒤집혔다. 해가 중천에 떴는데도 신임 관찰사는 일어나지 않았고 잠자리에 함께 든 추월도 지금껏 기척이 없었다. 권속들은 조바심이 나 주위를 서성이다 형방이 내실 협문을 밀치고 살그머니 낯을 들이밀었다.

「억! 사, 사, 사또께서……, 변을…… 당했소!」

서른이 약간 넘은 형방은 부들부들 떨며 넋장거리를 했다. 얼마나 놀랐던지 바짓가랑이에 오줌 줄기가 흥건히 배어 나왔다. 한참 만에야 겨우 정신을 차려 수습에 나섰다.

감영 사고에 대한 초검은 형방의 몫이었다. 그는 포교 둘을 꽁지에 달고 하루가 다 가도록 사인을 찾는 등 검시 기록을 작성하느라 요란을 떨더니 오후 늦게야 일을 마치고 막걸리 사발을 들이켰다. 길을 안내하는 행인이 물었다.

「형방 어른, 관찰사 어른은 어찌 됐습니까? 정신이 드셨습니까?」

「정신이 들어? 이 사람아, 사또는 귀신에 홀려 죽었네. 함께 있던 계집도 조금 전에 깨어나 사또가 죽은 걸 모르고 아는 바 없다고 넋 떨어진 소리뿐이네. 어허, 이거 귀신의 솜씨가 아니고서야 어찌 그런 일이 생기겠는가. 내가 사또의 몸을 살폈네만 이렇다 할 상처가 없으니 귀신에 홀린 게 분명하잖아.」

「상부에 보고는 하셨습니까?」

「했지. 사헌부에서 사람이 나올 걸세.」

다음 날 오후에 도착한 정약용은 형방이 작성한 검시 기록을 살핀 후 주검을 눈여겨보았다. 나이가 서른하나니 혈기가 끓을 때였다. 하루 반의 시간이 지났지만 살집은 눅어지지 않은 채 잠을 자듯 평온했다. 서과는 동헌에서 사건이 나던 날 참석자를 위주로 귀동냥하고 있었다.

「검시 기록엔 관찰사가 귀신에 홀려 죽었다고 쓰여 있는데 그리 생각한 이유가 무엇인가?」

「외상이나 내상이 없는 데다 무엇에 놀란 듯하여 그리 보았습니다. 눈에 보이는 것만이라도 적어 놓으면 이런 일에 전문가가 왔을 때 작으나마 도움이 될까 하여……」

「축하연을 연 탓에 술과 음식을 포식한 게 원인으로 보이지는 않았는가?」

「미련한 게 사람이라지만 자신이 죽을 만큼 먹겠습니까.」

「아닐세. 다섯 말 술을 지고 가진 못해도 마시고 간다는 말이 있네. 술을 마실 때엔 잘 모르나 과도하게 먹으면 심장과 허파가 팽만해 목숨을 잃을 수도 있네. 이런 자들은 배를 두드리면 뱃가죽이 팽창해 소리가 나네.」

「그런 경우엔 어찌해야 합니까?」

「술자리에 있던 여러 증인을 부른 후 오작과 행인에게 초와 끓인 물로 시체를 씻은 후 검사하네. 손상된 흔적이 나타나지 않으면 술과 음식을 과도하게 먹은 게 원인이 돼 목숨을 잃은 것이네.」

「관찰사 어른의 죽음도 그런 것입니까?」

「살펴보세.」

그때 동헌 마당에 열일곱 남짓 돼 보이는 계집아이가 나타나 약간 겁먹은 얼굴로 내당 소식을 전했다.

「저기, 한 말씀 드리겠습니다. 저희 마님께서 판관 나리를 안으로 모셔 오라고 하십니다.」

형방이 조심스럽게 뒤를 받았다.

「세상을 떠난 관찰사 어른의 부인이십니다. 한 시각 전에 당도해 비보를 들으시고, 나릴 기다린 모양입니다.」

정약용은 자리에서 일어났다. 중문을 지나니 뒤뜰이 나왔다. 동헌과 이어진 뒤채였다. 툇마루에 오르자 발이 쳐진 안쪽에서 부인의 목소리가 차분하게 들려왔다.

「외람되게 어른 청함을 용서하십시오. 다름 아니라 바깥어른을 따라 이곳으로 오던 중 우연히 주막거리에서 배탈을 얻어 너무 진통이 심해 가라앉기를 기다리던 중이었습니다. 그곳을 지나던 점쟁이 노인이 내게 글자 한 자를 쓰라 하여 때마침 《여논어》를 읽다 접어 둔 참이라 차(此) 자를 말했답니다. 노인께선 '병은 은밀한 곳에 생겨 밖으로 드러나지 않은 채 깊어졌으니 사람들에게 보이는 건 수치일 것입니다. 부인께서 쓰신 차에는 뱀의 독 이빨이 두 개나 있어 등사가 몸을 친친 감은 것으로 보이고, 호랑이 꼬리를 닮은 부분이

있으니 질병이 더욱 깊어지겠습니다' 하지 않겠습니까. 그
말을 듣는 순간 먼저 성주 관아에 도임한 바깥양반의 신상에
이상이 있지 않을까 조바심이 나 길을 서둘렀는데 이런 일이
생겼습니다.」

가볍게 예를 차리고 동헌으로 돌아온 정약용을 기다린 건 성
주 감영에 지겟다리를 걸치고 죽은 자의 관을 짜는 점박이 노
인이었다. 태생이 천박한 건 그렇다 치고 헐헐헐 웃어 대는 웃
음 찌꺼기가 여간 비릿해 보이지 않는 노인이었다. 점박이 노
인은 전성국의 전력이라는 걸 끄집어내 먼지가 떨어지도록 팔
랑거렸다.

「세상을 떠난 관찰사의 치수를 재다 보니 상판대기가 낯익
어 곰곰이 뜯어봤지요. 이 작자는 형조 정랑을 지낸 아비 덕
에 벼슬을 얻은 왈패가 분명합니다.」

왼쪽 이마에 큼지막한 점이 박힌 노인은 묻지도 않은 옛 사
연의 매듭을 풀기 시작했다.

「오래전 아랫마을에서 혼인 잔치가 열렸습지요. 신랑은 친
구들에게 붙들려 가 기생집에서 곤죽이 되도록 술을 퍼마셔
아침에야 돌아와 신부 집 대문을 두드렸는데, 이미 신방엔
젊은 남녀가 원앙금침 속에 만리장성을 쌓은 후였으니 기가
막힐 노릇이었지요. 간밤에 이 집 하인 놈이 술 취한 전씨 성
쓰는 왈패를 새신랑인 줄 알고 붙잡아 신방에 집어넣어 사단

이 난 게지요.」

정약용은 점박이 노인의 언변을 들어 주었다. 노인이 헛바람을 냈다.

「새벽에야 술이 깬 왈패는 그제야 제정신이 들었지요. 어둑새벽 계집의 속살을 더듬은 기억이 나지만, 자신이 기생집에 있는 것이라 생각했겠지요. 한데 갓 신방을 차린 신부를 건드렸다는 말에 왈칵 겁이나 뒷수습이고 뭐고 그길로 줄행랑을 놓아 버렸어요. 그러니 혼사가 어찌 됐겠습니까. 남들 보기 부끄럽다는 처녀의 아비는 극약을 마시고 목숨을 끊고 처녀의 어미는 목을 매 남편의 뒤를 따랐으니 홀로 남은 처자에겐 이만저만한 한이었겠지요.」

「그 처녀는 어찌 됐습니까?」

「미처 날뛰다 물에 빠져 죽었지요.」

점박이 노인은 아슴푸레한 기억을 더듬으려 했으나 그 이상은 떠오르지 않는 듯 자처우는 수탉처럼 두어 차례 고갯짓하고 물러났다.

이날 해거름 녘에 동네를 한 바퀴 돌고 온 서과도 같은 얘기를 꺼냈다. 다섯 해 전 부모를 한꺼번에 잃은 처녀가 물에 빠져 죽은 뒤 원귀가 돼 감영을 떠돌고 있다는 풍문을 길 안내하는 사내가 들려줬다는 것과 공검지 저수지에 떠오른 처녀의 사체를 지나가던 스님이 수습했다는 것도 입에 올렸다.

「하면 서과는 공검지 인근의 사찰을 찾아가 다섯 해 전 사고에 대해 알아오너라. 처녀가 물에 빠져 죽었다면 작지 않은 소문이 났을 것이야.」

서과를 공검지 쪽으로 보내고 정약용은 검시 기록을 다시 더듬었다. 정약용이 도착하기 전 형방은 전력을 다해 나름대로 검시 기록을 꽉 채워 놓았다.

신임 전성국 관찰사는 무엇에 놀란 듯 눈을 부릅뜨고 죽었으니 이는 원귀의 장난이 분명하다.

눈을 부릅떴다는 것만으로 '귀신을 만났다'고 속단한 건 무리였기에 함께 잠자리에 든 추월을 동헌으로 소환해 그날 밤의 정황을 물었다.

「쇤네는 관찰사 어른의 수청을 든 기억밖엔 없습니다. 잠자리에 든 이후 다음 날 사람들이 깨울 때까지 깊은 잠에 떨어져 있었습니다.」

「귀신의 장난인가? 관사에 들어온 후 어찌했느냐?」

「쇤네는 관찰사 어른과 관사에 들어온 후 초승달 춤을 보겠다 하여 이백의 '관산지월'을 췄습니다만, 잠자리에 든 이후는 기억이 전연 없습니다.」

'초승달 춤'이란 신월무다. 초승달처럼 발이 작은 여인들로 하여금 이 춤을 추게 하는 건 사내들이 성적인 만족감을 얻기 위한 것이라고, 정약용은 한양의 춘심이란 기생 어미에게 들은 바 있었다.

정약용도 춤을 추면 몸과 허리와 둔부가 각기 따로따로 놀기에 사내들이 성적 만족을 얻을 수 있다는 이유로 중국인들은 전족이라는 걸 행했다는 얘기를 들은 기억이 있었다. 서너 시각 후 돌아온 서과는 다섯 해 전 사고에 대해 입을 열었다.

「나리, 공검지 저수지에 처녀가 빠져 죽은 건 사실이었습니다. 처녀의 주검을 인수해간 이는 혼인을 약조한 신랑이랍니다. 몸이 약해 무주 구천동에서 간병하고 있다가 색시가 죽었다는 소문을 들은 모양입니다.」

「오호.」

「한데 그자가 이곳 감영에서 이부 일을 본답니다. 소문엔 추월의 기둥서방이라는 말이 있습니다.」

「무어라, 이부? 가만, 이럴 게 아니라 사고가 난 방으로 가자. 아직 지난밤의 잠자리 물건이 남아 있을 것 아닌가.」

두 사람은 급히 금으로 봉쇄된 방에 들어갔다. 방 안엔 여전히 이부자리 위에 두 개의 베개가 놓여 있었다. 이불과 베개를 들척이던 정약용은 한쪽 베개에만 메마른 물기 흔적이 있는 걸 발견했다.

소금기가 느껴지지 않는 것으로 보아 순수한 물의 흔적이었고 다른 베개에선 몇 가닥 여인의 긴 머리가 발견됐다. 물기 흔적이 있는 쪽 베개를 전성국이 베고 잤다는 계산이 나왔다.

'그날 방사로 땀을 흘렸다면 의당 베개엔 짭짤한 소금기가 있었을 것이다. 그러한 소금기를 느낄 수 없고 물의 흔적만 있다는 건 관찰사를 살해한 게 물이기 때문이다. 물을 이용해 코와 입을 막은 압새(壓塞)가 분명하다.'

형방의 검시 기록엔 시체가 눈을 뜬 채 돌기된 상태였다고 했다. 누군가가 의복이나 종이에 물을 적셔 입과 코를 눌러 질식시켰다면 당연히 시체는 눈을 뜬 채 눈동자는 돌기된다. 입과 코안엔 맑은 핏물이 흘러나오고 항문은 돌출하며 대소변으로 의복이 더럽혀진다.

형방의 검시 기록에서 빠진 건 얼굴 전체가 검붉다는 점이었다. 이것은 피가 맺힌 게 원인이었다. 가까이 있는 형방에게 그날 밤 추월이 어떤 모습으로 춤추었는지 물었다.

「그 아이 춤사위는 요란합니다. 어여쁜 화관에 나비 모양의 머리 장식을 하고 사뿐사뿐 춤을 추지요. 목석 같은 사내들도 추월의 춤사위를 구경하면 몸이 뜨거워져 소란을 일으킵니다. 똑같은 춤을 추는데 어떻게 추월의 춤에만 요란을 떠는지 알다가도 모를 일입니다.」

「형방은 관원을 이끌고 가서 추월과 기둥서방이란 자를 잡아오게. 그날 밤 추월이 머리에 꽂은 화관과 머리 장식도 직접 찾아오게.」

두 사람을 잡아오자 정약용의 표정이 굳어지며 사내를 향해 호통을 날렸다.

「아무리 일가의 한이 깊기로서니 흉한 계략으로 사람을 살해하는 건 옳은 일이 아니다. 네가 죽은 관찰사 전성국에게 원한을 갚으려 저지른 짓임을 모를 줄 아느냐?」

사내의 입가에 비웃음이 어렸으나 추월이 머리에 꽂은 장식들을 형방이 가져오자 표정이 굳어졌다.

「나는 초승달 춤에 대해 들은 바 있다. 그런 춤을 성주 땅의 기녀가 춘 데엔 남다른 뜻이 있을 거라 생각한다. 기녀 머리에 꽂은 장식품을 보아하니 이건 뒤꽂이 금보요가 아닌가?」

상대에게서 대답이 없자 정약용의 뒷말이 이어졌다.

「춤추는 무희들은 이런 장식을 머리에 꽂았다는 기록이 있다. 경국지색의 주인공 이씨가 무희였는데 그녀가 황제의 총애를 얻게 된 건 금보요의 역할이었다.」

나비 모양의 노리개를 눈높이까지 올린 정약용은 한쪽 날개를 건드렸다. 날개가 아래로 처지며 안쪽에서 가루약이 흘러나왔다. 그것을 냄새 맡고는 반대쪽 날개를 건드렸다. 역시 그쪽 날개도 아래쪽으로 처지며 가루약이 흘러나왔다.

정약용의 눈길이 무릎 꿇린 남녀에게 향했는데도 그들의 표정은 무덤덤했다. 이미 금보요의 용도를 알고 있는 이상 지금의 형편을 벗어나기 어렵다고 체념한 표정이었다. 정약용의 질책이 이어졌다.

「너희가 전임 관찰사 전성국을 환영하는 자리에서 춤을 출 때엔 오른쪽 뚜껑을 위로 올려 가루약이 흘러나왔을 것이다. 가루약은 요초라는 음약이다. 이 가루약이 코끝에 스며들면 혈기 방정한 사내들은 단번에 계집의 속살을 찾게 된다. 추월이 춤을 춰 관찰사와 잠자리를 하게 되자 잠자리에 들기 전 금보요의 왼쪽 뚜껑을 밀어 올려 춤을 췄을 것이다.」

여전히 추월은 반응하지 않았다.

「왼쪽에 있던 가루약은 양금화라 부르는 '민 독말풀'이다. 아니냐?」

사내가 고개를 들었다. 사내의 눈가엔 미미한 비웃음이 맴돌았으나 추월의 표정은 처음 듣는 얘기인 듯 사내와 정약용을 의아하게 번갈아 보았다.

한방에서 침술로 이름을 날린 화타가 사용한 게 마비산이다. 여섯 종류의 식물로 조제한 마비산으로 환자를 전신 마취시켰는데 그 주성분이 양금화였다. 이른바 '민 독말풀'로 알려진 이 식물은 삭과의 꽃을 피우며 조선 환경에서 잘 자라 어느 곳에 심어도 스스로 종자를 떨어뜨려 꽃을 피웠다.

「해서, 너희 두 남녀가 작당해 전임 관찰사를 살해한 것이렷다!」

화들짝 놀라는 추월과는 달리 사내가 냉랭한 표정으로 대꾸했다.

「듣자 듣자 하니 별말씀 다 하십니다. 추월과 내가 무슨 재간으로 관찰사 어른을 살해했다는 건지 영문을 모르겠습니다. 추월과 가까이 지내긴 했으나 관찰사 어른을 살해하라고 꼬드긴 일도 없으려니와 그런 일을 지시한다고 추월이 들을 위인도 아닙니다.」

「하긴 그렇다. 추월은 관찰사를 살해한 데 일조한 걸 모르고 있을 것이다!」

사내가 금보요를 만들어 추월에게 준 점을 정약용이 지적하고 나섰다.

「네가 한양의 왈짜들에게서 금보요를 가져와 벽파와 시파의 중간 견해를 밝힌 대사성 대감의 딸을 살해하고 그 후임으로 대사성 대감의 천거를 받은 신임 관찰사를 살해하기 위해 그동안 몇 사람에게 시험해 봤을 것이다. 금보요의 효능이 증명되자, 대사성의 추천을 받은 전성국 관찰사가 도임하는 날 기회를 노렸을 것이다. 추월이 뒤꽂이라 불리는 금보요를 꽂고 춤을 추었고 그날 밤 관찰사 처소에 간다는 걸 알고는 이번엔 양금화가 있는 곳을 열고 춤추게 했다. 술에 취한 터라 관찰사와 추월은 이내 잠들었을 것이다.」

정약용은 남녀가 있는 곳으로 성큼 내려섰다.

「관찰사의 죽음은 전형적인 질식사다. 너는 젖은 종이로 일시에 관찰사의 입과 코 위에 붙여 질식시키지 않았느냐? 따라서 시체는 눈을 뜨고 눈동자가 돌출할 수밖에 없었을 것이다. 코안에 맑은 핏물이 흘러나오고 얼굴 전체에 피가 맺혀 검붉은 데다 항문이 돌출하고 하복부를 대소변이 어지럽혔다. 어디 그뿐이랴, 관찰사가 누웠던 베개엔 아직도 물기 흔적이 있으니 어찌 아니라 하느냐. 이 같은 일에 대해 어찌 하늘도 가만있었겠느냐. 이곳으로 오는 길에 관찰사의 부인이 차(此) 자로써 길흉을 물은 일이 있다. 점괘에 이르기를 '두 마리의 등사가 몸을 친친 감은 게 보이고 독이빨 두 개와 호랑이 꼬리가 보였다'는 건 모두 너의 원한과 관계있는 일이다.」

사내가 웃음을 터뜨렸다. 공허한 웃음을 그친 그는 놀라워하는 추월을 바라보다 정약용 쪽에 시선을 고정시켰다.

「그렇소! 이번 일은 내가 꾸몄소! 추월은 처음부터 아무것도 모르오. 전가 놈 때문에 집안이 쑥밭 된 후, 어떻게든 복수할 날을 기다리며 소식을 탐문하던 차, 나이 많은 선대왕께 아첨해 형조 정랑 자리에 오른 제 아비의 힘을 입어 이곳 감영에 도임한다는 말을 듣고 얼마나 기뻤는지 모르오.」

말을 듣다 보니 추월의 뇌리에 떠오르는 게 있었다. 감영에 관찰사가 도임한다는 소문이 돌고 난 후, 기둥서방으로 믿고 따르는 사내에게 그런 말을 들었었다. 사내는 나비 모양의 머리 장식을 꺼내 들고 계집의 마음에 바람을 일으켰다.

「중원의 민속품을 구경하다 한양에서 사온 것이네. 자네가 내 말을 잘 들으면 성주 땅에서만 썩을 게 아니라 한양에 올라가 명문가의 안방마님으로 군림할 수 있을 게야. 사내들은 시든 성욕을 자극하는 '관산지월' 춤을 좋아한다네. 그 춤을 추면 절구통 같은 여인도 양귀비로 보인다지 않는가. 자넨 빼어난 화용월태 아닌가. 일이 잘되면 내 수고나 잊지 말게. 관찰사를 환영하는 자리에서 춤을 추기 전, 잠시 밖으로 나와 나를 만나고 들어가게. 일이 잘돼 관찰사의 수청을 들면 그때도 잠시 밖으로 나와 나를 만나고 들어가. 그리하면 자네 마음에 담은 뜻을 이룰 것이네.」

추월은 사내가 자신을 사랑하는 마음에 밖으로 불러내 가만히 안아 주고 머리를 매만지는 줄 알았으나, 머리 장식을 만지는 순간, 사내의 마음을 홀리는 나비 장식의 금보요는 어느새 독사 이빨이 돼 상대를 깨물 준비를 했던 것이다.

주합루의 종소리

궁궐에는 원(苑)이 있었다. 궁궐 북쪽에 위치하니 후원이지만 왕실의 전용 공간으로 누구나 들어올 수 없는 금원이었다. 창경궁을 그린 동궐도라는 그림의 후원은 길이 좁다랗지만 이 길을 산책하며 주상은 정무로 어지러운 머릴 식히곤 했었다. 이곳에 '민국(民國)'이라는 이상 정치 실현의 산실인 규장각이 있고, 가까이 부용지가 북으로 네모나게 자리를 잡았으며, 꽃가지를 휘어 만든 꽃병풍 사이엔 어수문이 다소곳했다.

학문을 좋아하는 조선의 선비들이 당신 가까이 다가오기를 바라는 마음은, 물고기가 물을 사랑하는 것과 같을 것이다. 학문의 바다를 헤엄치며 이상의 꼬리를 하느작거리는 이곳의 계단을 오르면 2층 건물과 만나는 곳이 종부시 자리다.

이곳은 연전에 숙종 대왕이 종친의 업무를 보았던 곳으로, 왕은 별도의 건물을 세우고 역대 국왕의 어제나 어필을 보관케 했으니 이때는 왕립 도서관 기능뿐이었다.

숙종의 어필을 가져와 현판을 단 규장각은, 1층은 각(閣), 2층은 누(樓)로 주합루(宙合樓)가 자리를 잡았다. 주합루의 현판 글씨는 주상이 쓴 것이었고, 문예 부흥과 개혁 정치를 꿈꾸며 아래층에서 학자들을 맞았다면 2층은 쉼이 있는 장소였다.

두 달 전이었을 것이다. 경술년 추석 뒤끝이었으나 그해 일어난 여러 일을 생각하면 가벼운 것만은 아니었다. 정약용을 해미현에서 풀어 준 게 3월이고, 배다리 계획을 열기 위해 주교지남(舟橋指南)을 정했는가 하면, 7월엔 유구국 배가 표류한 걸 왜적이 침입한 것으로 오인해 얼마나 수선을 떨었던가. 그런데도 9월엔 《영조실록》과 《국조보감》을 태백산 사고에 봉안했으니, 적지 않은 일이 이뤄진 한 해였다.

찬바람이 나기 시작했을 때, 대전의 박 상궁은 불끈 화가 치솟아 나인들을 꾸짖었다. 그녀 앞엔 여덟 명의 나인이 석상처럼 굳어 있었다.

「너희가 나무토막이 아닌 바에야 어찌 전하의 심기 하나 추스르지 못한단 말이냐. 전하께서 여인을 가까이 않는 건 후사를 없게 함이니 그처럼 큰 죄가 어딨느냐.」

모두 묵묵부답이었다. 보위에 오른 지 열네 해가 지나는 동안 노론의 머리들이 알게 모르게 떨어져 나갔다. 혀끝에 칼날을 단 문 숙의가 교살당하고 궁 안 역시 신진사류들로 바뀌었으니 내명부라고 예전 같겠는가.

그러나 대비전엔 선대왕의 계비 정순 왕후가 도사리고 있었다. 정순 왕후는 나경언을 이용해 영빈 이씨 소생 사도 세자의 비행을 상소해 서인으로 폐위시키고 뒤주에 갇혀 죽게 한 노론 벽파 김한구의 딸이었다. 주상이 보위에 오른 뒤에도 정순 왕후는 시파를 미워하고 벽파를 옹호한 탓에 그녀의 전각엔 한직으로 밀려난 원로 중신들이 모여들어 자신들이 되살아날 계책을 강구했다.

「지금은 세상이 달라졌어요. 주상은 제 아비가 뒤주에 갇혀 죽었다지만 나라고 아무 일 없었겠습니까. 딸이 왕대비지만 아버지는 파직되고 오라비는 죽음을 당했어도 한마디 못하고 피울음을 삼켰어요. 한의 깊이는 달라도 나 역시 가슴에 피눈물이 맺혔어요.」

대비의 눈에 눈물이 글썽였다. 지나간 일이지만 아직도 한이 남았다는 증거였다.

「박 상궁, 지금 주상이 하는 걸 보세요. 가난한 자, 헐벗은 자를 구휼한다고 나섰어요. 그건 핑계예요. 지난 갑술년엔 채제공을 우의정 삼아 시전을 엄호해 칠패 시장이 홍성하더니 종이 밀무역이 일어났잖소. 한양 난전에도 그 피해가 작지 않을 것인데 그게 선정이고 백성을 사랑하는 마음입니까?」

「아, 예에.」

「세상 사람들은 주상이 시정을 고루 살펴 살기 좋은 세상이 올 거라 들떠 있어요. 그 흐름을 타고 수족같이 부리던 자를 궁 밖에 보내 양반들을 감찰한다지 않소. 더구나 주상은 장악원에 악생들을 집어넣으려 서관을 운영하는 방책도 마련했다니 기막힌 노릇입니다. 이 나라를 이나마 끌어 온 게 누굽니까? 힘없고 배운 것 없는 백성이오? 아님, 길거리를 휘적대는 왈패들입니까? 내금위장 신득수란 자에게 그 일을 시키더니 여러 해 만에 그자가 궁에 들어온다지 않소.」

「예에?」

「젊은 계집을 이용해 소갈머리 없는 중신들에게 올가미를 씌우더니 정약용을 사헌부에 보내 조사를 한다고 양반들을 을러대니 나 역시 이대로는 있을 수 없네. 그자가 계집을 이용해 중신들의 허리춤을 잡아챘다면 우리도 같은 방법을 쓸 수밖에 없잖은가.」

박 상궁은 수심이 깊어졌다. 그녀의 심중엔 갈래갈래 누어진 여러 조각이 쭈뼛쭈뼛 고개를 내밀었다.

'지금으로선 손과 발이 잘렸으니 방법이 없다고 본 것이야. 섣불리 계책을 논하는 것도 위험하다고 본 거겠지.'

그러나 방법은 있었다. 주상은 칼날을 휘두르는 장용위를 곁에 뒤 자신을 보호했지만 치명타를 가할 수 있는 위치는 액정이라 부르는 겨드랑이 가까이다.

「박 상궁, 요즘도 주상은 규장각에만 있는가?」

「규장각에 각신(閣臣)이 들어온 후 그들과 담론하는 게 길어졌습니다.」

「주야로 머릴 맞댄다?」

「그러하옵니다.」

「양반들을 잡기 위해 생각들을 굴리겠지. 밤낮으로 정치 개혁이니 뭐니 하여 벽파를 때려잡을 궁리를 하더니만. 서출 놈들을 궁에 들이는 것도 과람한데 개혁의 칼을 잡게 해요? 허어, 이러다간 나라가 망합니다.」

「대비마마, 전임 사헌부 장령을 지낸 오 대감께서 액정으로 오셔 대비마마의 고충을 풀어줄 방책을 마련 중이라니 기다려 보옵소서.」

「일이란 늘어지면 안 되네.」

「서두르고 있나이다.」

「일을 하기 전에 주상의 호위를 맡은 내금위장의 명줄부터 잘라야 하네. 그리해야 다음 일을 추진하기 쉬울 게야.」

「알겠나이다.」

박 상궁은 자신의 처소로 돌아왔으나 여전히 머리는 찌뿌듯했다. 내명부에 있는 자신의 책무는 여전히 나인들이 정성을 다해 주상을 모시는 일이었다. 이 나라 조선에선 주상을 하늘이라 했고 중전이나 후궁을 땅이라 했다. 그렇다 보니 주상이 땅을 불러 방사를 치르는 건 사적인 일이 아니라 공적인 업무였다.

이때쯤이면 내관은 병풍 뒤에 귀를 곤두세운 채 숨을 가라앉히고 작업이 순조로워지길 기원한다. 하늘과 땅의 공사가 온전히 끝나면 주합루에 매단 종을 울리며 천지의 신께 고해야 자신이 맡은 바를 충실히 행한 것으로 평가된다.

'뎅그렁, 뎅그렁!'

이것은 환희의 소리이자 막힌 숨통이 트이는 생명의 소리였다. 어떤 일이 있어도 손이 귀한 왕가에선 이틀에 한 번은 울려야 했다.

주상의 잠자리 시중으로 뽑힌 나인들을 불러서 발가벗겨 보면 모두 흠 하나 없는 매끄러운 피부들이었다. 명문 사대부가의 여식들인 데다 《여논어》를 달달 외운 처지니 무엇 하나 부족함이 있으랴.

'중전마마가 병들어 모처럼 좋은 기회라 여겼는데, 이레가 지나도록 종이 울리지 않는 것이 말이 되는가. 어찌 종이 울리지 않을꼬?'

박 상궁의 머리는 그 생각뿐이었다. 사내 손에 길들여지지 않은 나무토막 같은 계집들, 그런 계집을 주상은 좋아했다. 홍국영의 누이 원빈과 같은 여인으로 젖가슴이 한주먹에 들어오고 발가벗긴 몸을 머리에서 아래쪽까지 단숨에 쓸어내릴 정도의 여리디여린 나인들.

그런 계집이 침전에 들면 주상은 밤새도록 귀찮게 사분질해 예전엔 주합루의 종이 날이 밝을 때까지 세 번이나 뎅그렁거렸다. 그런데 요사이 주합루 종이 울리지 않았다는 건 박 상궁에게 달갑지 않은 소식이자 경고일 수 있었다. 정순 왕후가 그랬지 않은가.

「우리 쪽 대신들이 곤욕을 치르는 건 자네도 알 것이라 보네. 이 나라 종사가 자네 손에 있다 해도 과언이 아니야. 믿을 건 씨밖에 없네. 우리 쪽 아이가 합금을 통해 잉태해야 다음을 생각할 수 있잖은가. 이보게, 박 상궁.」

「예에.」

「자넨 어찌 그리 둔한가. 주상이 풋과일을 즐기신다지만 날이면 날마다 그런 과일만 내놓으면 입맛 나시겠는가. 때론 뜨거운 몸을 주체하기 어려운 것들을 들여보내라 그 말이네.」

「오늘 전하를 뫼실 아이는 다르옵니다.」

「천침할 아이가 있다?」

「그러하옵니다.」

「그렇다면 어디 두고 보세. 주상을 모실 아이가 정해졌다니 두고 보겠네만 내일 밤에도 주합루 종이 울리지 않으면 자네 허물을 크게 따질 것이야. 아시겠는가? 그렇게 장승처럼 서 있지 말고 기력이 쇠한 벽파가 회생할 방책을 마련해 보라니까!」

박 상궁은 가볍게 고개를 숙이고 물러났지만 다시 생각해도 귓불이 확확 달아올랐다. 그동안 잠자리 시중으로 들어간 나인이 몇인가? 행적을 따져 봤지만 이상한 점은 없었다.

'전하께서 주합루 종 치는 걸 만류하신 것 아닐까?'

그런 생각을 곱씹다 소격서에 있는 무녀들의 춤과 더불어 좋은 생각이 휘그르르 떠올랐다. 답답한 마음에 불러들인 것이지만 무녀는 마흔 살 어림으로 양손에 붉고 푸른 조화를 나눠 든 채 천천히 걸어 나와 인사를 올렸다.

「어여 시작하게!」

박 상궁의 채근이 떨어지자 모둠발로 선 무녀는 은분 같은 사설을 뿌려 댔다.

사녀는 구름처럼 가죽신이 꽉 차고
출입하는 자들은 어깨와 머리 부딪친다
소곤거리는 말은 새소리 같은데
늦어질 듯하던 말은 다시 급하다

나는 듯 휘는 듯 무녀의 걸음이 떼어지며 버들가지 같은 허리가 휠 때마다 늘어선 나인들은 서로 돌아보며 호기심으로 눈알을 번들거렸다. 춤사위가 괴이하듯 토악질하듯 뱉어 낸 사설도 의미심장했다. 사설이 계속되는 순간 나인들은 온몸이 근질거리고 몸이 배배 꼬였다. 희미한 불씨가 일어나더니 마른 덤불에 번지듯 전신으로 옮겨붙자 호흡마저 가빠졌다. 박상궁이 빼액 고함을 질렀다.

「그만!」

팽이처럼 핑그르르 돌아가던 무녀의 춤사위가 멈췄다. 그녀가 손에 든 조화를 내려놓고 사분거리며 걸어왔다.

「항아님, 어떻습니까?」

「무슨 춤이 그 모양인가. 내 숨이 막힐 뻔했네.」

「항아님께서 보신 건 사람을 살리는 춤이지요. 닫혀 있는 여덟 대문을 열고 들어가 환생꽃을 찾아오는 대목이니 어찌 기쁨이 없겠습니까.」

「춤 이름이 뭔가?」

「신월무입니다. 흔히 초승달 춤이라고 하지요. 보는 이의 혼백을 들었다 놓는 건 춤 동작에도 이유가 있습니다만, 사실은 쉰네 소매 속의 음향 때문입니다.」

「음향?」

「이 자리에 사내가 있었다면 당장 목이 달아난다 해도 항아님을 사랑하려 했을 것입니다.」

「저런저런, 망측하게……」

곱씹어 보니 춤사위가 특별했다. 동작 하나에 남녀가 얽히는 이불 속의 행위와 비슷했다. 센바람처럼 밀고 들어오는 사내의 힘과 그것을 받아들이는 여인네 모습이 한 치 반 푼 깎이지 않은 영락없는 그 형상이었다. 배꽃이 피어나듯 무녀는 말갛게 웃었다.

'신기로세. 어찌 저런 재주가 있을꼬.'

박 상궁은 그녀를 구석방으로 데려갔다. 춤사위를 보려는 이유만이 아닌 듯, 목소리가 더욱 가늘어졌다.

내금위는 왕을 호위하는 군대다. 태종이 보위에 오른 초기에 만들어졌으나 왕권이 강화되자 엄격한 시험으로 선발된 군사들이었다. 처음엔 예순 명 넘는 병사들로 정예병을 선발했으나 점차 수효가 늘어나 연산군 때는 7백 명이나 됐으며 왕조에 따라 명칭도 달리했다. 중종 때엔 예차내금위 제도를 시행했으며 연산군 때엔 충철위로 개칭됐다. 몇 번의 개칭을 거듭하다 후기에 와 겸사복·우림위에 속했다가 영조 51년엔 용호영에 합류됐는데 숫자는 3백 명으로 금군 7백 명 가운데 가장 많았다.

신익수는 내금위취재를 거쳤기 때문에 목전·철전·기사·기창·검술이 남달라 주상의 은총으로 종2품 직에 오를 수 있었다. 그런 그에게 궁 안 소식을 전해 준 것은 내시부 김 내관이었다.

「나리께서 오랜만에 궁에 들어오니 반갑기 그지없습니다만, 생각한 것보다는 궁 안 사정이 어지럽습니다.」

「그걸 알기에 자넬 만나는 것 아닌가.」

「전하께서 왕궁의 직제에 대해 여러 가지로 변화를 꾀한 것은 벽파가 일을 꾸미는 걸 막으려는 의도였으나 그렇다고 안심할 수 있는 상황은 아닙니다. 소인이 대전장번으로 크고 작은 일을 살피고 있습니다만, 한 가지 이상한 징후가 눈에 띄어 나릴 청한 것이옵니다.」

「뭔가?」

「나리께서도 아시리라 믿습니다. 전하의 가장 가까운 곳은 액정입니다. 미색이 빼어난 계집들이 들고 나는 걸 감찰하는 내시부는 전하와 가장 밀접한 거리에 있으나 안심할 수 없다는 점 때문에 내관들을 따로 정했습니다.」

「그건 알고 있네.」

「이렇게 하신 건 액정서에 몸담은 모든 사람이 미덥지 못해서입니다. 처음엔 소인도 그 이유를 몰랐습니다만, 박 상궁이 대비전에 자주 출입하면서 미색이 빼어난 나인을 여덟이나 가려 뽑자 생각을 달리했습니다.」

「흐음.」

「겉으론 완벽하게 짜여 있어 누구 하나 끼어들 수 없는 듯 보이나 내명부는 다릅니다. 선대왕 때 궁 안을 출입해 온 소격서 쪽의 움직임이 부산스러운 데다 박 상궁이 여덟 명의 나인을 가려 뽑아 그들을 훈련시킬 환관 학사를 불러들인 것도 심상치 않습니다.」

「환관 학사라니, 누군가?」

「향랑공의 제자들입니다.」

향랑공은 이미 세상을 떠났지만 그의 제자들은 내시부에 꿈틀거렸다. 조선 왕실도 중국과 다름없이 일정한 규칙에 따라 나인을 선발했다.

향랑공이라 일컬음을 받은 오공수 내관의 뒤를 이어 상선 자리에 오른 추성운도 뛰어난 재간꾼이었다. 내시 교관을 지낸 터였지만 상선의 가르침을 잊지 않은 데다 뛰어난 청각력으로 모든 일을 빈틈없이 처리했다.

그는 대비전 깊숙이 서른 자 깊이의 땅을 파고 항아리를 묻은 뒤 나막신을 신은 나인을 걷게 했다. 또각또각 울리는 소리를 복도 끝에서 들으며 등급을 매겼다.

「상의 중!」

「에잉, 이 아이는 중의 하일세.」

그러다 지난 그믐날엔 원하던 물건을 찾아냈다.

「오라, 이 아이구나. 상의 상이로다!」

그가 액정서로 자리를 옮긴 오경환의 부름을 받은 것은 사흘이 채 못 되어서였다.

「자네가 내시부를 맡게 됐다니 다행스러운 일이네. 지금 내명부에 떨어진 시급한 일이 자네 수중에 있으니 생각해 봤는가?」

「무슨 말씀이신지.」

「이보게 추 내관, 천 리를 달리는 말을 찾았다 해도 그 말을 훈련시킬 교관이 없다면 어찌 되겠는가?」

상대가 왜 이런 얘길하는지 추성운은 눈치챘다. 자신이 듣기에도 정순 왕후 전각의 술사들이 미색을 구하려 천하를 뒤진 건 전하의 사랑을 얻기 위해서였다.

왕실의 큰 어른인 대비로서 있을 수 있는 일이지만 문제는 그녀가 주상과 불편한 관계니 종사를 위해 후사를 보려는 게 아님이 금방 드러났다.

「어떤가, 자네 힘을 빌려 주겠는가?」

「무슨 일이신지요?」

「전하께서 사랑을 나누시어 주합루 종이 울려야 하는 데 여러 날 동안 소식이 없네. …… 이보게, 자네가 상의 상이라고 뽑은 아이 말일세.」

「이름이 상아라 했습니다.」

「그래, 그래. 그 상아 말일세. 그 아이 괜찮던가?」

「물건이지요. 앞에만 있어도 마음이 움직이는 그런 아입니다. 방년 열여섯이니 상등이랄 수는 없으나 중등에 해당돼 전하를 천침하는 건 좋은 일로 보입니다.」

「그 아이가 주합루 종을 울릴 수 있겠는가?」

「소인은 그럴 수 있다고 봅니다.」

「그러면 자네가 공신이 되는 건 따 놓은 당상이네.」

「예에?」

「대비마마가 말씀하시길, 누구든 주합루 종이 울리면 나라에 공을 세운 것이니 상을 내릴 것이라 했네. 일개 내관이지만 공신이 되면 격이 달라지네. 집안의 영화는 말할 것 없고 장차 양자로 들어서는 자식까지 음서로 벼슬길에 나갈 수 있네. 어떤가?」

「종이 울리는 것뿐입니까?」

「한데 말이야, 공신이라 해도 등급이 있잖은가. 삼등 공신도 괜찮지만 녹봉과 임야를 자손들이 넉넉히 쓸 정도면 일등 공신은 해야지.」

「……」

「어허, 이 사람 낯이 구겨지는구면. 자네가 상아라는 아일 전하의 침전에 넣어 주합루 종이 울리면 자넨 일등 공신이 되고도 남네. 하나, 그 이전에 해야 할 일이 있네.」

「무슨 일인데요?」

「이번에 대전장번이 된 내관 있었지?」

「아, 예에, 김 내관입니다.」

「그자에게 이번 사실을 알리게. 전하의 침전에 상아라는 아이를 집어넣는데 일이 여의치 않으면 미약을 사용할 것이라는 사족을 붙이면서 말이야.」

「그리…… 되면?」

「필경 이 일은 궁에 들어온 신득수의 귀에 들어가겠지. 일개나인이 미약을 사용하는 건 금물인 데다 상아는 대비전 소속이니 계략이 숨어 있다고 생각할 것 아닌가? 그자를 칠 절호의 기횔세! 여기까지 들었으니 자넨 물러날 수도 없네. 자네가 싫다면 내 칼날이 자네 목을 칠게야!」

「알……겠습니다.」

진눈깨비가 고양이 발톱질을 하던 그날 밤의 일은 아는 이가 많지 않았다. 간밤에 몰아친 추위를 타고 신득수의 주검이 산문에서 발견되자 주상은 은밀히 조사에 착수했다. 초검관으로 내금위에서 나섰지만 신년이 가깝도록 소득이 없자 수사권이 정약용에게 넘어왔다.

사암(俟菴)에게 수사권을 내릴 것이니 대전장번을 불러 그날 밤 어떤 일이 있었는지 조사하라.

궁 안은 정글이나 마찬가지로, 늘 조용하고 따사로운 바람이 불어오는 것 같으나 바람이 스쳐 간 자리마다 독충이 꿈틀거렸다. 마음이 늘어지거나 안정을 찾지 못하면 위기는 순식간에 찾아오는 게 정글이다.

겉으론 평화롭지만 궁 안엔 없는 독충이 없다는 얘기가 나돌 정도다. 대전장번 김 내관을 찾아갔을 때 그는 조금도 조바심을 치지 않았다.

「나리께서 내금위장의 죽음을 조사한다는 말은 진즉 들었습니다만, 수사에 도움될 만한 비밀을 아는 건 많지 않습니다.」

「그날 밤 어떤 일이 있었는지를 알고 싶네. 자네가 보거나 느낀 대로만 말하게.」

「그러지요.」

김 내관은 마른침을 다급히 삼키고 나서 흉중에 담긴 말을 내놓았다.

「나리도 아시겠지만 궁 안은 위험한 곳입니다. 이름 모를 독충이 사는 정글이라고나 할까요. 전하를 곁에서 시종 드는 우리로선 그 벌레를 잡을 수 없으나 날뛰는 건 막을 책임이 있습니다.」

「전하께서 침수 드신 곳은 어딘가?」

「사방이 막힌 나인의 방이니 특별히 신경 쓰이는 곳은 아닙니다.」

「상아라는 아이가 전하를 뵈셨다는데, 내가 잘못 들은 건 아니오?」

「아닙니다, 맞습니다.」

「그 아이는 나이 열여섯으로 소격서에서 일한 것으로 알려졌는데, 무슨 연유로 궁에 들어왔는가?」

「그 아이는 소격서 도학 생도지요.」

「도학 생도?」

「예에, 소격서에서는 10여 명의 도학 생도가 하늘에 제사 지내는 법을 배우고 있습니다.」

그게 초제일 것이라고 정약용은 생각했다. 이 제사는 인간의 수명을 관장하는 북두성께 올리는 것으로 질병에서 벗어나 목숨이 연명되길 바라는 제사였다. 이때 주문처럼 사용하는 게 북두칠성 연명경이라는 건 은밀히 알려진 일이었다.

「그 아이가 궁에 들어온 건 제사를 지내기 위함인가?」

「아닙니다. 경술년 단옷날 소격서에 들른 대비마마께서 그 아이를 발견하여…….」

「데려왔는가?」

「그렇습니다. 다른 용도가 있어서지요.」

「다른 용도라?」

「임오년 사건으로 사도 세자가 세상을 뜬 후 전하께선 보위에 오른 후에도 잠자리에서 가위눌린 일이 한두 번이 아니었습니다. 심신이 안정되지 못했으니 어찌 여인을 사랑하는 마음이 있었겠습니까. 전하께서 심허증이 있으니 잠은 잔 것 같으나 자더라도 전혀 잠을 자지 않은 증세가 온다는 것이지요. 이게 깊어지면 체내의 혈액이 고갈돼 점차 심장이 안정을 찾을 수 없게 되는 혼수상태에 들어갑니다.」

「그래서?」

「당장 위험한 건 아니나 전하의 병세가 깊어질 걸 우려해 대비마마께서 상아라는 아이를 소격서에서 데려왔습니다.」

「전하를 위해?」

「나라를 위해서지요. 그 아이를 데려다 추 내관이 전하를 되실 몸으로 만들었습니다. 조선의 어깨를 짊어질 동량을 생산할 그릇인가 확인해 본 것이지요.」

그것은 말할 것도 없이 흠이 없는 그릇인가 확인해 보는 일이었다. 왕실에선 선도의 여러 비책을 즐겨 사용하지만 행술이 너무 무겁고 어렵다는 점에서 본래의 그릇 만드는 법이 아닌 선택정기(選擇鼎器)를 사용했다.

「나리, 정(鼎)은 전하의 잠자리에 시중들 여인을 가리킵니다. 나이가 열여섯이니 방술서로 본다면 상등이 아닌 중등입니다.」

방술서에 따르면 열넷의 여인이 음기가 가장 왕성하다고 했다. 칠칠의 나이 열넷은 기러기가 발자국을 남기는 첫 월경 직전이므로 사내의 기력을 도울 수 있는 그릇으로 회춘을 일으키는 황금 같은 시기다.

적어도 이런 정도는 돼야 선별 기준에 들어갈 수 있으며 전하를 모시는 건 그다음 일이지만, 여기엔 용모나 체질에 따라 훈련 방법이 달라졌다. 정순 왕후가 소격서에서 데려온 상아는 이런 기준을 무시하고 궁에 들였기에 김 내관도 그 점을 이상히 여겼다.

'주합루의 종을 울리기 위해 데려왔어도 지켜야 할 법도는 있다. 그걸 무시했다는 건 어떤 목적이 있을 것이니 그게 뭔지 알아야 한다.'

전하에 대해 이를 갈아야 할 정순 왕후가 데려온 계집에 대해 신득수라고 의혹이 없겠는가. 계략이 있다고 여겼을 것이라 보고 정약용은 나인의 방부터 조사에 착수했다.

나인의 방은 고작 두 평 반으로 좁다랬다. 그 방은 나인들 처소에 들어오는 초입으로 모서리의 첫째 방이었다. 김 내관은 주변 상황을 살피고 평소에 했던 대로 봉황이 새겨진 초를 켰다.

시간이 되어 전하께서 납시면 지밀에 있던 무리가 따라나선다. 내관이며 상궁들이 방 안에서 들리는 소리에 신경을 곤두세워 이모저모 상황을 진맥하기 마련인데, 이날은 장소가 너무 좁아 신득수는 옆방을 사용했다. 섣달의 만만치 않은 추위를 피해 전하의 잠자리를 감시할 방법은 그것뿐이었다. 대전장번으로서 김 내관은 그런 말을 했지 않은가.

「나도 들었을 뿐이니 확실하지 않소. 소격서에서 데려온 계
집이 특별하단 소문이나 그 아이에 대한 이상한 말이 떠도는
지는 모르겠습니다.」

「무슨 말이 떠도는가?」

「그 아이가 미약을 쓴다지 않습니까. 강하기 이를 데 없는
요초방 말입니다. 전하를 처음 뫼시는 계집이 그런 비방을
아는 것도 심상치 않을뿐더러 방중 행위에 닳고 닳은 계집만
이 쓴다는 비방을 사용한다는 것부터 예사로운 일이 아닙니
다. 해서……..」

「말하시게.」

김 내관이 고개를 숙여 말이 번지는 걸 막았다.

「소인의 생각엔 내금위장이 옆방에 머무르며 사태를 주시해
야 할 것 같습니다.」

그렇다면 내금위장의 죽음은 자정 이후다. 섣달의 차가운 추
위가 몰아닥친 야밤에 궁에서 살해됐다면 그거야말로 맹랑한
일이었다.

내금위장의 주의력으로 볼 때 사람이 들끓는 곳엔 가지 않았
을 것이다. 정약용은 방 안을 훑어보고 나서 그날 밤 주변에
있었던 나인을 가까이 불렀다.

「너는 상아라는 나인이 전하를 뫼실 때 이곳에 있었느냐?」

「날씨가 워낙 추워 옆방에 있었나이다. 그 방엔 내금위장이 책상다리로 눈을 감은 채 계셨습니다.」

「그게 이상하다는 것이냐?」

「예에, 나리. 나인의 방엔 고작 이불 없는 조그만 장롱뿐입니다. 그렇기에 초는 방바닥에 놓거나 촛대를 사용합니다만, 전하께서 납신다는 밤엔 봉황 촛대가 이 방에 있었던 것으로 기억합니다.」

「그게 무슨 말이냐? 봉황 촛대는 당연히 전하가 침수 드시는 방에 있거늘?」

「쇤네도 그리 생각했습니다만, 그날 전하는 납시지 않았습니다.」

「그 사실을 왜 이제야 말하느냐?」

「쇤네는 그동안 대비마마의 심부름을 갔다가 어제저녁에 돌아왔습니다.」

「하면 주합루 종은 울렸느냐?」

「울린 것으로 압니다. 하온데 소인이 보기에 전하께선 납시지 않았나이다.」

「그런데도 내금위장은 날 새도록 이 방에 있었느냐?」

「예에. 그분은 주합루 종이 울리자마자 자리에서 일어나 나가셨습니다. 사고가 난 건 그 직후라 들었나이다.」

「그 직후라, 이 방에 이상한 일이 있었더냐?」

「자세히는 알 수 없으나 소인은 금동 촛대를 아침에 가져가면서 초에 이상이 있지 않았나 하는 생각이 들었습니다. 거의 타버린 초의 심지가 두 개였습니다.」

「어떤 색깔이었느냐?」

「흰색과 노랑입니다.」

「지니고 있느냐?」

「버렸지요, 지저분해서요.」

정약용은 말없이 물러 나왔다. 이후 한 통의 차자가 대전장번의 손을 타고 전하께 올려졌다.

전하, 신 정약용 돈수백배하여 아뢰옵니다. 내금위장은 살해되기 전 정순 왕후의 계책에 말려 날이 새도록 나인의 방에 있었나이다. 그곳에 장정이라도 잠들 수밖에 없는 수면향을 피워 심신이 혼미하던 중 누군가의 칼에 살해된 것으로 보이옵니다. 사건 당시의 상황이나 주도했던 자들이 모습을 감췄으니 그것을 드러내긴 어렵다 보오나, 신은 반적들의 자취가 밴 자국들을 하나씩 확인해 반드시 진위를 밝힐 것이옵니다.

목각 인형의 비밀

설 명절이 머잖은 어느 날, 규장각 서고에 앉은 주상은 누군가를 기다리고 있었다. 지난해 3월 공서파(攻西派)의 탄핵으로 해미현에 유배됐다 풀려난 정약용이었다. 그는 사헌부에 몸담은 채 주상의 극진한 은총으로 배다리〔舟橋〕 계획을 은밀히 수행해 왔었다.

「이보게 사암, 과인이 '죄인의 아들'이라는 굴레를 벗어날 길은 원통히 돌아가신 아버님의 추숭 작업이네. 그래서 양주의 배봉산에 있는 무덤을 수원으로 옮겨 현릉원이라 했고 수원에 성을 쌓아 개혁의 중심 도시로 삼으려는 것 아닌가.」

주상은 아버지의 묘소를 옮긴 이후 자주 행차에 나섰다. 아버지를 추숭하는 작업을 통해 왕권을 과시하고 그곳에서 마주

친 백성의 목소리를 직접 들어 보려는 뜻이었다.

수원 행차에서 가장 큰 문제는 한강을 건너는 것이었다. 이전에 선릉을 참배하려 중종 대왕이 배다리를 건넌 적이 있었다. 정조는 대규모 행차를 원활히 하기 위해 새로운 배다리 건설을 지시했었다.

「비변사에서 주교사(舟橋司) 설치에 대해 여러 말이 올라온 것은 기유년에도 있었듯 주먹구구식 설치 방법에 이의를 단 것이오. 과인은 그동안 《주교지남》을 작성해 배다리를 놓는 기본 원칙을 제시했는데 이렇다 할 소득을 얻지 못하고 있소.」

배다리는 배를 엮어 강을 건널 수 있게 한 부교(浮橋)였다. 조선 시대엔 강을 건너려면 나룻배를 이용했다. 국왕이 능에 행차하거나 온천에 갈 때엔 서너 척의 배를 묶어 어가를 건너게 하는 결선법으로 배들을 엮어 다리를 건넜다.

정조는 주교사를 발족시켜 《주교사절목》을 정했다. 효심이 강한 주상은 능으로 향할 때 한강 선창을 양쪽에 만들어 배를 타고 건넜으나 경술년에 이르러 배다리를 가설케 한 것이었다.

배를 엮어 다리를 만들 때 큰 배를 강심 중앙에 놓고 작은 배는 강의 양쪽에 놓아 가운데가 높고 양단이 낮아지는 모양을 이루었다. 주교 가설에 동행되는 주교선은 겨울을 한강에서 지내고 1, 2월에 일을 마친 다음 각자의 일을 하게 했는데, 이 일에 동원된 선척은 충청도 조운선과 비상사태에 대비해 강화도에 비치한 관선들이었으나 나중엔 사선도 징발했다.

이들에겐 정기적으로 배다리 가설에 참여한 공로로 전라도와 충청도의 대동미를 독점해 운임을 받고 운반하는 주교사선의 특권을 주었다. 배다리는 일기가 사나운 겨울철엔 쉬고 좋은 계절에 취역게 한 주상의 온정이 남아 있었다.

「과인이 사암을 부른 건 은밀히 조사할 일이 있기 때문이오. 배다리에 관계하는 자 중에 준천사(濬川司)도 있게 마련인데, 그 일을 하는 맹천보라는 이가 지난밤 무리를 이끌고 과인의 꿈길에 나타나지 않았겠소.」

안개가 자욱이 내린 강가라 했다. 겨우 주위만 알아볼 정도였는데 오건(烏巾)을 쓴 한 사람을 정점으로 사람들이 모여들었다. 사내는 특이하게 싹이 돋은 매화나무 가지를 들고 있었다. 그들이 서 있는 강가엔 민초들이 모여들어 북새통을 이루었지만 소란은 없었다. 조선의 뒷골목을 누빈 떠돌이 약장수를 비롯해 놀잇배를 타고 흐느적거리는 기생과 건달, 사기꾼, 도둑놈, 도굴꾼…….

그 외에 땡땡이중 같은 이도 있었지만 그들은 오건을 쓴 사내가 가리키는 배다리를 건너는 주상의 행차에 시선을 모으고 있었다.

「같은 꿈을 사흘이나 꾸었던 터라 내관에게 조사를 시켰더니 배다리를 설치한 장소엔 오건을 쓴 무리가 나타난 적이 없는 데다 특별한 징후도 없다 했소. 그런데도 오늘 사암을 부른 건 새벽 미명에 과인을 찾아와 깊은 눈물을 뿌린 사내 때문이오. 사령 복색을 했으니 준천의 일을 한 듯 보이나, 누군가 그에게 맹천보라는 호패를 건넨 것으로 보아 과인에게 뭔가 말할 듯싶었으나 끝내 말을 못하고 돌아섰소. 그자 생각에 과인의 마음이 무거워 온종일 편치 않은데 사암은 이 일을 어찌 생각하오.」

「신 정약용 아뢰옵니다. 전하께서 보위에 오르신 후 백성들 마음에 있었던 건 정유년의 소란입니다. 선대왕마마 때 세상을 뜨신 사도 세자의 폐위와 죽음의 원인 제공을 했던 송덕상의 잔재가 남은 탓에 그런 꿈을 꾼 것이라 보옵니다. 꿈이 사흘이나 연이어 나타난 데다 새벽 미명엔 행색을 알 수 없는 사내가 모습을 보였으니 가볍게 볼 사안이 아닌 듯싶나이다.」

「과인도 그리 생각하오. 준천사로 뵈는 그 사내는 개천뿐 아니라 묏자리를 팔 때 광중도 구석구석 살핀다 했으니 사암이 조사해 주기 바라오.」

주상이 보위에 오른 초기에 역적모의를 일으킨 자들이 여덟이었다. 형조 판서 홍인한을 비롯해 전 좌승지 정후겸, 공조 판서 이태서, 전 좌의정 오현수, 형조 참의 이정호, 전 좌찬성 이

두복, 전 병사 장기환, 전 충청 감사 이태성 등이었다. 이들의 죄상은 만천하에 드러나 모두 사사돼 흉측한 계략이 가라앉은 것 같았으나 그들을 따르는 잔재들이 있는 한 결코 안심할 수 없다는 판단이었다.

「사암은 과인의 꿈길을 찾아온 맹천보(孟川甫)라는 사내를 수소문하고 그를 따르던 문인방 패거리들의 잔재가 지금껏 밝혀지지 않았으니 이 일 또한 은밀히 수탐하기 바라오.」

한양 성중에서 허드렛일을 하는 관원의 생사까지 걸려 있어 이 일이 절대 가볍지 않다고 느낀 주상은 은밀히 명을 내렸다.

「과인 곁에 믿을 사람은 그대뿐임을 잊지 마시오.」

「성은이 망극하나이다.」

정약용이 어전을 나오자 멀찍이서 따라붙는 여인이 있었다. 서과였다. 정약용이 궐문을 나서자 재빨리 다가선 여인이 뒤쪽에서 말을 전했다.

「나리, 서과이옵니다. 전하의 분부를 받잡고 망우리 인근에 산다는 맹천보의 집을 찾았으나 식솔들은 그곳을 떠난 지 오래됐다 하옵니다.」

청계천 가까이 살았는데 남편이 죽은 후 부질없다는 생각에 망우리로 거처를 옮겼는데 이후 소식이 없다는 말이었다. 불가에선 사람을 걸어 다니는 시체요, 달음질하는 고깃덩이요, 옷을 거는 횃대고, 밥 담는 통이라 했다. 그래서 망우리 공동

묘지는 엄청나게 많은 핑계 없는 무덤이 생전의 사랑과 미움, 갈등과 번뇌를 흙으로 덮은 채 누워있었다.

누워 있는 사람에겐 걱정이나 근심도 있을 수 없다 하여 글자 그대로 모든 근심을 잊는 곳 망우리였다. 조선 왕조를 세운 이성계가 한양에 도읍을 정하고 나라의 기초를 세웠으나 한 가지 걱정은 자신이 묻힐 곳을 정하지 못한 점이었다.

다행히 검암산 기슭에 터를 정하고 이 고개에서 '이제야 근심을 잊었노라' 하여 그 뜻을 따 망우리라 부르게 된 것이었다.

그러면 맹천보의 식솔은 근심 없이 그곳을 떠난 것인가? 아닐 것이다. 잔정이 진눈깨비처럼 칙칙하게 달라붙어 있어 그걸 잊고자 떠났을 것이다.

명을 받은 서과는 나름대로 맹천보를 조사했다. 그는 본시 땅의 기운을 살피는 풍수사였는데 송덕상의 눈에 들어 패거리들의 일을 거든 게 배다리 일에 끼어든 동기였다.

그는 주교사(舟橋司) 소속이었다. 이곳엔 도제조 3인에 제조 6인, 도청(都廳) 1인, 서리 5인, 고직(庫職) 1인, 사령(使令) 4인이 있었다.

맹천보는 일하기 좋은 때 사령 일을 하며 시간을 보내다가 가을이 오면 이 나라 삼천리 명당 비처를 찾아 돌아다니는 위인이었다. 서과는 한양 인근의 관아를 돌아다니며 수소문했지만 아직 맹천보의 식솔 행적은 찾지 못한 상태였다.

설 명절이 가까워서인지 달빛이 차가웠다. 괜히 부산스러운 마음은 일하는 주모나 행인들이나 매한가지였다. 버티고개는 벌아령 또는 부어치라 불렸는데, 길이 좁고 행인이 적어 도둑이 많았다. 이 길은 순라군들이 야경 돌며 도둑을 쫓았기에 번치라고 하다 버치 또는 부어치로 변했다.

　좁은 길로 쭈욱 가다 세 길이 합해진 삼거리에 주막이 있었다. 얼굴이 고운 삼거리 버드나무 집 주모는 마흔이 다 됐지만 피부가 탱글탱글한 탓에 오가는 술손님의 농담을 받아내기에 족했다.

　달이 어스름한 저녁때 아랫마을 김 초시의 부름을 받고 주모는 자리를 비웠고 그의 딸 달래만 홀로 피곤에 지쳐 있었다. 나이 이제 열일곱인가. 나긋나긋한 성격은 삼거리를 오가는 이들에게 평안함을 주었고 그런 후덕함 때문에 쇠락한 왕가의 혈손에게 예기치 않은 청혼을 받았다는 소문이 돌았다.

　이씨이니 양반일 것이고 전주 이씨니 두말할 나위 없이 왕손이었다. 왕손이면 이 나라를 다스리는 주상의 피가 흐르는 것 아닌가. 이레만 있으면 설이니 그전에 혼례 치르고 명절 음식을 맡기겠다 하여 달래는 마음이 부풀어 신바람이 났다.

　부산스럽게 일했어도 자리에 눕기 전까진 그런대로 신명 나는 하루였다. 열일곱 꽃다운 설렘을 가슴에 곱게 접고 달래는 단잠에 빠져들었다.

어스름한 달빛이 문지방 가까이서 노닐다 누군가 툇마루 가까이에 다가오자 얼른 물러났다. 시꺼먼 그림자는 봉창에 쓰윽 손을 집어넣더니 지도리에 찔러 넣은 숟가락을 어렵지 않게 뽑아냈다. 바시시 문이 열리며 털북숭이 사내 모습이 나타났다. 왼쪽 눈썹노리에 팬 듯한 칼자국이 있는 사내였다.

사내는 소리 없이 웃으며 웃통을 벗어 던진 채 달래 옆에 모로 쓰러졌다. 그는 씨익 웃으며 잠든 처녀의 옷가지를 조심스럽게 떼어 냈다. 동작의 신속함은 자주 범방해 본 숙련된 자의 솜씨였다.

'으흐흐흐흐.'

옆으로 찢어진 가는눈이 그렇게 웃고 있었다. 관상가가 이런 눈을 세이장(細而長)이라 했던가. 눈매가 가느다랗고 길지 않으면 재주 있는 사람이지만, 그게 옆으로 나갔다면 심성이 악한 자였다. 털북숭이는 그런 사내였다.

죽은 듯 널브러진 어린 계집을 탐하는 게 여간 조심스러운지 그의 손은 속적삼 사이를 헤집고 도톰하게 치솟은 부분을 가만히 쓸어내렸다. 침입자의 기척을 느껴서인지 달래는 눈을 동그랗게 뜨며 몸을 움츠렸다.

「누, 누구……세요?」

사내의 음침한 속삭임이 후끈한 열기 속에 다가왔다.

「으흐흐흐, 내 말을 듣겠느냐, 앙탈을 부리겠느냐. 죽고 싶다면 말하거라. 단번에 숨통을 끊어 주마.」

말은 느릿했으나 손놀림은 빨랐다. 달래가 고분고분할 리 없었다. 끔찍한 상황을 벗어나기 위해 좌우로 몸을 뒤틀며 상대의 공격을 막아 내려 몸부림을 쳤다. 그러면 그럴수록 사내의 몸놀림이 더욱 옥죄어지자 달래는 질끈 혀를 깨물었다. 거칠게 반항하던 달래의 몸이 멋대로 흔들리자 사내는 이상한 느낌에 상체를 쭉 폈다.

「아니, 이런 년이 있나! 혀를 깨물어? 촌년이라 생각했는데 지조가 있었던가?」

털북숭이는 축 늘어진 달래의 몸을 들쳐 메고 헛간으로 가 대들보에 목을 걸었다.

그 시각 김 초시 댁에 들른 수원댁은 딸아이 홀로 주막에 남겨 놓은 게 마음에 걸렸으나 혼사 문제로 사주쟁이 노인을 만나러 왔으니 불안한 마음을 자꾸만 뒷전으로 미뤘다.

그렇게 급하게 일을 처리하고 돌아왔는데 물건을 넣어 두는 광에서 달래의 주검을 발견했던 것이다.

연락을 받은 관아에선 현감을 대신해 형방 최석재가 항인과 오작인, 그리고 의속 한 명을 데리고 나타났다. 그는 지난밤 병이 생긴 현감을 대신해 초검관으로 나섰던 것이다.

「서리는 죽은 자를 밝은 곳에 내어 놓으라.」

젊은 의원이 검시 기록을 펼치며 가까이 오자 형방의 거드름이 깊어졌다.

「이 처자는 며칠 후 시집갈 것으로 알려졌다. 그렇다 보니 인근 고을에까지 처자에 대한 소문이 있었을 것이고, 혈기방장한 흉한들의 마음 자락을 움직였을 것이다. 사내가 계집을 찾는 게 어찌 죄일까만 주검이 발견됐으니 검시 기록을 작성해 죄상(罪狀)의 근거로 삼을 것이다.」

수원댁은 형방의 말을 무심히 들었다.

「주검을 살피면 끈을 맨 액흔이 검붉은 것으로 보아 사후에 매달았다고 생각할 수 있으나 피부가 그런 빛을 띠는 것으로 보아 위장됐다고 할 수 없다. 주검을 내렸을 때, 눈을 감은 채 입은 벌리고 손은 쥐었으며 이가 드러났다 했으나 지금은 그렇지 않으니 그걸 검시 기록으로 남길 수는 없다. 목을 맨 광은 주막에서 쓰는 여러 물건이 있는 곳으로, 지붕을 받치는 대들보에서 주검을 끌어 내릴 때 아래쪽에 짚들이 흩어져 있어 자액으로밖에 볼 수 없다. 또한 죽은 자가 혀를 깨물어 피를 흘린 건 목을 맬 때 무의식적으로 일어난 행동이니 이상할 게 없다.」

검시 기록으로 보면 한 곳도 이상한 건 없었다.

뜻밖의 일이었는지 수원댁은 달래의 주검이 있는 곳에서 한 걸음도 떠나지 않고 딸아이의 얼굴을 어루만지고 있었다. 뒤

늦게 소식을 들은 왕실의 척족 이진환의 집에서 사람을 보내 놀라움을 금치 못했다.

「이 같은 일이 일어났으니 무슨 말로 위로해야 할지 모르겠 소이다. 돌아가신 분의 장례 비용으로 백미 열 섬을 내리셨 습니다. 저승 가는 길에 부족하지 않도록 노자를 넉넉히 준 비해 주십시오.」

「고맙습니다. 어른께 내 뜻을 전해 주십시오.」

그런데 그날 밤 관아의 오 현감 꿈길에 수염이 치렁한 백발 노인이 찾아들었다.

「이 사람아, 일어나게.」

「뉘신지?」

「자네 집안의 죄업은 3대에나 풀릴 일이나 평생 덕을 쌓고 선행을 한 맹 처사 후손들이 어려움에 처했으니 자네 죄를 탕감받으려면 모처럼의 기회를 놓치지 말게.」

동헌으로 나갔으나 누구 한 사람 있을 리 없었는데, 전주 땅 에 다녀온 이 주부란 의원이 현감께 보고할 내용이 있어 마침 준비 중이었다.

「자네가 있으니 다행이네. 따라나서게!」

「어딜 가는뎁쇼?」

시각이 시각이니만큼 행선지를 물었다.

「근동에 맹씨 성을 쓰는 자가 있는가? 우리 관내에 그런 성씨를 가진 자가 있던가?」

「확실하지 않습니다만, 주막거리 수원댁의 남편이 맹사성 어른의 후예란 말을 들었습니다.」

「그 댁에 초상이 났는가?」

「그러고 보니 그 댁 따님이 목을 매 자진했다고 관아에 들어오는 길에 들었습니다. 처녀 몸이니 실연을 당했거나⋯⋯.」

「형방이 다녀왔는가?」

「그럴 것입니다만, 사체를 만진 탓에 어디서 술 한잔하는 모양입니다. 형방이 돌아오면 시생이 잘 살피겠습니다.」

오 현감은 한 걸음 앞으로 나섰다.

「아닐세, 자네가 따라나서게.」

상가엔 몇몇 촌로와 아낙네, 그리고 사내 두엇이 소복을 입은 수원댁을 위로하느라 평상에 앉아 있었다. 그들은 오 현감을 보자 재빨리 일어서 예를 차렸다.

「주검은 어딨는가?」

「객사로 여기는지라 아직 방에 들이지 못했습니다, 사또! 아직 광에 있습니다.」

문기를 서두르지 않고 오 현감이 앞서 걷자 이 주부가 검시 기록을 펼친 채 뒤를 따랐다.

광은 높이가 대략 일곱 자 이상이었다. 곳곳에 물건이 쌓인 것으로 보아 그것들을 가까이 당겨 밟고 줄을 매달았을 것으로 생각할 수 있지만 그건 사실상 어려웠다.

「수원댁이 딸아이의 주검을 발견했는가?」

「그렇습니다.」

「이 주부는 내 말을 받아써라. 죽음의 현장인 광은 불빛이 없으면 사물을 식별하기 어렵다. 아무리 달빛이 있어도 이곳은 막힌 부분이 많아 사물을 식별하기 어렵다. 어디 그뿐이랴. 주위에 있는 부서진 물건을 발밑에 놓았다면 당연히 그것들이 어지럽게 흩어져 있어야 하는데 발밑은 깨끗하다. 신을 신지 않은 맨발로 목을 맨 것 역시 납득하기 어렵다. 스스로 목을 매는 경우 또는 남에게 목이 졸리면 자액에 따른 액흔은 검붉다. 지금 사체가 그러하다. 처음엔 눈을 감고 입술은 벌린 채 손을 쥐고 이는 드러나 있었을 것이다. 사체의 손톱에 연한 핏자국이 말라 있는 것으로 보아 변을 당할 때 누군가의 피부를 긁었을 것으로 보인다. 이러한 정황으로 보면 자액을 위장한 교살(絞殺)이 분명하다.」

목격자가 없었지만 키가 일곱 자 어림의 사내를 범인으로 지목하고 그런 자의 동향을 수소문하라는 명을 내린 후 이 일을 사헌부에 통고했다.

일단 중앙 관서의 관원이 도착하길 기다리는데 이틀이 지난 새벽 날이 새자마자 관아가 들썩거렸다. 관문을 열기 전에 누군가 꽹과리를 두들겨 새벽잠을 휘몰아갔던 것이다. 지난밤

번을 섰던 관원이 겨우 잠들었을 것으로 보이는 시각에 짜증
스럽게 눈을 치떴다.

「요즘엔 왜 이리 꽹과리 치는 자가 늘었누. 오늘은 또 누가
억울하다고 지랄 떠는 거야?」

단번에 요절내 주겠다고 나서는데 오 현감의 목소리가 칼칼
하게 쏟아졌다.

「관문 밖에서 꽹과리 치는 여인이 주막집 주모란 말이냐?」

마흔은 돼 보이는 사령이 답했다.

「그러하옵니다, 사또! 딸년을 묻은 지 고작 이틀이 지났는데
저 난립니다요.」

「무슨 일이라더냐?」

오 현감은 묻고 있었지만 그의 귓가엔 여인의 부르짖음이 달
려와 있었다.

「사또! 내 딸의 한을 풀어 주십시오! 억울하게 죽은 내 딸의
한을 풀어 주십시오!」

여인은 동헌 앞마당에 무릎을 꿇었다. 그러고는 이내 탄원이
쏟아졌다.

「사또! 지난밤 잠을 이루지 못할 때 한 사내가 쇤네의 방을
찾아와 문을 두드렸습니다. 처음 보는 사내였는데 등과 몸엔
창상을 입은 흔적이 역력했습니다. 쇤네는 너무 놀라 치료해
줄 양으로 사내 몸을 살피려 했는데 손길을 뿌리치며 억장이

무너지는 소릴 하는 게 아닙니까. 그 사내가 내 딸아이를 범하려던 중 딸아이가 혀를 깨물어 죽었다는 것입니다. 그 사내는 엉겁결에 내 딸을 자액으로 위장해 광에 목을 매달았는데, 이것은 이진환이란 자의 잔꾀에 의한 것이라 했습니다. 자신의 목숨이 붙어 있는 걸 알면 주모에게 어떤 피해가 갈지 모르니 즉시 격쟁하라는 당부였습니다.」

사내가 내놓은 건 붉은 천으로 싼 목각 인형이었다. 거기에 뭔가 쓰여 있었지만 여인은 알아볼 수 없는 물건이라 사또에게 내밀었다. 물건의 앞뒤를 살피던 오 현감의 낯이 곤혹스러워졌다. 즉시 자고 있던 또출을 불렀다.

「너는 지금 사헌부에 내 서찰을 전해라. 가능하면 정약용에게 전하되 자리에 없으면 기다리다 비답을 받아오라.」

오 현감은 여인을 객방으로 불러 소찬을 준비한 후 이진환이란 자에 대해 물었다.

「수원댁은 그자와 혼례를 약정한 특별한 연유가 있는가?」
「저의 바깥어른이 생전에 그런 말씀이 있으셨습니다. 이곳 버티고개에선 맹씨 성 쓰는 지관이라면 둘째 손을 꼽으면 서러운 양반이었는데, 새해 전 친구분이 호환을 당해 그분의 장지를 우리 선산에 쓰게 됐습니다. 그날 봉분을 올리고 내려오는 길에 주막거리에서 한 선비를 만났답니다. 그분 말씀이 지난밤 자신이 이곳으로 오던 중 꿈을 꿨는데 맹사성 어른이 나타나 자신의 후손이 지관 일을 하는데 인연을 맺으면 좋은 일이 있을 것이라 하여 신분의 차이가 나는데도 형이니 동생이니 하며 지내 왔답니다. 남편이 갑자기 세상을 떠나는 바람에 저희는 먹고살 길이 막연해 이곳 삼거리에 주막을 열어 허기진 길손에게 술과 음식을 팔아 근근이 생활해 오는 형편입니다. 얼마 전 이진환이란 분이 저희 주막에 왔다가 남편이 맹씨 성을 쓰는 지관이 아니었는가 묻기에 그렇다고 했더니, 눈물을 흘리며 세상을 떠난 남편 애길 하는 것이었어요. 생전에 남편과 의기투합한 일이 있는데 자신이 늦게 왔으니 달래를 부인으로 맞이하는 게 망자에 대한 예의라 하지 않겠습니까. 그 말을 어찌 믿을까 반신반의했지만 남편과의 약조였다기에 쉰네도 별수 없이 허락했었지요. 그런데 이번에 달래가 변을 당하는 일이 생겼습니다.」

「무슨 일로 꽹과릴 울리며 격쟁을 신청했는고?」

「쉰네의 뜻이라기보다 달래를 살해한 그 사내의 청이었습니다. 나무 인형처럼 생긴 그 물건이 격쟁을 하면 사실을 말해 준다 하여 쉰네가 꽹과리를 울린 것입니다. 사또, 나무 인형처럼 생긴 이 물건은 무엇입니까?」

「이건 동목인이네.」

「동목인이라니요?」

「무당들이 상대를 저주할 때 쓰는 물건이네. 나무 인형의 몸

체에 저주하는 상대의 사주를 적고 땅에 묻으면 상대가 시름
시름 앓다 죽네. 이상한 것은 이 동목인엔 지문(誌文)과 같
은 내용이 쓰여 있으니 알다가도 모를 일이구먼. 도대체 그
사내가 무슨 연유로 이걸 줬단 말인가?」

상대에 대해 저주의 용도로 동목인이 사용됐지만, 왜 그런
걸 사내가 줬는지 설명이 되지 않았다. 격쟁을 올렸으니 어떤
형태든 매듭을 지어야 하는데 오 현감은 난색을 지었다.

어지러운 생각은 사헌부에서 정약용이 나타날 때까지 계속
되었다. 정약용은 상황 설명을 들은 후 달래의 무덤이 있는 곳
으로 나가 주위를 살폈다. 그녀가 묻힌 곳은 생전에 풍수 일을
하던 그의 부친이 정해 준 자리였다.

무덤 위쪽으로 북(鼓) 모양의 바위가 있는 곳으로 그저 평범
히 살 수 있는 명당으로 알려진 자리였다. 그런데 무덤을 쓴
지 사흘 만에 봉분을 헐어 낸다는 소문을 들었는지 이진환의
집 어깨패들이 다섯이나 따라붙었다.

그들은 주인의 명을 충실히 전하며 묘 주위에 얼씬도 못하게
어깨를 들썩거렸다. 그 세가 두려워 관아에서 나온 사령들은
멈칫거렸다. 마뜩잖은 기색으로 오 현감도 입맛을 다셔 댔으
나 물러서는 장한을 향해 정약용은 된소리를 놓았다.

「일을 하러 왔으면 일을 해야지 햇기운이 저렇게 남았는데
돌아가려나!」

눈매가 가는 사내가 마뜩잖다는 듯 큼큼거리며 핀잔했다.

「궐자는 누구신가? 이 나라의 왕족을 무시하고 하는 일이 잘되리라 보는가?」

「비키게. 지저분한 자들의 위세 때문에 관아에서 나온 이들이 일을 못하잖는가.」

정약용이 앞으로 나서자 뒤쪽의 사내들이 달려들었으나 곁을 따르던 서과의 오른발이 상대를 강타했다. 그들은 어깨며 허리를 부여잡고 물러났다. 그래도 일을 주관한 것으로 보이는 사내는 한이 서린 목소리로 뒷말을 남겼다.

「오냐, 이놈! 네놈이 온전한지 두고 보리라!」

정약용이 한 손을 들어 손짓하자 일꾼들이 봉분으로 다가가 위를 허물자 관이 나타났다. 흙덩이를 털어 내고 관을 열었다. 주검은 온통 피범벅이었다. 친친 동여맨 수의 안엔 목이 없는 몸뚱이가 덩그러니 놓여 있었다. 관 뚜껑을 덮고 맹천보의 부인 수원댁에게 들은 장소로 길을 잡았다.

산등성이를 넘어가자 어느 한 지점에서 고유제가 한창이었다. 축문 같은 사설을 길게 뽑던 무리가 놀란 얼굴로 멈칫대자 이진환이 눈을 부라렸다.

「뭘 망설이느냐. 어서 읽어라!」

정약용이 가까이 다가가 지나치는 어투로 힐난했다.

「이 세상엔 해야 할 일이 있고 하지 말아야 할 일이 있소이다. 이 나라의 왕손이라 하여 살았을 때 한을 품은 주검의 머리를 취해 복을 받겠다고 축문을 읽는 게 어느 나라 법도인가?」

「이런 놈을 보았나! 어디서 허튼소릴 주절대느냐!」

정약용은 상대의 말을 무시하고 그 곁에 선 사내를 가리켰다.

「그댄 풍수사로 보이는데, 어떤가?」

「그렇소이다. 이 공의 부친 뼈를 추려 내 고유제를 올리는데 뭐가 잘못됐소?」

「내가 보기엔 그렇지 않소이다. 이곳은 금채절각낙지형이란 명당이오. 몇 해 전 풍수 일을 하는 맹천보가 이 자리가 좋은 곳이긴 하나 역모의 기미가 보인다고 버려둔 곳이오. 내가 아는 바 이진환 나리의 집안은 사도 세자의 궁중 난리 때 역모에 휩쓸려 벌을 받는 게 두려워 그대의 아빈 자진했소. 하나, 그 죄가 막중해 나라에선 부관참시를 명하고 사지가 온전히 붙어 있질 못하게 하였는 바!」

「어허! 이자가 무슨 말을 하는 게야! 네놈이 왕실과 왕족들을 욕보이려는 게야!」

「그대들이 민초들처럼 들불이라도 일으켜 봤는가? 이씨란 성받이로 왕족 행세한 게 역겹기 그지없거늘 분명 오늘의 고유제도 애매한 사람들의 원한을 불러들였을 터! 여봐라, 사령들은 봉분을 열고 관 뚜껑을 벗겨라!」

명이 떨어지자 사령들의 손놀림이 순식간에 진행됐다. 관 속의 모습은 참으로 보기 드문 형상이었다. 살이 도망가 버린 쇠락한 뼈다귀 위에 놓인 건 달래의 머리였다.

머리를 싼 한지엔 피가 배어 있고 거무스름한 목각 인형이 매화나무 가지에 걸려 있었다. 일행을 관아로 연행한 후 정약용은 한숨을 몰아쉬었다.

「이게 어찌 고유제겠는가. 힘깨나 있는 자가 자신들의 치세를 오래 끌고자 비방을 쓴 게요. 금채절각낙지형에 무덤을 쓰면 왕후가 태어날 집안이라 했으니 지금이 다시없는 기회일 것이오. 부관참시의 죗값을 치르기 전 여인의 목을 붙였으니 왕가의 피가 좋긴 좋은 모양이외다!」

정약용이 빈정거린 건, 죽은 건 이씨지만 몸의 한쪽이 없어지자 달래의 목으로 완전한 형태를 만든 점이었다. 맹씨에서 머리 부분을 떼어 내 완전한 이씨(木＋子)를 만든 것이다. 한 통의 차자가 어전에 전해졌다.

주상마마, 신 정약용 돈수백배하고 아뢰옵니다. 버티고개에서 일어난 맹천보 살해 사건은 선대왕의 후은을 입은 이진환이 제 아비의 부관참시를 안타까이 여겨 흉측한 살인을 자행한 일이옵니다. 이 일이 무리를 규합해 반역을 일으키려는 것인지는 좀 더 조사를 해보아야 하오나 신은 마마의 명을 깊이 새겨 온 힘을 다해 조사할까 하옵니다.

　　이진환이 날뛴 것은 집안을 일으키려는 잔꾀에 불과한 것일
뿐 역모를 일으킨 것으로 보기 어려워, 당장 나타난 것만으로
는 큰 벌을 내릴 수 없음을 상소문으로 알리고 있었다.

왈짜 이야기

　궁에서 쓰는 술과 식혜를 만드는 관청이 사온서다. '온'은 술 빚는 걸 뜻하는데, 태조 원년에 고려의 제도를 이어받아 설치됐다. 술을 관리하는 직책이다 보니 세가 적지 않게 드셌고 흥그러운 얘기가 적지 않을 수밖에 없다. 포근한 날씨였지만 정월 명절이 닷새 앞으로 가까워졌으니 혼처를 정해 놓은 집에선 명절 전에 혼사를 치르려고 기를 썼다. 사온서의 말단 직원 박문호 봉사의 집도 마찬가지였다. 박 봉사도 명절을 앞두고 딸아이의 혼사를 서둘렀다. 밤이 깊어진 신방에서는 사내의 손이 부지런히 움직였다. 이팔청춘이니 피는 맹렬히 끓어오르고 은밀히 숨은 정념의 화약이 하나 둘 터지며 남녀의 호흡은 먼 길을 달려온 당나귀의 헐떡거림처럼 숨 가쁘게 이어졌다.

어디서 배운 기술인지 신방맞이를 하는 신랑의 기교는 참으로 눈부셨다. 은옥은 죽은 듯 눈 감은 채 잔잔한 미소를 입가로 흘리며 사내의 흔들림에 몸을 맡겼다.

사온서 말단 직원을 아비로 둔 은옥으로서는 두 단계나 윗전인 윤 참봉의 며느리가 된 게 얼마나 다행인지 몰랐다. 깊은 숨을 끊어 쉬며 가만히 새신랑을 돌아보았다. 두 차례나 힘을 쓴 사내는 깊은 잠에 떨어져 코를 골았다. 살그머니 상체를 일으켜 속적삼을 걸치고 어지러운 마음 자락을 정리했다.

새신랑은 혼례를 올리기 전에도 심심찮게 박씨 집안에 들러 구하기 쉽지 않은 주요 약재를 내놓곤 했었다.

「에헤헤 장인어른, 제가 가져온 이 약재는 구하기가 몹시 까다롭습니다. 아버님이 은밀히 거래하는 수표교 인근의 제중당이라는 한약방에서 좋은 약재를 구했다기에 시생이 가져온 금석곡입니다.」

가리왕산에서 출토한 금석곡(金石斛)은 약효가 몹시 빼어났다. 조선의 약초라면 그 첫머리에 떠오르는 게 인삼이었다. 몸이 약한 사람이건 그렇지 않건 조제하는 방법에 따라 인삼은 몸에 받았다. 그러나 회춘강정의 특효약으로 손꼽는 건 인삼이 아니라 금석곡이었다. 이따금 집에 들른 약초꾼들에게 귀가 닳도록 들은 데다 제중당 이 주부도 그런 애길 했었다.

「세상 사람들이 너희를 약초꾼이라 우습게 여길지 모르나 나는 그렇게 생각지 않는다. 너희는 아픈 사람을 살리는 약왕 같은 게지. 너희라고 신농씨가 뿌린 산삼 한 뿌리 못 캘 게 아니며 금석곡 한 촉 못 건질 바 없다. 너희가 그런 약초 한 뿌리만 가져오면 쌀 스무 가마가 많다 하겠는가.」

박 봉사 집은 수진방에 있었다. 조선의 개국 공신 정도전이 자신의 집터를 오래오래 살 것이라 큰소리치며 정했는데 그가 이방원(태종)에게 피살된 후 '명이 다한 곳〔壽盡坊〕'이라 소문나 세상 사람들의 조롱을 받게 된 곳이기도 했다. 이후 사복시라는 관청이 들어서자 말을 관리하게 돼 상삿골이라는 명칭이 생겨났다.

이곳에서 기르는 말 중에 교미할 때가 된 말을 상사마라 했는데, 암내를 맡은 말이 날뛰면 관원들을 골목으로 몰아넣어 잡았기에 붙인 명칭이었다. 박 봉사 집은 골목 안쪽에 자리 잡아서인지 행인들의 출입이 많지 않은 곳이었다.

나이 열일곱이 되도록 애지중지 길러 보문동에 사는 내의원 윤 참봉 댁과 혼례를 치르자 신랑 댁을 아는 이들은 괜히 그런 말을 했다.

「박 봉사가 상삿골로 오더니 행세깨나 하는 윤 참봉과 인연을 맺는구먼. 세도 부리고 싶은 욕심이 용뿔처럼 대단한 양반인데 그런 집안과 사돈을 맺었으니 대문 앞에 내건 비룡승천이라는 편액이 틀린 건 아닐세.」

마음에 걸리는 건 사윗감이었다. 윤 참봉의 아들은 시건방지기가 이를 데 없고 장인 앞에서도 방정맞은 언사를 함부로 지껄이는 놈이었다.

「아하하하, 이 댁에 장가들면 장인어른께 좋은 약젤 소개하리다. 기대하슈.」

　어디 그뿐인가. 혼례를 치르더니 신방에 들 생각은 않고 무뢰배 같은 녀석들과 점심 무렵 인사차 약주 한잔 걸친다고 나가더니 밤이 늦도록 모습을 드러내지 않아 입안이 버석버석 탔다.

　박 봉사는 끓는 속을 진정시키느라 이만저만 애를 태운 게 아니었다. 이번 혼사는 상대가 마음에 들어서가 아니라 사온서 말단 직원인 자신의 신분으로선 중앙요로에 실낱같은 끈이라도 있는 자와 인연을 맺기 위해 성사시킨 것이었다.

　매파가 능력 있는 사내라 추켜세우며 혼서를 건넨 다음 날 신랑에 대해 좋지 않은 소문이 날파리처럼 날아들어 마음자리를 우그러뜨렸다.

「무어? 신랑 될 놈이 주태백이야? 말술이라고? 어허, 남의 혼사라고 구경꾼들이 맘대로 지껄이는군. 사내가 술 한잔 마실 수 있는 거지. 안 그런가? 이태백 그 양반이 말하길, 한 말 술은 자연으로 통하는 대장부가 마실 술이라 했네. 글 읽는 사내라면 그 정도 깜냥은 돼야지.」

소문은 그렇다 해도 혼례를 올렸으니 점잖게 신랑 구실이라도 해야 뒷소문이 좋을 것인데 무뢰배 같은 녀석들이 나타나면서 한 아름이나 되는 걱정을 박 봉사에게 안겨 주었다.

혼례를 올렸으면 그 좋아하는 친구는 나중에 만나 약주 잔을 돌리고 오늘은 평생을 같이할 여인네와 김이 모락모락 나는 얘기라도 나눠야 제격이었다.

어찌 된 인간이 낮참에 빠져나가 밤이 되도록 코빼기도 보이지 않아 신방엔 신부 혼자 가볍지 않은 족두리를 쓴 채 여섯 시간째 앉아 있었다.

「어허, 이런 변이 있나. 아무리 친구가 좋아도 그렇지, 장가를 들었으면 신방엔 돌아와야지 이게 무슨 짓이야. 술을 잘 마신단 말은 들었지만 이토록 앞뒤 분간 못하고 혼례 올린 첫날부터 술에 절었으니 난리 아닌가. 어허, 이거 물릴 수도 없는 일이고.」

박 봉사의 울화가 사랑채에서 새어나오는 걸 하인들이 모를 리 없었다. 장삿길에 도가 튼 부친 덕분에 상삿골에 괜찮은 집터를 사들였지만 그것은 박씨 집안의 일이지 사위 놈과는 아무런 관계가 없었다.

하릴없이 대문간을 살피다 돌아오길 벌써 몇 차례인가. 문밖 날씨는 금방이라도 눈발을 뿌릴 양으로 차가운 도둑 바람만 오락가락이었다.

아직은 시간이 있으니 돌아오면 되겠지만 날 새도록 술 마시고 기생 품에 떨어지면 집안 망신시키는 건 둘도 없는 일이었다. 밤은 점점 깊어 가고 간간이 진눈깨비까지 날리자 주위는 더욱 어두워졌다.

「어허엄, 카악!」

박 봉사는 가래 끓는 기침을 몇 차례나 뽑아냈다. 그때 마침 요란한 발자국 소리와 함께 하인 녀석의 다급한 말소리가 날아들었다.

「봉사 어른, 서방님이 이제야 돌아왔습니다.」

그 말을 듣고서야 간밤에 먹은 무말랭이가 내려간 듯 답답한 속이 겨우 가라앉았다.

신랑이 들어와서인지 신방엔 한층 분위기가 녹은 탓에 정겨운 놀이가 한창이었다.

사내는 간밤에 골목 안으로 들어올 때만 해도 말똥 냄새가 코끝에 어렸는데, 불을 환히 밝힌 박 봉사 댁 대문 가까이 이르렀을 때엔 술기가 치밀어 올라 걸음까지 비틀거렸다. 대문간을 지키던 하인 녀석들은 다짜고짜 사내를 잡아끌어 신방에 집어넣었다.

'어, 어?'

사내는 하인 녀석들이 이유 없이 잡아끈 것을 잡것들의 행음 놀이로 구전 몇 푼 뜯기 위한 수작이라 여겼다. 우중충한 날씨에 잠자리도 못 정한 터여서 가만히 있었지만 향긋한 몸단장 내음이 풍겨 오자 회가 동했다.

조촐한 술상까지 차려져 있고 윗목엔 화관을 쓴 여인이 앉아 있었다. 연지를 좌우로 찍고 곤지까지 찍었으니 시골 장터에서 보았던 영락없는 춤추는 기생이었다. 한양으로 향하던 자신의 걸음 마당에 만난 한량들의 농지거리가 머리에 스쳤다.

「저기 말이야, 계집의 볼 따귀에 연지를 찍는 건 묘한 의미가 있지. 그건 우리의 오랜 풍습이라고나 할까. 그 옛날 우리 조상들이 중원을 호령할 때 천하의 여인들을 수중에 넣었잖아. 밤이 되면 제왕은 어느 방으로 갈까 고민했는데 이때 사용한 짐승이 염소라네. 염소 등에 앉으면 고 녀석이 느릿느릿 걸어 데려다 준 방으로 들어갔는데, 하필이면 이날 여인의 몸에 달거리가 찾아온 거야. 그래서 볼 따귀에 연지를 찍어 '오늘은 쇤네 몸에 달거리가 찾아와 모시지 못하옵니다' 했다는 거야. 그래서 연지를 찍는 것인데, 하필이면 혼례 때 이걸 쓰느냐 말이야. 달리 생각하면 날파리 같은 사내놈이 함부로 기웃거리는 걸 막으려는 거겠지.」

어여쁜 새색시를 보호하려는 차원이 연지라는 말이었다. 납의를 걸친 사내는 스물다섯 해를 살아오면서 여인의 속살 한 번 만진 적 없는 데다 얘기만 무성하게 들었고 보니 사내의 욕망이 풍성히 영글어 있었다.

그러나 일정한 법식을 알 리 없었다. 춤추는 기생들은 화관을 벗으면 몸을 허락하는 것으로 알았기에 앞뒤 살필 겨를 없이 화관을 떼어 내고 옷가지를 서툴게 벗겨 냈다. 얼핏 훑어본 머리맡에 술상이 있으니 기생방이 맞아 보였다.

「잠시만 기다리십시오, 서방님.」

  황촛불에 조심스럽게 올려다본 낯이었지만 신부는 이상한 예감에 사로잡힌 모양이었다. 자신이 들은 바로는 스물일곱의 한량이라 했다. 실없는 농질을 잘하는 왜가리 매파의 달금한 말이 아직도 귓전에 머물러 있었다.

「아가씬 복도 많수! 서방님 되는 그분은 술을 좀 먹는다지만 체격이 듬직하고 사내다운 힘이 그만이라우. 오죽했으면 다방골 기생들이 장안 한량 중 솜씨 좋은 사내라고 손을 꼽는답니까. 사내는 인물도 좋아야 하고 술도 마셔야지만 그런 건 몸에 지닌 일종의 노리개 같은 거유. 사내는 뭐니 뭐니 해도 계집 넋 떨어지게 하는 힘이 있어야 해요. 똘똘한 녀석이 용솟음치는 힘만 있으면 어딜 가든 밥 굶을 염려는 없다우!」

  그랬던 것인데 뭔가 이상했다. 친구들과 기생방에 들렀다면 입고 있는 옷가지는 깨끗해야 옳았으나 방에 들어온 사내는 어디서 굴렀는지 땟국물이 줄줄 흘렀다. 더구나 신부의 옷을 벗겨 내는 솜씨가 어찌나 엉성한지 이상할 정도였다. '이 사람이 서방님 맞나?' 싶은 의혹은 사내의 손이 가슴 속에 파고들면서 굳어 버렸다. 그것은 익숙한 행동이 아니었다.

몇 번이나 조심스러운 동작으로 젖무덤을 움켜쥐더니 도도록하게 솟은 젖꼭지를 입술로 간질이며 다급히 이층을 쌓았다. 여인의 몸을 안온하게 풀어 헤치며 좀 더 황홀한 분위기로 끌고 갈 줄 알았는데 사내의 힘이 거칠게 아래쪽을 파고들자 모락모락 일어난 의혹이 순식간에 사라져버렸다.

「아, 아!」

뭔가 해야 할 말이 있었는데 그것들은 입안에 갇혀 그저 모닥숨만 몰아쉬었다. 아무래도 이 사내는 이상했다. 얘기로 들었던 것과 달리 여인의 몸을 잘 아는 게 아니라 처음 대한 듯 몹시 어설펐다. 그게 오히려 처녀의 마음을 흡족하게 만들었다. 자신이 처음 여자라는 것. 어쩌면 이 사내는 세상 사람들이 말하는 것처럼 소문만 요란했을 뿐 맑고 깨끗한 영혼을 가졌는지 모른다는 생각이 고물고물 샘솟았다.

이 사내에게 자신의 향기가 전달됐을지 모른다는 생각이 사내의 거친 숨소리와 출렁이는 자맥질 속에 찾아든 고통을 완화시켰다. 그것은 기쁨의 물고였다. 사내는 자신의 힘을 여인의 깊은 곳에 방아깨비가 알을 까듯 하고는 나동그라졌다.

밤은 점점 깊어 갔다. 젊음이란 넘치는 힘이 있어 좋았다. 포근하면서도 뜨거운 여인의 향기에 취하는 게 그렇듯 좋았다. 어둑새벽이 오자 사내의 힘이 다시 살아났다. 거의 벗다시피

한 몸은 다시 불이 붙었다. 뜨거운 숨결은 다시 열화로 위에서 살아나고 그것은 간밤의 요란한 방사가 있었다는 것과 상관없이 거칠게 출렁거렸다. 한 차례 불길을 태우고 숨 가쁘게 몰아쉬던 한숨이 가라앉자 사내는 이상한 질문을 던졌다.

「아가씨, 여긴 어딥니까?」

「……?」

「나는 강원도 정선 가리왕산 계곡에서 약초를 캐던 표가입니다. 약초를 캐면 수표교 옆 한약방에 간다는 말에 찾아왔습니다만, 주인은 만나지 못하고 늦도록 술만 마셨습니다. 새로운 분이 주인이라는데 그분을 아침 일찍 만날 생각에 골목으로 들어왔다가 좋아하지도 않는 술을 몇 잔 들이켠 탓에 방향을 잃었습니다. 이 댁 대문간에 불 켜진 걸 보고 기방이라 여겼는데 틀린 건 아니지요? 오랜만에 한양에 왔으니 처음 만난 처자와 인연을 만든다는 생각으로 들어온 것인데…… 방 안 분위기가 예사롭지 않아 묻습니다. 여기가 어딥니까?」

「도련님은……, 이번 혼사에 오신 새신랑이 아닙니까?」

「혼사요? 말씀드렸다시피 나는 약초꾼입니다.」

그때 대문간에서 발길질하는 소리가 들려왔다. 맹구란 하인이 신경질적으로 눈을 치뜨며 짜증부터 쏟아 냈다.

「어떤 놈이 새벽부터 지랄이여.」

느실거리는 걸음으로 대문 가까이 다가가 틈새로 밖을 내다보던 녀석의 낯이 홱 변했다.

　신방에 있어야 할 신랑이, 인사불성이 되도록 술에 만취한 채 대문짝에 발길질을 해대며 삿대질하는 게 아닌가. 말할 때마다 얼마나 술을 마셨는지 술내가 풀풀 풍겨 났다.

「야 이 새끼들아, 내가 이 집에 장가든 신랑이다. 빨리 문 못 열겄냐!」

　신랑은 몸을 가누지 못한 채 흐물흐물 흔들리며 데친 파김치처럼 대문 앞에 허물어진 채 연방 헛구역을 토해 냈다. 맹구는 한달음에 사랑채로 달려가 예기치 않은 변고를 알렸다.

「보, 보, 봉사 어른! 소인 맹구이옵니다!」

「무슨 일이냐, 이 시각에.」

「난리가 벌어졌습니다요.」

　박 봉사는 모처럼 찾아든 단잠을 버리지 않으려는 듯 대수롭지 않게 물었다.

「난리라니, 무슨 난리냐?」

「말씀드리기 송구하오나…… 신랑이 바뀌었습니다. 어제 오후에 나간 서방님은…… 친구분들과 약주를 마시다…… 지금에야 돌아왔습니다.」

　거칠게 문이 열리며 박 봉사의 노한 음성이 쏟아졌다.

「그노오옴! 정신 나간 그 인사 지금 어딨느냐?」

「아직 술이 안 깨어…… 대문간에 기댄 채…….」

「잠들어 있더냐?」

「예에, 봉사 어른.」

「허어, 이런 변이 있나. 그 인사가 우리 집안을 쑥밭으로 만들었구나. 천하에 다시없는 말종이란 말을 들었거늘 혼례를 치른 첫날부터 그 지경이야? 모든 게 그놈 때문에 생긴 일이니 대문 열어 줄 생각 아예 말거라! 그놈이 깨어나 대문을 두드리더라도 열어 줘선 안 된다! 아무도 문밖으로 나가지 마라. 알겠느냐?」

「예에, 봉사 어른.」

「그래도 놈이 돌아가지 않으면 말해라. 우리 서방님은 어제 신방에 들어가 나오지 않았는데 어떤 자가 소란을 피우느냐고 따끔하게 말해라!」

소란은 이미 일어났다. 누구 한 사람 대문간에 얼굴을 디밀지 않자 술이 깨기 시작한 신랑은 머리통이 빠개지는 듯한 통증과 어둑새벽에 몰아닥친 한기에 떨며 대문을 두드리며 소리소리 고함을 질렀다.

「이놈들아! 어서 문 열어라!」

대문 안에서의 대꾸도 곱지 않았다.

「네 이놈! 예가 어디라고 포악을 떠느냐? 어제 장가든 서방님은 신방에서 곱게 주무시는데 웬 미친놈이 새벽부터 찾아와 소란이냐! 빌어먹을 양이면 다른 집을 찾아가 구걸할 게 지, 하필이면 혼가에 와서 지랄이냐!」

「어허, 이놈 봐라! 내가 새신랑이라지 않느냐! 어서 문을 열어라! 경을 치고 싶으냐!」

「저런 미친놈을 봤나. 입은 살아 횡설수설 말은 잘한다. 우리 서방님이 신방에 계시지 너처럼 고주망태가 돼 남의 집 문전에서 구걸한단 말이냐? 그게 글 읽는 선비가 할 짓이냐!」

그 말이 사내 가슴에 불을 질렀다. 잠시 문밖이 잠잠하더니 크흠! 큼! 헛기침을 쏟아 내며 발걸음을 돌렸다. 따지고 보면 사내에겐 손해날 게 없었다. 이 집에 장가들었으니 아무 때나 올 수 있다는 자만심이 꿈틀거렸다.

친구들과 술 한잔하느라 새벽에 들어온 것이지만 자신에게 수모를 안겼으니 박 봉사가 찾아와도 응어리진 마음을 풀지 않겠다고 작정하는 듯했다. 새신랑은 구겨진 옷을 툭툭 털고 큰길 쪽으로 휘적휘적 걸어갔다.

새신랑이 포기하고 물러나자 박 봉사는 아랫것들을 데리고 신방으로 향했다. 거칠게 문짝을 거덜 내고 신방에 있는 사내의 멱살부터 잡아끌었다.

「그놈을 뒷마당으로 끌어내라! 내 오늘 사람 죽는 걸 보아야 겠다.」

맹구의 우악스러운 손끝이 젊은이를 짐승처럼 끌어내 뒷마당에 패대기치자 박 봉사의 호통이 쏟아졌다.

「이놈! 네 죄를 알렷다!」

「잘못이 있다면 달게 받겠습니다. 지난밤 일은 몇 번을 생각해도 시생의 죄라고만 생각할 수 없습니다. 길 가던 나를 이 댁 하인이 다짜고짜 방에 집어넣었으니 술 취한 나로선 과수댁이나 기생방이라고 생각할 수밖에 없었습니다.」

「어허, 저, 저놈의 주둥일 봤나! 네 이놈, 그걸 말이라고 하느냐! 신방엔 합환주가 있고 족두리 쓴 신부도 있었다. 처자가 있었다면 한 번쯤 생각해 볼 수 있을 것인데 내 딸아이가 있는 걸 얼씨구나 여기고 처녀의 몸을 건드려 내 딸 신세를 망쳤겠다! 네놈의 죄를 물어 그 잘난 물건을 작두로 잘라 개먹이로 삼을 것이다. 하고 싶은 말이 있거든, 해 보거라!」

참으로 황당한 일이어서 사내로선 망연자실이었다. 안채에선 이 댁 마누라가 달려나와 남편의 진노를 가라앉히려 애썼지만 박 봉사는 오히려 당당하게 끌고 나갔다.

「그놈과 하룻밤 잤기로 대수로운 건 아니다. 한강물에 나룻배 떠가는 격이니 아랫것들 입단속하면 누가 알겠느냐! 새 신랑인지는 술에 미친 작자일 것이다. 제놈이 처신을 잘못해 헌 계집과 사는 걸 누굴 원망해! 제 불찰로 생긴 것이니 너는 입 다물고 가만있으면 된다.」

「하오나 아버님.」

「정신 빠진 작자가 술 마시러 가지 않았다면 이 같은 일이 일어나지 않았을 터! 저놈의 목을 뒷마당에 묻고 신랑을 불러 다시 날을 잡아 신방을 치르시오. 부인은 딸아이의 신방 맞이에 신경 쓰시고 바깥일은 내게 맡겨요.」

당장 거덜이 날 소란은 정오를 넘기면서 잠잠해졌다. 소문이 담을 넘어 나갈 리도 없는데 제중당 한약방의 이 주부가 찾아 들었다.

「어인 일인가, 내게 볼 일 있는 것도 아닐 터이고?」

「지난밤 도깨비가 장난친 탓에 상삿골의 말들이 밤새 울었다는 소문이 있어 길을 나섰습니다만……, 박 봉사께선 큰 일 치르느라 정신없었겠습니다.」

「하고 싶은 말이 뭔가? 그렇듯 안갯속을 헤엄치듯 말하니 알아들을 수 있나?」

「말씀드리지요. 간밤에 귀한 약초를 들고 한양에 나타난 젊은이가 있었습니다. 어디서 무슨 말을 들었는지 약초를 사려는 분의 집을 가르쳐 달라기에 약초꾼들이 술 한 잔 뺏어 먹고 반농담 삼아 이 골목 어딜 가르쳐 준 모양입니다. 아침에 약초꾼들이 하는 말을 듣고 그 젊은이가 간 곳을 찾았더니 박 봉사님 댁이지 뭡니까.」

「그 젊은이가 이곳에 있을 거라 그 말인가?」

「찾으러 온 건 맞습니다만, 시생이 필요한 건 그 젊은이가 아

니라 봇짐에 든 약초지요. 시생이 일찌감치 일을 보러 나섰
는데 이 댁 새신랑이 색주가에서 고주망태가 돼 봉사님 댁
문간에 서 있는 걸 봤습니다. 신방에 있어야 할 신랑이 나룻
배마냥 떠다닌 걸 보고 짐작되는 바 있어 모른 척하고 기다
렸지요. 잠시 후 큰길 쪽을 둘러보니 새신랑은 좋은가 큰길
가에서 집이 있는 보문동 쪽으로 걸어가지 뭡니까. 그제야
시생은 간밤에 신랑이 바뀐 걸 알았습니다.」

「고변이라도 하겠다는 건가?」

「그 무슨 말씀을……. 몸이 아픈 자에게 치료약을 주고 기
력이 약한 자에게 강정을 도와주는 게 시생의 천직이지요.
이유야 어떻든 봉사님께선 집안을 들쑤신 사내 처리에 여러
가지 생각이 많을 것이라 봅니다만.」

박 봉사의 노기 어린 시선이 쏟아지는데도 이 주부는 딴청을
부리듯 뒷말을 이었다.

「봉사 어른, 시생은 이 댁 소란엔 관심 없습니다. 조금 전에
말씀드린 것처럼 시생의 관심은 사내 봇짐 속에 든 약초입니
다. 그걸 저에게 줄 수 있다면 나리 집안의 고민은 쉬이 풀릴
수 있습니다.」

이 주부는 한 걸음 가까이 다가와 자신의 생각을 은밀히 속
삭였다. 무덤덤하게 상대의 말에 귀를 열던 박 봉사는 짧고 단
호하게 결정했다.

「자네 말을 따르겠네만 분명한 건 그자를 살려 둬선 안 되네. 그놈 처리까지 맡는다면 자네 제안을 받아들이겠네. 그놈은 잠시 후 서편에 있는 광으로 옮겨질 것이네. 흐음!」

예기치 않은 일에 대한 결론을 내리고 그날 오후 왜가리 매파에게 혼서를 쥐어 윤 참봉 댁으로 경고의 말과 함께 보냈다.

아무리 주도가 그 나이 또래 젊은이에게 운치 있는 일이긴 하나 혼약은 인륜지 대사니 나름대로 법과 질서가 있는 법입니다. 신랑이 벌인 행동으로 봐선 이번 혼사를 없던 것으로 해야 옳으나 주위 이목이 있으니 한 번쯤 참는 수밖에 없는 듯합니다. 이번에도 세상 사람들의 손가락질을 받는 추행이 있을 때엔 딸아이 혼사는 없던 것으로 하겠습니다. 혼례는 내일 하루를 건너 모레 정오에 치르는 것으로 하겠습니다.

윤 참봉 처지에서도 드러내 놓고 따질 수 없는 일이어서 입맛을 다시며 박 봉사의 제안을 받아들였다. 혼례는 우여곡절 끝에 두 번이나 치른 것이 돼 정오에 식을 올렸다.

진눈깨비가 하늘거린 참이라 오후 늦게야 신방을 차렸다. 박 봉사의 엄명으로 신방 근처엔 누구도 가까이 가지 못하게 해 무사히 밤을 새웠다.

닭은 두 번 운다. 첫 번째 우는 닭은 날이 밝았음을 알리는 계명축시고, 두 번째 우는 닭은 밤사이 사냥 나간 호랑이가 단잠을 자려고 자신의 잠자리로 돌아가는 호명인시다. 사내의 힘은 이 시각에 용솟음치므로 남녀 간의 새벽 유희는 이때쯤이다.

은옥이 코끝에 어리는 비릿한 내음에 눈을 떴을 때는 두 번째 닭울음이 목청껏 새벽을 깨울 무렵이었다. 무의식중에 한 손을 새신랑 가슴 쪽에 옮기던 은옥은 섬뜩한 느낌에 눈을 떴다. 손끝에 묻은 건 끈끈한 피였다.

「아악!」

새신랑은 뾰족한 날붙이에 찔린 채 즉사했던 것이다. 닭이 깨운 어둑새벽에 비명을 내지르며 은옥은 혼절해 버렸다.

사헌부에서 나온 정약용은 살해 현장에서 포교들을 지휘했다. 혼절한 은옥을 안방으로 옮겨 치료하고 신방엔 사람 출입을 막는 금줄을 치고 사체의 정황부터 살폈다.

대부분 신방은 외방객들이 신방맞이를 구경하느라 여기저기 구멍이 뚫리기 마련이다. 그래서인지 그곳에도 여섯 개 정도 구멍이 나 있었다. 문 아래쪽 세 치 어림에 뚫린 구멍 아래 타다 남은 재가 눈에 띠었고 뚫린 구멍은 어린아이 손가락 굵기였다. 안으로 들어간 정약용이 물었다.

「죽은 자는 누군가?」

「내의원 윤 참봉 자제라 했습니다. 미목이 수려해 인물 났다는 소문이 있습니다만, 인물 됨됨이가 술과 도박을 좋아해 난봉꾼으로 장안에 알려졌습니다. 그런 자가 제 아비 후광으로 장가들었는데, 신방맞이 첫날에 이 같은 일이 일어났습니다.」

「박 봉사로선 품계가 윗전이라 좋은 혼처로 여겼겠지. 감지덕지했을지도 모르고. 한데 죽음을 당했다, 우발적으로 보기엔 사체의 상흔이 평범하지 않아.」

날붙이가 관통했으니 단순한 자상으로 보이지만 초야를 노리고 들이 밀어닥쳤다면 이건 치정에 얽힌 살인으로 볼 수 있었다. 더군다나 목숨이 끊긴 신랑의 팔엔 새 한 마리가 그려져 있고, 등엔 칼끝으로 새긴 우(又)란 흔적이 확실하게 드러나 있었다.

「장안엔 오래전부터 칼계란 패거리가 있어 포청을 비롯해 사헌부에서도 그 일에 종사한 자들을 취조한 경험이 있습니다. 사람 죽이는 걸 대수롭지 않게 여기는 자들인 데다 손속이 악랄해 그동안 잡기만 하면 거칠게 고문한 후 망나니 칼날에 목을 떨궜습니다.」

「흐음.」

정약용이 곤혹스러운 낯으로 손에 든 불자를 가볍게 토닥거렸다.

「사체 등에 나타난 글자가 우(又)로 보아 어김없는 칼계 흔적입니다.」

「신방을 찾아와 글자를 남겼다?」

「평소 윤 참봉 아들의 난잡스러운 행위가 많았으니 그에 대한 보복 같습니다.」

「자연스럽게 신방에 들어온 건 어찌 보나?」

「문지방 아래 타다 남은 재의 흔적으로 보아, 들어오기 전 수면향을 피워 방 안에 연기를 넣은 것 같습니다. 신랑과 신부가 한 차례 정을 나눈 후였으니 그들이 수면향을 마셨다면 세상 모르게 떨어졌을 것입니다.」

「흐음, 조선의 조직폭력배 칼계는 몸에 특별한 흔적 대신 칼자국만 남기는 것으로 알고 있네. 그런데 죽은 자는 몸에 새 한 마리가 그려져 있지 않은가. 이건 무슨 뜻이야? 칼계에서 그런 방법을 썼는가?」

그 말에 답을 하고 나선 이는 서과였다.

「이번 일은 칼계에서 손쓴 게 아니라 왈짜들입니다. 칼끝으로 우(叉) 자를 새겨 칼계 흉내를 냈지만, 이것은 차(叉) 자였습니다. 하루 전 수표교 물웅덩이에서 표시 성을 쓰는 사내가 죽어 있는 걸 발견했는데, 그자의 등에 쓰인 것도 차잡니다.」

칼계는 본시 향도계에서 출발했다. 이 계는 장례를 치르기 위한 모임으로, 부모·형제가 죽어 장례를 치를 때엔 돈이 많이 들어 얼마간의 돈을 염출해 구성원 중에 상을 당한 사람을 거들어 주는 계였다. 문제는 향도계의 도가(都家)였다. 향도계 안에 마련된 비밀 조직인 도가는 죄를 지어 법망을 피해 도망 다니는 자를 숨겨줘 비밀결사를 만들었다. 포청에서는 도가 내부에 스며 있는 칼계 조직에 시선을 맞추고 있었다.

포청에서 노린 도가는 남산골에서 멀지 않은 초동 끝자락의 '원숭이 도방'이었다. 이곳에 집터를 잡은 건 서부 여경방을 오가는 권속들 출입에 불편함이 없고 서울과 지방으로 통하는 산물을 어렵지 않게 거둬들일 수 있는 위치이기 때문이었다.

이곳을 원숭이 도방이라 한 것은 도주인 신칠경 역시 예전 도주와 같은 신씨인데다 그들의 힘이 여경방에 자리한 장악원을 움직이는 실세였기 때문이다.

건물은 유곽 형태로 지어져 음률에 관심 있는 천민 계집을 양성하다 보니 정원엔 그들의 마음을 풀어 줄 화초가 늘비했고 향내를 풍기는 향나무가 군데군데 자리해 그윽한 내음을 풍겼다.

대문간의 편액 있는 자리에 거북이나 학처럼 오래 살라는 귀령학수란 편액이 걸리고 집 안에 들어서면 널따란 건물이 품자(品字) 형태로 자리를 잡았다.

주인의 풍모를 짐작게 하는 사랑방엔 물건들이 즐비했다. 죽장검과 창포검이 벽면에 엇비슷하게 놓이고 좌우 주련엔 자객들의 암행을 나타내는 구절이 초서체로 달려 있었다.

도방의 붓끝이 힘차게 도약하며 용(龍) 자를 그려 낸 어제 정오, 문밖에서 기척이 왔다.

「나리, 상아입니다.」

「무슨 일인가?」

「표철주 집주름이 나리 뵙길 청하고 기다린 지 오래됐습니다.」

「표철주는 근자에 거래가 없었는데?」

「다급한 일이라 하여 지금껏 기다리고 있습니다.」

「만나 보세.」

스무 살쯤 되는 사내는 예순이 넘은 백발머리의 사내를 안으로 데려왔다. 머리는 봉두난발이었지만 두 눈만은 살아 있어 올빼미처럼 섬뜩한 느낌을 풍기는 사내였다. 그는 붓질하는 사내에게 큰절을 올리고 한 걸음 물러나 무릎을 꿇었다.

「소인, 표철주이옵니다.」

「무슨 일인가?」

여전히 사내는 붓질을 멈추지 않은 상태였다.

「소인은 이제껏 집주름 일을 해왔습니다.」

집주름은 집이나 땅 등의 매매를 중개하는 일을 하는 사람을 일컫는다. 그가 굳이 자신의 행색을 밝히자 도주도 머리를 들어 시선을 마주했다. 여러 생각이 도주의 뇌리에서 꿈틀거렸다. 어찌 표철주를 모르겠는가. 자신의 나이 쉰이 넘었지만 상대는 예순이 넘은 석양녘 인물이었다.

그가 세자궁 별감으로 있을 때 기생을 끼고 술을 몇 말씩 마시던 한량이라는 걸 모를 리 없었다. 사치스러운 그의 인생도 예순을 넘어서자 이가 빠지고 등이 굽었다. 이젠 길을 걸을 때 지팡이를 짚어야 할 정도로 초라한 그가 도주를 찾아온 것이었다.

「나리, 소인이 옛 영화를 들먹거리려는 건 아닙니다만 한때는 세자궁 별감이었습니다. 힘이 넘쳐나는 시절이라 기생들을 찾아다니며 힘을 쏟은 탓에 몸은 상하고 추억만 아련히 남았지요.」

「그래, 무슨 일인가?」

「소인이 나릴 찾아온 것은······.」

두 달 전이라 했다. 그동안 표철주는 생계를 꾸리기 위해 집 주름 일을 하며 선비들 책 읽는 곳에 들러 그들의 비위를 맞춰주는 일을 해왔었다.

힘깨나 쓰는 세도가 서얼들이 모이는 곳이라 잔재미도 쏠쏠할 것이라 생각해 찾아들었는데 말이 책 읽는 곳이지 음란한 행위를 연구하는 잡스러운 곳이었다.

그곳 일행 중에 전라도 어느 절에서 중 생활을 하다 쫓겨난 태욱이란 자가 흥미로운 제안을 하며 엽전 쉰 냥을 내놓았다.

「이보시게 궐자, 내 쉰 냥 드릴 테니 흥미로운 일 한번 해 보지 않겠소?」

「무슨 일이우?」

표철주는 상대가 이끄는 구석진 곳으로 따라갔다.

「장안은 넓소. 그동안 궐자도 느꼈을 테지만 있는 놈들은 지저분한 일을 멋대로 처리해 지탄을 받으면서도 배를 두드리며 살고 있소. 궐자도 집주름 노릇 하며 그런저런 생각을 해 봤을 것이오. 사내가 밖으로 나돌면 집 안에 있는 아녀자들은 상상 이외의 짓을 한다지 않던가?」

표철주는 상대의 말을 알아들을 수 없어 쥐여 준 엽전만 만지작거렸다. 사내의 말이 더욱 은근해졌다.

「장안엔 과부들이 적지 않지만 그들이라고 모든 일을 곱게 어루만지는 건 아니네. 사내가 없는 여인네는 기나긴 밤을 한숨 속에 지세며 탄식을 흘리니 그녀들이라고 어찌 다른 생각이 없겠소. 남 보기에 부러운 미색들이니 더욱 그렇지요?」

빡빡머리는 산중에 살았던 위인답게 행동이 여간 조심스러운 게 아니었다. 그는 목소리를 더욱 낮췄다.

「해서, 집주름이라는 점을 앞세워 궐자가 수소문해 보라는 것이오.」

「예순 넘은 내가 음란서생이 되란 말인가?」

「아이고, 그런 소리 마쇼, 음란서생이라니. 그런 건 피끓는 젊은 것들이 할 테니 궐자는 찾아간 집에 누가 사는지 그것만 알아봐 주면 되네.」

「그러니까 중신을 하라는 건가?」

「에헤헤, 그런 게 중신일지 모르나 궐자는 손해날 일 하나도 없소. 오히려 몸이 뜨거운 계집을 도울 수 있으니 선행을 베푸는 거지. 집주름이란 점을 내세워 장안을 돌아다닐 때 무엇보다 시집 못 간 처녀나 과부들이 있는가를 살펴 주시게. 그리해 준다면 손에 쥔 쉰 냥은 궐자 것이오.」

간밤에 개꿈을 꿨는데 어찌 이런 일이 생겼는가 감지덕지하며 표철주는 고개를 끄덕였다. 사내 말을 수락하고 쉰 냥을 받아먹은 죄로 몇 군데 소개해 줬는데 뒷소식은 지금껏 들은 바가 없었다.

「소인은 그 후 가리왕산에 칩거한 사촌 동생에게 좋은 약제를 부탁했지요. 사대부가의 여인들이 기력이 좋아질 약재를 은근히 부탁했기 때문입니다. 그 아이가 인편에 전한 소식은 깊은 산 험한 골엔 금석곡이라는 약제가 있는데 중원의 제왕들이 기를 쓰고 찾아 나선다는 귀한 것이랍니다. 자신이 운 좋게도 그런 약제를 두 촉이나 캤으니 가져오겠다는 연락이 왔습니다.」

「사람이 왔던가?」

표철주는 울음을 터뜨릴 듯 낯이 일그러졌다.

「산에서 온 사촌 동생은 어찌 된 셈인지 수표교 물웅덩이에서 주검으로 발견됐습니다. 포청에서 조사를 한다 어쩐다 부산을 떱니다만, 일이 해결될 기미가 보이지 않는 데다 지니고 온 약초까지 없어졌으니, 이것은 약초를 노린 자의 소행이라 생각하여…….」

「찾아왔단 말인가?」

「예에 도주 어른.」

표철주는 재빨리 덧붙였다.

「소인도 나름대로 조사를 했습지요. 가리왕산에 있던 아이가 수표교 인근에 나타난 걸 본 사람이 있으니까요. 제중당이란 곳인데, 가져온 약제에 대해 가격을 물었던 모양입니다. 약초꾼들이 농담질하며 색싯집으로 끌고 가 술을 진하게 빼앗아 먹고 엉뚱한 장소를 알려 주며 그곳에 가면 비싼 값으로 팔 수 있다고 했답니다.」

「그곳이 어딘가?」

「바로 여깁니다.」

「뭐라? 그런 사실은 관아에서 알고 있으니 수사할 것인데 어찌 날 찾아왔는가?」

「귀한 약초지만 억울하게 죽은 아이의 원혼이나 달랬으면 싶어섭니다. 모든 정황이 제중당에 머물러 있는데, 소인의 능력으론 한 걸음도 가까이 갈 수 없으니 안타깝습니다. 나리께선 예전 도주처럼 옳은 일에만 나선다고 했으니…….」

「자넨 돌아가 모레쯤 들르게. 도움이 될 만한 것은 상아에게 말해 주고.」

「알겠습니다, 도주 어른.」

밖으로 나온 집주름 사내는 상아에게 혼잣말처럼 중얼거렸다.

「죽은 아이 몸에 난 칼자국 흔적이 우(又) 자니 칼계의 소행이 분명한데?」

「그리 말하면 안 됩니다. 그나마 집주름이라도 호구지책으로 삼을 양이면 말을 가려서 하세요. 집주름 애길 듣고 저라고 가만있었겠어요. 좌포청 사령에게 탁배기 값 찔러 주고 정보라는 걸 얻었지요.」

「쓸 만한 게 있던가?」

「수표교에서 발견된 주검엔 우(又) 자 흔적이 있기는 하나 차(叉)와 흡사해 임시방편으로 엉성하게 그린 것이라 칼계의 소행으로 뵈지 않는답니다. 그 일에 대해 도주 나리도 깊이 숙고하실 것이니, 내일이면 전말을 알게 되겠지요.」

원숭이 도방에서 본격적으로 우(又) 자 흔적을 찾아 나설 모양이었다. 표철주는 볼때기에 힘을 주며 고개를 끄덕거렸다.

삼인행

그날 밤 날씨는 바람이 살랑거려 한결 따뜻했다. 멀지 않은 색주가에서 희미하게나마 창기들 노랫소리가 들려오고 왁자하게 웃어 대는 소리도 바람을 타고 흐늘거렸다. 밤이 깊어지면서 야경꾼의 딱딱이 치는 소리가 한결 멀리서 들릴 때 검은 두 그림자가 제중당 담을 소리 없이 뛰어넘었다.

의원의 집이라고 생각할 수 없을 만큼 서른 평 가까운 집은 용(用) 자형 구조였다. 예전엔 중문 못 미처 은행나무가 있었는데, 나무가 곤(困) 자형으로 액을 가져온다 하여 베어 버린 마당은 휑뎅그렁하기 그지없었다. 집 안은 비어 있는 듯 고적했고, 중문 쪽이 훤히 눈에 잘 들어왔다. 집 안 한쪽에 가마가 있는 것으로 보아 손님이 찾아든 것으로 보였는데, 그 시각에

이 주부를 찾아왔다면 아무래도 거래가 있는 것으로 생각됐
다. 한데 방 안에서 새어 나온 말이 은밀했다.

「어제 이 주부께서 올린 약초를 받으시고 얼마나 기뻐하셨
 는지 모릅니다. 가까운 날 이 주부를 불러 상을 내린다는 말
 씀이 있으셨습니다.」

「어허허, 이런 광영이 있나. 상금이 자넬 대비전에 소개한 건
 자네와 내가 힘을 합쳐야 일이 되기 때문이야. 지금이야 내
 가 밖으로 드러날 처지가 아니나, 그렇다고 시중 잡배마냥
 허송세월할 수만은 없잖은가. 자네도 그쯤은 알리라 보네.」

「어찌 모르겠습니까. 쇤네가 대비마마를 뫼실 수 있는 건 모
 두 이 주부 어른의 진맥 솜씨지요.」

「진맥 솜씨라…….」

「쇤네가 자고 갈 수는 없으나 나리의 허기를 채워 드릴 수는
 있습니다.」

이 주부의 마음을 어찌 알았는지 계집이 먼저 알고 다가왔
다. 이것은 대비전의 나인이라기보다 하루 전에 보낸 약초에
대한 공치사가 더 가까웠다. 정순 왕후는 그런 말을 했었다.

「상금이 네가 큰일을 하려면 무엇보다 네 곁에 사내가 있어
 야 한다. 작은 일은 아녀자 몫이라지만 큰일은 사내들이 처
 리하지 않더냐.」

앞뒤 안 가리고 일을 추진해 나가는 추진력이 있고 지략이

뛰어난 사내가 매력 있다는 건 상금도 알았다. 그렇기에 모처럼 궁 밖에 나온 이날 이 주부의 마음자리를 파고들었다.

모시는 이의 지시라지만 깊은 밤 감사의 말 한마디 하기 위해 누각을 나온다는 게 가벼운 일이 아니고 보면 당연히 이유가 있어야 했다. 상대의 마음을 얻거나 내 마음을 주는 방법에 뭣이 있겠는가.

이제 삼십 대의 피 끓는 사내에게 가까이 갈 수 있는 길은 색이었다. 계집의 마음이 어떻다는 걸 알자 이 주부의 목소리도 자연 뜨거워졌다.

「자넨 사내 마음을 아는 건가, 모르는 건가?」

상금이 말없이 웃었다. 그 웃음엔 짙은 교태가 섞여 있어 마음을 열겠다는 것으로 받아들였는지 이 주부의 손길이 자연스럽게 계집의 몸을 싸안았다.

사내의 손길을 가만히 밀어내며 상금은 걸터앉는 자세로 사내의 뜨거움을 자신의 몸에 집어넣었다. 호흡이 다급히 엉켰다. 사랑이 열기로 시작했어도 활활 타오르는 뜨거움이 없다면 그것은 이내 식어 버린다. 사랑이 식으면 어찌해야 하는지 알았으나 이 주부는 자신의 정수리를 찍어 내리는 불안감에 사로잡혀 사랑놀이를 싱겁게 끝냈다. 차가운 밤길이라 상금이 미소를 띠며 일어나는 걸 보며 이 주부가 한마디 내놓았다.

「오늘은 왜 이러는지 모르겠네. 이력이 급한 마음이니 나 역시 초조해지는구먼. 조심해서 돌아가게.」

이 주부가 설렁줄을 잡아당기자 달랑거리는 소리가 들리며 이내 하속배가 가마를 대령했다. 마음에 차도록 소득을 얻은 건 아니지만 그녀는 미련 없이 자리를 떴다. 멀지 않은 곳에서 야경을 알리는 딱딱이 치는 소리가 들려왔고 5월의 훈풍이 느릿하게 밀려들었다.

한곳으로 집중하지 못하는 어지러운 마음은 한쪽으로 쏠리는 촛불을 망연히 바라보았다. 그때 누군가 바람을 몰고 들어섰다. 두 명의 사내였다. 바깥의 기척이 잡히지 않았던 것으로 보아 그들은 오래전에 집안에 들어온 것 같았다.

「누, 누구시오?」

듬직한 체격의 사내가 이 주부와 석 자 거리에 앉자, 이 주부는 그가 원숭이 도방에 새로 온 사내라는 걸 이내 알아차렸다.

「어인 일이십니까?」

「내가 온 지 얼마 안 됐는데 부리는 아이가 죽는가 하면 품에 지닌 약초까지 사라졌네. 그걸 자네가 알리라 여겨 찾아왔네.」

「금석곡을 말씀하십니까?」

「아는가?」

「소인이 그 약초를 구한 건 맞습니다만 젊은이의 죽음에 대해서는 아는 바 없습니다. 도주 나리가 오셨으니 사실을 말씀드리지요.」

「그래야겠지.」

「며칠 전 한 젊은이가 우리 가게에 들러 약초를 보인 모양입니다. 짓궂은 약초꾼들이 그 젊은일 꾀어 술을 사게 했습니다만 그 이후의 일은…….」

「모른단 말인가?」

「시생은 그날 제중당의 자릴 비웠습니다. 그 젊은이가 온 걸 나중에야 알았습니다.」

「약초는 구했는가?」

「다행히 술을 먹고 놓아둔 것이라 하여 금석곡을 보았습니다. 소인은 나중에 찾아온 젊은이에게 두 촉을 촉당 스물다섯 석씩 백미 쉰 석을 치렀습니다. 그 젊은이는 나리에게도 갖다 줘야 한다는 말을 했습니다만, 가격을 올리려는 게 아닌가 하여 같은 가격이면 내가 대신 주겠노라 마음을 진정시켰습니다.」

이 주부는 상자에서 한지에 싸인 약초를 꺼내 놓았다. 그다지 크지는 않았지만, 약초는 전체가 황금빛으로 물들어 한눈에 봐도 귀물이었다.

「이 주부가 그리했다면 나 역시 그냥 가져갈 순 없지. 내 날 밝는 대로 금액을 보낼 것이네.」

「이왕 나선 길이시니 약초는 오늘 가져가는 게 좋겠습니다.」

이 주부는 그것을 처음의 모양대로 싼 후 상자에 넣었다. 그렇게 보면 이곳에 들른 젊은이와 이 주부가 만난 일은 없어 보였다. 그래선지 이 주부가 넌지시 반격하고 나섰다.

「한데 어인 일이십니까. 도주께서는 닫힌 문 안에 함부로 들어오실 분이 아니신데.」

「이곳에 들른 젊은이가 수표교 물웅덩이에서 발견됐음을 아는가?」

「주검이 발견됐다는 건 들었습니다만, 그 젊은이란 건 금시초문입니다.」

「등에 우(又) 자를 새긴 것도 처음 듣는가?」

「그렇습니다.」

「이곳의 약초꾼이 이상한 곳을 가르쳐 준 모양이네. 그러했기에 표씨 성의 약초꾼은 목숨을 잃은 것이고……. 한데 말일세, 이 주부.」

「예에.」

「이거 하나는 자네가 알고 있어야 하네. 그 젊은이의 죽음에 자네가 관련되지 않았다 하니 내 그리 믿겠네. 더구나 그 약초를 쉰 석의 금액으로 구했다니 그것도 믿어야겠지. 죽은 자의 몸에 이상한 글자가 쓰인 건 도주인 내가 쓴 게 아닌 데다 그게 자네와 가까운 자의 솜씨라면 자네 역시 사는 걸 포기해야 될 게야.」

그 말을 떨구고 나온 건 좀 더 두고 보자는 생각 때문이었는데, 사건은 엉뚱한 곳에서 일어났다. 궁 안의 삼운각에 기댄 채 한 여인의 숨이 끊겨 있었다. 연락을 받은 정약용은 현장에 나가 금줄을 치고 외부인의 출입을 막은 뒤 죽은 자의 신원 파악에 들어갔다.

신장은 5척이 약간 넘는 정도의 계란형 얼굴의 도톰한 미인이었다. 화장은 하지 않았지만 백랍 같이 하얀 얼굴엔 수심이 내려앉았고, 그것이 눈자위 어림에 기러기 발자국 같은 기미를 어슴푸레 남기고 있었다. 서과가 현장을 돌아본 후 보고했다.

「이 나인은 소향이라 하는데, 나이 스물셋입니다. 궁에 들어온 지 다섯 해가 지났으며 가끔 삼화루에 출입했답니다. 소향은 명례방에 자리한 하원이라는 기생 양성소 출신으로 열두 살 되던 해 내관의 손에 이끌려 궁에 왔답니다. 한 가지 특이한 점은 향 가루를 뿌리지 않아도 향내가 풍기는 기이한 체질로 나인들 말을 빌리면, 친구들과 어울리는 법이 없고 가끔 내명부의 책방에 들러 이야기책을 빌려 갔답니다.」

「흐음.」

「나리, 예전엔 환관 학사들이 나라 안의 흥미로운 일을 비롯해 궁 안의 은밀한 얘기들을 귓속질로 전했습니다만, 소인이 책방에 들러 소향이 빌려 간 대여 목록을 봤더니 참으로 흥미로운 게 눈에 띄었습니다.」

대여된 책은 《금궤요략》이었다. 중국 한나라의 명의가 지은 것으로 남녀 간의 방사를 다룬 이 책은 여인의 몸을 거문고로 비유했다. 음양의 이치는 거문고를 어떻게 타느냐에 따라 소리 빛깔이 달라진다는 논지였다.

궁에 있는 많은 여인이 그 책을 보았지만 실제로 자신들의 몸을 탄주할 사내가 없고 보니 명저라 해도 그림의 떡이었다. 그런데 소향이 이 책을 일곱 번이나 대여했다는 건 이해할 수 없는 부분이었다. 서과의 목소리가 다가왔다.

「나리, 모든 준비를 끝냈습니다.」

삼운각에 간이 천막을 쳐 구경꾼들의 눈길을 차단하고 여인의 옷가지를 벗겼다. 서과가 주검 앞에 한쪽 무릎을 꿇자 뒤돌아선 정약용이 말했다.

「검시 기록을 작성해라.」

정약용은 서과가 사람의 몸그림을 펼치는 걸 보며 의례적인 조건들을 따졌다.

「여인의 사체는 외간 남녀가 보지 않도록 하고 감초즙으로 닦아 냈으렷다?」

「그렇습니다, 나리.」

「어떤 흔적이 있느냐?」

「사체엔 외상이 한 곳도 나타나지 않았습니다. 영초를 초에 담가 온몸에 발랐으나 상흔은 일절 보이지 않고 목 언저리도 깨끗한 것으로 보아 자액이나 목젖 등에 상해를 입은 게 아닙니다. 또 도검 등의 날붙이에 의한 상해도 아닌 듯싶습니다. 벌레가 문 흔적이 없어 독물에 중독된 것이 아닌가 하여…….」

「법물을 사용했느냐?」

「은비녀를 목 안 깊숙이 찔렀으나 독물 흔적은 나타나지 않았습니다.」

몽둥이로 구타당하거나 날붙이에 의한 외상이 없고 목을 매단 흔적이나 벌레 물린 자국이 없으니 이는 타물 상해에 해당됐으나 주검 가까이에서 흉기가 발견되지 않았다. 무슨 생각에서인지 정약용은 발견된 자리에 주검을 하루 동안 놓아두었다.

정약용은 소향이 거처하는 방으로 들어갔다. 물건을 넣어 두는 반닫이 위로 요와 이불을 얹고 간단한 노리개 몇 개가 앉은뱅이 경대 앞에 놓여 있었다. 이곳저곳 뒤적이다 서과는 반닫이에서 뭔가를 찾아냈다.

「나리, 먹다 남은 탕약 두 첩과 가느다란 팔찝니다. 방을 같이 쓴 최 나인에 의하면 소향은 한 달에 두어 번 밖에 나갔다 왔는데, 지난달부터 일주일에 한 번꼴로 책방에 들러 의서를 빌려 왔답니다. 그것을 사필하는 걸 유일한 낙으로 생각했는데 두어 주일 전부터 기색이 심상치 않아 무슨 일이 있는가 물었으나 별것 아니라고 해 관심을 두지 않았답니다.」

소향이 궁을 나섰을 때 갔음 직한 장소를 서과에게 수소문하게 한 후 자신은 책방에 들러 《금궤요략》이라는 의약서를 훑어봤다. 이 책은 중원에서 들어올 때의 원형이 아니었고 조선 땅에서 가필과 첨삭이 된 것으로 미약에 관한 앞부분의 '신선미각방'이 빠진 채 보존돼 있었다.

방술의 첫째로 꼽는 비방에 요초방(瑤草方)이 있었다. 항목은 〈전등야화〉로 은유적인 의미가 다분해 가위로 등불을 잘라 낸다는 뜻이 있었다. 가위는 사내의 결단을, 등은 아름다운 여인을 가리켰다.

'그러니까 소향은 요초란 미약에 관심이 있었다는 게 아닌가?'

의약서의 꼬리 부분에 단약을 만드는 방법과 그것을 복용할 때 주의점과 용도에 관해 씌어 있는 게 눈길을 끌었다.

다음 날 아침 정약용은 궁인들의 출입이 잦았다는 제중당을 찾아갔다. 수표교 옆에 자리했지만 기침깨나 하는 사대부가들이 남편과 자식의 건강을 위해 자주 찾다 보니 손님들이 머무는 객방엔 입담이 걸진 사내가 손님을 맞아 한담이 한창이었다.

「계집이 실성해 날뛴 딱 한 가지 원인은 대부분 사내 때문이지요. 그래서 우리 같은 풍설가를 은밀히 불러 놀이마당을 펼치지 않았습니까. 돼지를 잡고 술을 준비한 뒤 힘깨나 쓰는 장정들도 불렀지요. 그들은 먹고 마시며 놀다 한 놈이 일을 치르면 다른 놈이 기다리고 있다 들어가길 몇 차례 하니 날이 훤히 샜지 뭐겠소. 양반님네의 예측처럼 그리하고서야 계집의 실성기를 잡을 수 있으니 세상 이치는 참으로 묘하지요, 아하하하하!」

정약용은 굳었던 낮을 쫙 펴며 풀기 없이 웃었다. 그는 한쪽 눈을 찡긋거리다가 넌지시 본론을 꺼냈다.

「내 풍설가에게 한 가지 의논할 게 있소이다.」

「뭐요?」

풍설가는 거만스럽게 말하며 쥘부채를 좌악 폈다.

「내가 늦장가들어 3개월이나 지났는데 아직도 마누라 거시기에 불을 때지 못하고 있소이다. 태어날 때부터 내 물건이 부실해 좋다 하는 약재는 다 썼으나 개미 눈물만큼도 효험을 못 봤으니 약발이 말만 무성하지 믿을 바 없습디다.」

「누가 그래요? 약이란 게 효험 없다면 의원이 어찌 필요하겠소? 약은 제때 써야 효험을 봅니다. 아, 육불치란 말이 있잖소. 편작 선생이 고치지 못하는 여섯 가지 중 하나가 돈이 없어 제때 약을 쓰지 못한 거요. 약만 제때 쓴다면 이 세상에 못 고칠 병이 없지요.」

「그럼 내가 헛소릴 한단 말씀이오? 마누라 눈치 보지 않고 살아갈 수만 있다면 그까짓 돈이 문제요. 집안에 재물이 있으면 뭣 합니까. 밤이 되면 마누라 무서워 집에 들어가기도 싫은데.」

「아하하하, 사내라면 그렇겠지요. 하나 방법은 있습니다. 내가 좋은 책을 손에 넣었지 뭡니까. 들리는 말엔 그게 한나라 때 어떤 명의가 썼다는 《금궤요략》이라는 의서예요. 그 책에 남녀의 고민을 깨끗이 해결할 미약 만드는 방법이 있더라니까요. 그 내용을 필사해 약을 만들었는데 효험이 이만저만 아닙디다. 한 알을 삼켰는데 색에 주린 아귀처럼 날뛰었지 뭡니까. 보아하니 형씨는 어느 댁 집사쯤 되는 모양인데 어떠시오, 마음이 동하면 돈 좀 만들어 오던지?」

「그런 방법이 있다면 당장 갔다 오지요. 한 알에 얼마지요?」

「한 알? 아하, 그렇게는 안 팔아요. 보름치나 한 달분을 먹어야 효험을 장담하지 고작 하룻밤 장난 가지고 이러니저러니 따지겠다는 거요? 그래 좋소, 내가 한 알 그냥 드릴 테니 이거 먹어 보고 생각 있으면 다시 오시오. 그때는 보름치 이상을 구해야 합니다.」

「이런 고마울 데가 있나. 지옥에서 부처님을 만난 듯싶소이다. 내 돌아갔다 일간 다시 찾아뵙겠습니다. 한데……, 이곳 제중당 이 주부께선 보이지 않습니다. 어디 출타했습니까?」

「이런 사람 하곤. 이 의원이 있었다면 객담 푸는 내 곁에 사람이 모이겠소? 솔직히 말해 이 의원 그 사람은 신인이오.

어쩌면 의술이 그토록 신묘한지 소스라치게 놀랐다니까. 지금 하원이라는 기생집에서 중요한 손님을 만나고 있으니 두어 시각 지나면 돌아올 게요. 기다렸다 만나고 가던지?」

「아, 아닙니다. 형씨가 귀한 약을 줬으니 당장 가서 시험해 봐야지요.」

「그러게나, 아주 효험이 있을 게야. 자네 마누라가 난리를 치면 그게 다 이 사람 덕이란 걸 잊지 말게. 아하하하하!」

풍설가 말처럼 제중당 이 주부는 그 시각 금오위 이철형을 만나고 있었다.

왕실의 피가 먼 쪽에서 튀긴 탓에 변변한 벼슬자리 하나 꿰차지 못했지만 소문엔 그의 할머니가 궁에 있을 때 선대왕(영조)으로부터 승은을 입어 여러 곳의 땅을 받았다고 알려졌다.

한 귀퉁이를 떼어 팔았는데 그게 보통 사람들은 평생을 벌어도 만지지 못할 거액이었다. 자식이라곤 아들 하나밖에 없는 집안에서 어떻게든 좋은 관직을 받게 했는데 평생 글 읽는 것보다 방탕으로 세월을 보내다 보니 스물셋이 되도록 장가를 가지 못한 상태였다. 그의 어미 소원이 무심치 않았는지 대비전에서 옹주를 그에게 내려 장가들라는 교지를 내렸다.

집안의 경사로 이제야 권력의 수레에 올라탈 수 있으니 재물이 넘쳐나는 집안으로선 더없는 영광이요 축복이었다. 더구나 이곳 하원의 주인 임수경은 물기가 촉촉한 눈으로 이철형의 궁금증을 덜어 주었다.

「이보세요, 금오위. 내가 한번 알아볼까요? 조정에서 그런 관직을 내릴 때엔 그에 걸맞은 짝을 준답니다. 오래전 우리 집에 있던 소향이란 아이가 궁에 들어갔는데 내가 불러낼 테니 부탁 한번 해보시지요.」

이철형은 목소리를 낮춰 자신에게 시집오는 옹주에 대해, 용모는 어떻고 학식과 어미 집안 내력이 어떤지 시시콜콜 따져 물었다. 소향은 알겠다며 돌아갔다.

이철형이 말한 그 옹주는 내명부에서도 소문이 그럴듯하게 났던 미인이었다. 쉰이 넘은 환관 학사는 나인과 젊은 환관들이 있는 자리에서 옹주에 대해 극구 칭찬을 했다.

「사람의 심성은 하늘로부터 받는다지만 그 부모의 기가 절대적이네. 바라지 않은 아이가 태어날 수도 있고 원하지 않았는데도 절세가인이 태어나네. 후자 쪽이 그런 경우지. 그분께선 아주 특별한 몸 구조를 지니셨다니까. 내 일찍이 궁에 들어와 전하를 위해 중원의 성의학에 대해 좋다는 책을 뒤지다 삼봉파의《삼봉단결》이란 책자를 찾아냈네.」

삼봉파에서 주장하는 게 미청목수 순홍치백이었다. 즉, 눈썹이 맑고 가지런하고 눈이 맑고 아름다우며 입술은 붉고 이가 하얗다는 것인데, 바로 옹주의 상이라 했다.

이런 사실을 소향이 전해 주자 이철형은 대수롭지 않은 낯으

252

로 시큰둥하더니 옹주에 대한 이야기를 접고 요초방이라는 미약이 나오는 부분을 필사해 달라고 넌지시 청했다.

약속한 날에 처방전을 베껴 오자 의례적으로 대가를 치르고 돌려보낸 그는 혼자 술상 앞에 앉았다. 하원의 주인 임수경이 들어와 운을 떼자 이철형의 귀가 번쩍 뜨였다.

「내가 말씀드리려던 건 바로 요초방이라는 미약이에요. 《금궤요략》이란 처방집이 궁에 있다는 걸 아는 사람은 수표교 근처에 사는 제중당 이 주부예요. 언젠가 그분이 나를 찾아와 청을 넣기에 내가 소향을 통해 그것을 얻게 했답니다. 지금까지 금오위 나리의 청을 어렵게 수행한 듯 보이나 기실은 준비해 둔 것을 이곳으로 가져온 것뿐입니다. 그 대가는 나리께서 그때마다 지급했고 내가 지금껏 가만있었던 건 그 아이가 어찌 처신하는가를 알아보기 위함인데, 아무래도 안 되겠다는 생각에 나리께 말씀드립니다.」

임수경은 두 알의 단약을 내놓은 채 목소리를 낮췄다. 자신에게 먼 집안 핏줄로 인물이 반반한 아이가 있어 화류계 풍속을 가르쳤는데 이 계통에 딱 맞아 입이 절로 벌어질 지경이라는 것이다. 장고와 춤 솜씨는 말할 것 없고 잠자리에서 사내를 휘어잡는 솜씨가 일품이라는 귓속질이었다.

「자네가 그리 말한다면 내가 솜씨를 보겠네. 행화를 듬뿍 줄 테니 대령시키게.」

「나리 분부를 어찌 거역하겠습니까. 하지만 그전에 한 가지 드릴 말씀이 있습니다.」

「뭔가?」

「소향은 본래 내 품에 있던 아이였으나 궁에 들어간 후론 부르지 않으면 어지간해선 나오질 않습니다. 그러니 괘씸타 못해 여간 서운한 게지요. 그 아이가 좋아하는 작설차를 준비시켜 찻잔에 요초방을 타십시오. 그리하면 그 아이를 품으실 수 있습니다. 나는 화풀이를 할 수 있으니 좋고 나린 궁 안의 들꽃 하나를 취할 수 있어 좋은 일 아닙니까?」

「그것참 기름진 얘길세. 자네가 날 어찌 보았기에 그렇듯 향기로운 제안을 하는가. 내 자네에게 쌀 열 섬을 보낼 것이니 사례라 여기지 말고 정리로 받아 주게나.」

「고맙습니다, 나리.」

「이 사람아, 고맙긴. 그러나저러나 자네 집안 아인 어느 방에 대령시키겠는가. 내 그쪽으로 가겠네.」

「잠시 기다리십시오. 쇠뿔은 단김에 빼라 했지만 일엔 순서가 있는 게 아닙니까. 내가 가서 준비시키고 오겠습니다.」

이렇게 돼 이철형은 그날 임수경의 먼 친척 아이와 단꿈을 꾸었는데 이상하게 그다음 날도 생각이 간절해 그 계집을 찾았다. 처지가 이렇다 보니 두 알의 단약을 벌써 삼켜 버린 뒤라 이철형이 하원의 주인에게 약을 청하자 그녀는 난색을 지었다.

「내가 지닌 단약은 몇 알 안 남았어요. 우연히 나리의 처지를 보고 드시게 했으나 단약을 준 이 주부는 계속 복용할 땐 반드시 자신의 처방을 받아야 된다는 다짐을 줬답니다.」

그런 연유로 이 주부를 만나게 됐는데 아직은 괜찮다는 말과 스무 알의 단약을 건네주었다.

이날 궁에서 소향이 처방전을 들고 찾아왔다. 미리 약조해 둔 대로 심부름하는 아이는 작설차 안에 요초방 두 알을 풀었고, 그것을 마신 남녀는 음기에 감응해 지칠 때까지 방사를 치렀다. 밤이 꽤 깊어 돌아갈 시간이 되어서야 소향은 새로운 소식을 전해 주었다.

「오늘 나릴 기다리는데 시간이 어찌 더디 가는지 애간장이 탔습니다. 무슨 일인지 모르나 오늘은 몸이 뜨겁고 나리 품에 안기지 않으면 죽을 것 같아 죽기 살기로 뛰어왔어요. 하룻밤 자도 만리장성을 쌓는다지만 쇤네에게 사내를 알게 해 줬으니 어찌 나릴 잊겠습니까만, 궁을 나서기 전 나이 든 환관 학사를 만났는데 눈이 번쩍 뜨일 얘기를 하지 뭡니까. 며칠 전 옹주의 처소에서 사람을 보내 환관 학사가 다녀갔답니다. 옹주가 말하길, 자신이 머지않아 시집가게 됐는데 소박이나 맞고 오지 않을까 해서 불렀다는 거예요. 그래서 환관 학사가 옹주의 몸을 살폈는데 감탄했다지 뭡니까!」

「감탄이라니, 그게 무슨 소린가?」

「선도의 한 유파에 《현미심인》이란 책이 있답니다. 이것을 쓴 이는 신선의 경지에 도달한 네 사람, 즉 사일학인을 비롯해 양고도인, 청봉자, 자양도인인데, 이분들이 세상을 돌아다니며 자신들처럼 신선 세계에 들어올 여인의 몸을 구별해 뒀는데 그게 택정이랍니다.」

「택정?」

「여인의 몸을 하나의 그릇으로 보고, 그러한 여인의 사내에게 크나큰 즐거움과 젊어지는 비락을 준다지 뭡니까. 그러니 하늘이 내린 몸이지요. 그렇듯 훌륭한 몸을 지녔으니 금오위 나리께선 천하를 반이나 얻은 것과 다름없지요.」

「무슨 소릴, 반이라니?」

「하루의 반은 밤이니, 밤은 나리께서 기쁨과 환희가 충만할 게 아닙니까. 그래서 드리는 말입니다.」

이런 여인이 사내에게 행운을 주고 건강을 준다는 말에 이철형은 생각이 깊어졌다.

정약용은 하원의 주인 임수경의 먼 친척뻘 된다는 기생을 찾았으나 그녀는 몸이 아파 제중당에 약을 지으러 가고 없었다.

「어디가 아픈가?」

「이곳에서 일하다 보면 몸이 남아나질 않지요. 사내들 등쌀에 하루에도 몇 차례 술을 퍼붓다 보면 고장 나지 않을 재간이 있겠어요. 요즘엔 무슨 일인지 메밀묵을 먹더니 어제는 장기 한 틀을 달여 복용합디다. 살다 보니 별일도 다 있지 뭐예요. 제년이 하고 싶어 그러는 것이니 모른 척했지만, 모르긴 해도 음사병일 거예요. 그년이 알게 모르게 요초방이라는 미약을 먹어 대고 날 새는 줄 모르고 사내와 그 짓거릴 했으니 몸이 남아나겠어요? 미련한 년 같으니라고.」

「누구와 날밤을 지냈단 말인가?」

「누구긴 누굽니까. 잘난 왕손이지. 아니, 왕손인지 어떤지 모르지만 정순 왕후가 그자에게 옹주를 하가시킨다 했으니 춤이라도 출 듯 신바람 났겠지요. 바람둥이 사내의 뭣이 좋다고 찾아오기만 하면 날 새도록 붙들고 놓아주질 않으니 몸이 남아나겠습니까. 이 계통에서 남의 눈치 보지 않고 기생질이라도 하고 싶으면 제 몸 상하는 짓은 아니해야지요.」

내의원 제조의 허락이 떨어지지 않아 소향의 주검은 여전히 방치된 상태였다. 국법으로 금지된 게 해부니 죽은 자의 몸을 함부로 다룰 수는 없었으나 외상이 없고 독극물을 마신 흔적이 없으니 정약용은 관원들을 불러 은밀히 지시했다.

「이것이 궁에서 벌어진 일이니 그곳에서 배를 열어 볼 수는 없네. 궁인들이 들고일어날 것이니 주검을 사헌부로 옮기고 생각해 보세.」

일단 사건 현장에서 철수해 사체가 사헌부로 들어오자 검시 기록을 살펴본 사헌부 장령은 곤혹스러운 표정으로, 일개 궁인의 몸이니 이번 일은 조용히 덮어 버리는 게 좋을 것이라는 생각을 비쳤다.

「수사를 진행하는 정 지평의 입장이야 내키지 않은 일이겠지만 대외적인 여러 문제가 걸려 있으니 우리라도 조용히 일을 처리하는 게 좋겠소. 죽은 자의 배를 가른다는 게 조선의 윤리에 맞지 않는다 하니 이쯤에서 마무리 지읍시다.」

「그게 바른말은 아니지만 법을 무시하면서까지 해부할 생각은 없습니다. 만약 죽은 자가 원한을 품고 있다면 내 장담하건대 그 원혼이 밤마다 사헌부 관리를 괴롭힐 것이니 그쯤은 각오해야 할 것입니다.」

「그래요? 그럼 다시 생각해 봅시다.」

사헌부 장령은 혼겁한 낯으로 나갔다 들어오더니 정약용을 호출했다.

「그따위 원귀가 무서워 결정을 바꾼 건 아니오. 우리가 잘못되면 한풀이는 정 지평이 해줄 것이라 믿네. 좋소! 증거를 찾지 못했다면 해부하시오. 내가 책임지리다!」

소향의 주검은 수술용 받침대 위에 올려졌다. 수술법은 열십(十) 자 법으로, 배를 가를 땐 배꼽을 경계로 가로와 세로 선으로 잘랐다. 세로 선은 음경의 중심부를 관통하는 선을 경계로 삼는다.

소향의 배를 열자 자궁 있는 쪽이 상해 있었다. 부어오른 형태로 보아 단순한 부기가 아니고 아래쪽에 상한 부분이 있고, 질엔 가제로 싼 좌우 자그만 물건이 끼여 있었다. 그것을 뽑아내자 주위는 퍼렇고 까만 피가 엉겨 있었다.

「이게 흉기구먼. 여기에 극독이 있었어.」

내의원에서 출장 나온 검시의가 주장을 폈다.

「내가 보기엔 내장 색깔이 아래쪽과 옆이 다른 것으로 보아 먼저 병이 침범한 것 같습니다. 그것을 알고 가제로 싼 치료약을 사용한 것 같은데…… 그게 독약이었던 것 같습니다.」

정약용이 의혹을 제기했다.

「그렇다면 죽기 전 요란을 떨었을 것 아닌가. 지독한 고통이 몰아쳤을 것인데, 그걸 참고 죽는다는 게 말이 되는가?」

「아닙니다. 내의원에 보낸 물목 중 탕약 두 첩이 있었어요. 의생들이 그걸 분석한 결과 진통을 멎게 하는 약제와 수면 효과가 있는 성분이 검출됐어요. 그렇다 보니 죽은 계집은 자신의 질구에 가제를 넣고 죽음을 맞았던 겁니다.」

「죽음을 맞이했다, 아니면 죽어야 했다. 어느 쪽인가?」

「죽음을 맞이한 거죠.」

「하나 내 생각은 다르오.」

「뭐가 다르오. 정 지평?」

「궁엔 사람을 죽이는 약재가 많소이다. 대비전 나인이 스스로 죽으려 했다면 목을 매거나 비상을 삼킬 일이지 자신의 음패 안에 독약을 밀어 넣는다는 게 납득할 만한 일입니까? 납득할 수 없는 일이 벌어졌다면 다른 이유가 있었을 것이오. 질구 안쪽 낮은 위치가 감염된 상처처럼 흐물거리는 것으로 보아 필시 창병에 걸렸을 게요. 그래서 소향이란 나인은 자신의 몸에 닥친 병증을 치료하려 사내를 찾아갔을 것이고, 사정을 알게 된 누군가 치료약이라 안심시키고 독약을 넣어 절명시켰소. 물론 진통 효과가 높은 탕약을 먼저 먹게 했을 것이오. 소향이 간 곳은 두 곳이오. 성 의학서에 나오는 요초방을 필사해 준 사내와 수표교 옆 제중당이지. 제중당을 방문해 탕약을 지어 갔는지 알아 오고 서과는 나와 함께 하원이라는 기생 양성소를 찾아가자.」

정약용 일행이 명례방에 도착한 건 정오가 이른 시각이었다. 그래서인지 하원엔 손님을 맞아들이는 부산스러움이 없었고 여느 집처럼 한가했다.

문을 두드리자 하품을 풀풀 쏟으며 수원에서 하녀살이 왔다는 서른이 안 돼 보이는 여인이 나왔다. 아무 옷이나 걸친 데다 머리를 빗지 않은 탓에 부스스했다.

「이 집은 장안에서 이름깨나 날린 기생 양성소가 아닌가. 한데 어인 일로 이렇듯 한산한가?」

「댁은 뉘시우?」

정약용이 대문 턱을 넘으며 검지 끝으로 자신을 가리켰다.

「나 말인가?」

「그렇수. 뉘시우?」

「사원부에서 나온 관원일세!」

「예에?」

「어찌 놀라는가? 잘못한 게 있는 모양이구먼.」

「잘못은요! 그런 거라면 금오위인가 하는…….」

몸채 쪽에서 여인의 물음이 카랑하게 날아오자 수원댁은 재빨리 부엌 쪽으로 사라졌다. 정약용의 눈짓을 받은 서과가 그쪽으로 가는 것과 동시에 하원의 주인 임수경이 모습을 드러냈다. 왼손으로 치맛말기를 거머쥔 품새가 거만스럽기 이를 데 없었다.

「그동안 잘 있었는가?」

「술청을 열려면 이른 시각인데 웬일이시우?」

「소향이라는 나인이 이곳 하원 출신으로, 몇 달간 여러 차례 이곳에 들른 것으로 아네만?」

「그야 제년이 자란 곳이니 보고 싶은 얼굴도 있겠지요.」

「한데, 그 나인이 죽었네.」

「예에?」

「어찌 놀라시는가? 모르는 것은 아닐 터인데……. 그 나인이 이곳에서 누굴 만났는가?」

「만날 사람 만났겠죠. 내가 직접 따라다니며 누굴 만나는지 보지 않은 이상.」

「그래서 묻는 것 아닌가. 자네가 못 보았대도 알아내는 방법은 있네. 자, 모두 따라나오시게. 일단 사헌부로 들어가면 모든 걸 실토하게 될 게야.」

임수경의 표정이 금방 부드러워졌다. 그녀는 설풋설풋 눈웃음치며 길 안내를 하듯 한 손을 폈다.

「에이, 그러지 말고 올라오우. 약주 한잔한 다음 죄가 있으면 잡아가시우. 수원댁! 술상 좀 내오게.」

객방에 마주 앉자 정약용은 단도직입적으로 물었다.

「추호도 자넬 귀찮게 아니할 것이니, 아는 것만 말하게. 소향이라는 나인이 이곳에서 누굴 자주 만났다는데, 그자가 누군가?」

「금오위입니다.」

「장안의 파락호로 소문난 이철형이 말인가?」

「그런 자가 있어야 우리 같은 술장사가 살 것 아니우. 부모 잘 만나 이 나라 땅덩이가 금오위 같은 위인들 소유랍디다. 그자들이 그것을 꽉 틀어쥐고 있다면 세상이 돌아가겠습니까. 이런 곳에 와서 물 뿌리듯 써대야 화수분처럼 다시 생겨

나지요.」

「책사에서 해묵은 의약 서적을 대여해 거기 나오는 미약을 필사해서 금오위에게 줬는가?」

「그렇다 하지 않았습니까.」

「그러니까 금오위가 이곳에서 소향이라는 나인을 만나 필사한 의약서를 받고 재물을 주었다? 일은 그것만으로 끝난 것 같지 않고…… 다른 이유가 있는가?」

정약용의 물음이 떨어졌을 때 서과와 수원댁이 객방으로 들어왔다. 서과는 귓속질로 무언가를 말하고 곁으로 물러났다. 이내 물음이 떨어졌다.

「아무래도 안 되겠네. 기생 어미인 자네가 사헌부에 가야겠어. 간밤에 이 집에서 폭행 사건이 일어났는데 자넨 모른다 하니 부득이 관원들이 나설 수밖에. 자, 가세. 자네가 사헌부에서 무슨 말을 하는지 들어볼 것이야.」

정약용이 일어서자 임수경이 화들짝 놀라 손사래를 쳤다.

「아닙니다요, 아니에요. 다 말씀드리지요. 지난밤 우리 집에 소동이 있었지요. 임씨 집안의 먼 친척뻘 되는 아이가 이곳에서 손님 시중을 들었는데, 궁중에 미약을 만들 비방이 있다는 말을 듣고 책방에서 의서를 대여해 필요한 부분을 필사해 왔습니다. 그 약은 처음 만들어진 게 아니고 제중당 이 주부가 이미 만들어 비싼 값으로 팔고 있던 것이었어요. 그런

줄 모르고 금오위는 미약이 얼마만큼 효험이 있는지를 알아
보기 위해 우리 집에 있는 아이에게 시험했는데 사단이 났습
니다.」

「사단이라?」

「그 아이가 얼마 전 손님을 받았는데 배 타는 선원이었나 봐
요. 그 손님의 몸에 창병이 있었는데 병에 옮은 것을 모르고
금오위와 잠자리를 하게 된 거예요. 이날을 시작으로 그 아
이와 금오위는 시간만 났다 하면 함께 지냈는데, 그 때문에
창병이 금오위 몸에 깊숙이 잠복한 거죠. 그러던 중 궁 안에
끈을 만들기 위해 찻잔에 미약을 타 소향에게 먹인 후 금오
위가 품었는데, 미약의 중독성 때문에 두 사람은 만났다 하
면 벌거벗고 뒹구는 일이 많아졌어요. 그런데 얼마 전 금오
위의 물건에서 노란 농이 흘러내린 겁니다. 질겁한 금오위가
그 원인을 찾다 보니 우리 집에 있는 아이가 병을 옮긴 사실
을 알아냈어요. 때마침 몸에 이상이 생긴 소향도 이곳으로
금오위를 찾아와…….」

「소란만 피우고 끝났는가?」

「아니지요. 낭패한 금오위가 한바탕 주먹질을 해대고 나서
울화를 삭이고 있는데, 안쪽 방문이 열리며 이 주부가 나타
났어요. 얽히고설킨 매듭을 풀어 줄 것이니 자신의 청을 들
어 달란 것이었어요. 그것은 왕실의 제왕들이 사용하는 처방

집에 신선미각방이 있으니 그걸 구해 달라는 것이었지요. 그렇게 해 금오위는 신선미각방을 보내는 조건으로 창병에 걸린 몸을 치료할 수 있었습니다.」

관원들은 사헌부에 모여 다시 한 번 정황을 파악하고 있었다. 검시 기록에 나타난 것으로 보면 이 일의 중심에 이 주부가 있다는 결론을 내릴 수밖에 없었다. 서과의 말에 의하면, 이 주부는 하루 전에 금오위 이름으로 옹주에게 서찰을 보내 초빙했다는 보고를 들었다.

　내가 청나라에서 어렵게 구해 온 비방집에 신선미각방이 있기에 혼기를 앞둔 옹주님에게 보여 드릴까 합니다. 이것은 황제가 무희를 총애할 때 내린 것으로, 아주 진귀한 것이지만 제중당 이 주부에게 선물하게 됐으니 내일 정오에 제중당에 오시면 기이한 비방집을 보여 드리겠습니다.

정약용은 상황을 정리해 사건의 전개 과정을 그려 냈다. 그것은 죽은 소향과 폭행당한 임씨 여인, 그리고 금오위의 관계를 기본적인 삼각 구도로 설정했다. 문제는 소향의 질 속에 들어 있는 독극이었다. 그 점에 대해 금오위는 이렇게 말했다.
「내가 기생들과 노닥거리다 창병 걸린 걸 다른 사람이 안다면 무슨 망신이오. 해서 모든 걸 조용히 풀려 했는데 교활한

이 주부 놈이 옹주에게 서찰을 쓰게 해 비방집을 보여 주겠다고 하니 내가 편지까지 대령했소. 내 억울함으로 본다면 그놈을 당장 찢어 죽이고 싶지만 모든 일이 내 뜻대로 되는 것만은 아니잖소. 그놈이 비방집을 보다 죽음의 신이 데려가길 바랄 수밖에 없소이다.」

정약용은 섬뜩한 불안감을 떨쳐 버리지 못하고 아무래도 다시 가봐야겠다는 생각에 다시 금오위를 찾아갔으나 그는 이미 목을 매어 죽어 있었다.

곁방의 대들보에 줄을 달아 목을 매단 주검을 내려 보니 자액이 분명했다. 앉은뱅이책상 위의 노란 봉투엔 절절한 사연이 쓰여 있었다.

돌이켜 보면 모든 게 내 책임이고 내 탓이지만, 다시 생각해 보면 이 일엔 이 주부의 교활함이 숨겨져 있다. 그자의 간교한 속임수에 넘어가 창병에 걸린 임씨 여인과 통정해 병을 얻었고, 그것을 무마하는 과정에서 이 주부는 오히려 일을 더 크게 만들어 대비전 나인 소향의 목숨을 빼앗은 이유를 모르겠다. 일이 시끄러워지면 모든 게 나 때문에 생긴 것이니 모든 혐의는 내게 돌아올 것이지만, 그렇게 되면 나는 억울함으로 인해 구천을 떠도는 원귀가 될 게 아닌가. 그래서 많은 돈을 주고 중국 사천성에 산다는 짐새의 극독을 비방집에 뿌려 두었다. 한 장 한 장 비방집을 넘길 때마다 극독이 새처럼 날아올라 이 주부의 심장을 굳어지게 할 것이다.

호화롭게 꾸민 이 주부의 손님맞이 객방엔 비방서가 뒹굴었고 사환 아이가 쓰러진 채 숨이 끊겨 있었다. 옹주가 보낸 답장은 탁자 위에 놓여 있었다.

……갑작스러운 초대지만, 오늘은 마음의 준비가 되지 않아 다음 날 가는 게 좋을 듯싶습니다. 귀한 서책 잘 보시고 다음 날 제게 말씀해 주시면 고맙겠습니다.

시체가 사라지는 무덤

근자에 일어난 사건들은 한결같이 이가 어긋난다는 느낌이 강렬했다. 사온서에 몸담은 박 봉사의 외동딸 은옥의 혼삿길에 일어난 신랑 살해 사건은 왈짜들의 행동으로 밝혀졌지만 선대왕의 총애를 받은 후궁의 자제 이철형의 죽음엔 꼬집어 말할 수 없는 그 무엇이 있는 게 분명했다.

금오위의 죽음으로 모든 의혹의 눈초리가 자신에게 쏟아질 게 뻔한데 왜 이 주부는 그런 일을 저지른 것일까. 옹주의 미색이 뛰어나 그걸 노리고 저지른 무모한 행동이 아닐까? 그렇다면 옹주를 하사한 정순 왕후의 묵계가 있어야 했다. 답답한 마음에 관청에 있지 못하고 정약용은 어느덧 육조거리를 휘적휘적 걷고 있었다.

한양의 구조를 살펴보면, 동으로는 창경궁과 창덕궁이 있고 서에는 경희궁이 있다. 물론 임진왜란 이후엔 덕수궁이 새롭게 궁궐에 포함돼 주상은 경복궁에서 생활했고 의정부와 6조 홍문관·사헌부·사간원 등의 관청은 광화문 앞 육조거리에 자리를 잡았다. 한성부 역시 육조거리에 있었고, 경기 감영은 독립문과 무악재 근처에 있었다.

정약용이 육조거리를 걷고 있는데 누군가 곁으로 다가왔다. 사헌부 6품 직에 근무하는 감찰 장인서였다. 따라 걸으며 그가 말했다.

「정 지평께 드릴 말이 있습니다.」

「무슨 일인가? 관아에서 해도 될 터인데.」

「듣는 귀가 많습니다.」

「따르게.」

정약용이 앞서 나가자 이번엔 장인서가 따라붙었다.

「저는 급히 가볼 데가 있습니다. 정 지평을 찾아뵌 것은 새벽 어름에 전하의 명을 받았기 때문입니다. 궁에는 여러 대관의 눈과 귀가 열려 있어 부득이 이런 방법밖에 쓸 수 없었습니다.」

그는 재빨리 정약용의 도포 소매에 봉함 서찰을 찔러 주고 북한산 쪽으로 사라졌다. 조용한 유곽을 찾아 한 잔 술을 청하고 펼쳐 든 서찰의 내용이 미묘했다.

정 지평은 명을 받들라. 유월 유두가 턱 앞으로 다가왔으니 내 생각이 맞는다면 내일은 계묘년에 난리를 일으키려던 문인방 패거리들이 모습을 감춘 지 벌써 10년 가까운 세월이다. 송덕상은 《정감록》을 내세워 민심을 어지럽히길 즐겼으나, 그는 소격서 무리가 아니고 그들을 이끄는 향도였다. 반역죄를 지은 그의 제자들에 대한 수배령을 내린 지 오래다. 그곳 사헌부는 청환직으로 문과 급제자 중 청렴강직하여 시류에 영합하지 않고 옳다고 믿는 바를 굽히지 않는 자가 있는 곳이다. 예전에 과인을 살해하고자 술책을 꾸민 송덕상의 흔적을 조사하다 목숨을 잃은 장한기의 죽음을 은밀히 조사해 오던 장인서는 과인이 우연히 장한기의 집에 미행 나갔다가 그의 무예와 학문이 뛰어남을 보고 별시 문과에 입격시킨 장한기의 큰아들이다. 그의 총명함과 빼어난 예지력이 정 지평 곁에서 도움을 줄 것으로 믿는바, 정 지평은 사헌부에 비장된 계묘년의 기록을 자세히 검토해 보기 바란다.

서찰 말미 눈에 익은 화압이 그려져 있었다. 주상이 은밀히 명을 전할 때 쓰는 날인이었다. 정약용은 관아로 돌아와 계묘년 전 사건 기록의 두루마리를 펼쳤다. 보통의 기록은 다섯 해 정도 남기지만 역모에 관한 건 왕조의 역사가 이어지는 한 계속 남겼다.

정약용이 궁금해하는 건 감찰의 신분으로 조사에 나선 장한기의 주검 기록이었다. 검안은 초검관으로 나선 사헌부 장령 오경환의 기록이었다.

사헌부 감찰 장한기가 삼각산에 올라간 것도 해괴한 일이지만 그의 주검이 발견된 게 부아악 인근이라 말이 많았다. 한양 부근의 가장 높은 산으로 수도 서울의 진산이자 종산으로 일명 삼각산이다. 삼각산은 일명 부아악, 화산, 귀봉, 중악으로 불린다. 최고봉인 백운대를 비롯해 인수봉, 만경대의 세 봉우리가 양주 땅에서 바라보면 세 뿔처럼 솟아 있으므로 삼각산이라 했으며 부아악이란 인수봉의 모습이 아이를 안고 있는 형국이기 때문에 붙여진 명칭이다. 근자에 장 감찰이 보고한 바에 의하면 그는 성상이 보위에 오른 초기 단계에 《정감록》을 연구한다는 문인방 패거리들의 행처를 수소문하던 중 부아악에 오른다고 했었으나 보고나 감찰 기록이 일절 없어 이 사건은 장한기 사망 이후 덮어 둔 상태다.

그가 삼각산에 왜 올랐는지 설명하는 것보다, 사헌부 감찰로 의혹을 품었다는 점만을 밝히는 것이라 할 수 있었다. 검안서의 뒤쪽에 그의 주검에 관한 내용이 있었다.

장한기는 부아악이 빤히 바라다보이는 곳에서 앞가슴에 칼을 맞고 쓰러졌다. 흉기는 장검이었으며 그가 엎어진 가슴 아래엔 발로 무언가를 지운 흔적이 있었다.

이것으로 보면 장한기는 안도하고 있던 상황에서 장검 공격을 받은 게 분명했다. 그의 주검과 주위 상황을 조사한 사헌부 장령 오경환은 그가 사복을 입은 채 수사했으므로 인근 부랑배의 공격을 받은 것으로 결론을 내렸다.

가까운 곳의 왈짜들을 잡아들일 때만 해도 금방 범인이 잡힐 것 같았지만, 10여 년 가까이 세월이 흐른 지금까지 범인의 행색은 오리무중이었다.

주상의 꿈길을 어지럽힌 벽파 무리를 평소 송덕상이 가까이 했던 건 여러모로 드러나 보이지만 지금까지 생사를 알 수 없는 데다 그 실체가 무엇인지도 짐작할 수 없었다.

답답한 마음은 장인서를 삼각산으로 이끌었는데, 정약용에게 주상의 메시지를 전한 그날 뜻밖에도 주검으로 발견되었다.

사헌부의 말단 관리지만, 그래도 직급은 감찰이다. 사헌부 관원이니 정보를 받을 수 있는 사람이 없었던 건 아니었다. 인수봉 아래 약간 후미진 곳에서 주검이 발견됐으니 현장 상황을 살피는 데 어려움이 따랐지만 관원들이 주변에 금줄을 치고 외부인 출입을 통제한 후 검안에 들어가자 몇 가지 의문점이 일어났다. 정약용이 그 점을 지적했다.

「장 감찰이 사헌부에 몸담은 채 계묘년에 일어난 문인방의 반역 사건을 조사한 것은 많은 사람이 알고 있네. 내가 사헌부에 몸담았을 때 우연히 그 사람에게 들은 말이 있네. 이곳 삼각산에 귀한 약수터가 많아 사람들의 발걸음이 적지 않은 곳이라 한 것은 산을 헤매는 자들에겐 대수로운 일이 아니겠으나 그들이 굳이 삼각산을 택한 건 다른 이유가 있을 거라는 생각에 조사했다는 것이네.」

산을 살피고 지세를 살피던 맹천보가 풍수사 일을 접고 배다리 일에 끼어든 시작이 바로 삼각산의 약수터부터였다. 온종일 산을 헤집고 돌아다니다 약수 한 잔에 피곤을 씻어 내며 한소리 뇌까린 게 그 이유였다.

「북한산은 다른 이름으로 삼각산이라 합니다만, 부아악은 인수봉 모습이 아이를 업고 있는 형상이기 때문입니다. 이 산을 중악이라 한 것은 조선 초기의 학자 양성지가 이 산을 중악으로 삼자고 진언한 탓입니다.」

정약용은 이 지역을 조사하던 장 감찰이 살해된 시점을 좀 더 당겨 탐색했지만 확실히 드러난 건 없었다. 뇌리를 스치며 강한 의혹이 일어났다. 사헌부로 돌아올 때였다.

「가만……, 계묘년의 기록을 보아하니 송덕상은 이미 세상을 떠나 인수봉 아래 묻혔다고 했다. 그렇게 하여 관원들이 이 지역을 샅샅이 수색했지만 송덕상의 묘를 쓴 흔적을 발견하지 못했다. 한데 말이다, 서과야.」

「예에.」

「그 이후 송덕상의 경처가 반역 사건에 연루돼 목숨을 잃었다. 나라에 죄를 얻었으니 당연히 봉분을 올리지 못했을 터이나 죽은 자의 몸은 어딘가에 묻혔을 것 아닌가.」

「소인이 사헌부 기록을 뒤졌더니 문인방 패거리들이 잡혀 오던 날 송덕상의 경처도 참수당했습니다. 그날은 비가 쏟아져 사헌부 형리가 목을 쳤다는 기록만 있습니다. 당시 형을 집행하는 관리는 오경환 장령이었습니다. 죽은 장 감찰에게 그 일을 물었더니 아예 입을 다물라고 입술에 손가락을 대지 않겠습니까.」

「다른 이유가 있다?」

「예. 장 감찰이 그 일을 묻자 오경환 장령은 연유도 묻지 않고 화부터 내더랍니다. 역도들이 참수당한 걸 알면 됐지 어디 묻힌 것까지 알아야 할 이유가 뭐냐며 따지더랍니다. 일이 그렇게 돼 더는 묻지 못한 것 같습니다. 지금 오경환 장령은 액정서로 자리를 옮겼으니 물어볼 기회는 영 없어진 듯 보입니다.」

사헌부로 돌아온 정약용은 당시의 사건 기록에 대한 연계점을 찾아 나섰다. 그 당시 형리들이야 사헌부에 몸담고 있으니 장 감찰이 자세히 알아봤겠지만, 이건 효수된 죄인의 행방에 관한 것이었다. 궁 안이라면 시구문을 통해 나갔을 것이지만 형옥은 달랐다. 공동묘지를 정해 묻어버리는 게 대부분이니 기록이 남았을 리 없었다.

「송덕상의 생사를 모르는 상황에서 나라에 죄를 얻어 죽은 자를 여러 해가 지난 지금까지 기억하고 있는 자도 드물 것이다만, 문제는 송덕상이 산행할 때 맹천보라는 자가 곁에 있었다는 점이다. 맹천보는 배다리 일을 할 때 준천사의 사령으로 일했으니, 이것은 어떤 일에 대한 보답이 아니겠느냐?」

「보답이라면요?」

「삼각산 인근에 묻힌 건 송덕상이 아닐 수도 있다. 그 방법을 맹천보가 알려 줬을 것이고 그 일로 인해 그는 살해당했을 것이다.」

「하오면 금오위 사건은?」

「그 점에 대해서는 어떤 말도 할 수 없지만, 이러한 상황을 조사하느라 장 감찰이 동분서주한 건 모두가 아는 일이다. 죽은 장 감찰은 유달리 삼각산에 관심이 많았으니까.」

다시 하루가 지나 초하루를 넘겼지만 새롭게 드러난 건 없었다. 답답한 마음에 북한산을 찾아 나섰는데 북한산 인수봉 아래 약수터에서 만난 한 사내가 시 한 수를 낭랑하게 읊었다.

그것은 이성계가 새 왕조를 이룩한 후 한양을 노래한 시였다.

　　우뚝 솟은 뫼는 하늘까지 솟았네
　　한양의 지세는 하늘을 열어 이룩한 땅
　　굳건한 큰 대륙은 삼각산을 떠받쳤고
　　넓은 바다 긴 강물은 오대산에서 흐르네

　　읊어 대는 소리를 듣고 있으니 어딘가 모르게 쓸쓸한 비감이
어렸다. 글 읽는 선비 같지는 않았지만 시구를 읊조리는 품새
가 당당해 정약용이 힐끗 스쳐 보며 지나치려는데 사내의 말
이 무심히 들려왔다.

「선비님께서도 명당을 찾아왔습니까?」

정약용이 씨익 웃는 걸 보며 다시 한마디 했다.

「세상일은 알 수 없습니다만, 살아생전에 이웃을 돌아보며
살았어야지 어째서 제 핏줄만 생각하고 사는지 모르겠습니
다. 제 아비는 죽은 송장을 이곳저곳 산천에 뿌리는 일을 했
었습니다만, 아비의 주검은 못난 아들의 손으로 수목장을 하
고 말았습니다.」

「허어, 그래요.」

「아비의 몸을 이곳 북한산 자락에 묻은 건 우연한 일이었지
요. 오래전에 자신의 아내가 죄를 얻어 목이 잘렸기 때문에

무덤을 평장으로 쓴다 했답니다. 나이가 지긋한 분이셨는데 너무 슬퍼하는 바람에 아비의 처지가 오히려 이상하더랍니다.」

사내는 그곳이 어디쯤인가 검지 끝으로 주욱 일직선을 긋고는 자리를 떴다.

정약용은 사헌부에 돌아와 관아에서 일하는 풍수사에게 동행을 청했다. 인수봉 약수터가 멀지 않은 장소에 이르러 부아악에 대한 연유를 물었다.

「풍수사께선 풍수에 관한 일을 보시니 이곳 삼각산에 대한 여러 일을 알리라 보네. 빈한한 집에선 장지를 구하지 못해 수목장을 한다 들었네만 달리 들은 건 평장을 쓴다는 것이니⋯⋯.」

「봉분을 쓰지 않는 데엔 여러 이유가 있겠지만 가장 큰 이유는 묻혀야 할 자가 나라에 큰 죄를 지었을 때입니다.」

나라에 죄를 지었으니 누구도 알 수 없도록 평장을 쓴다는 것인데, 그 땅은 누구라도 함부로 내디딜 수 있는 흉측한 곳이었다.

「그렇다면 풍수사께 한 가지 묻겠네. 저쪽 위 인수봉을 위주로 누울 곳을 찾는 방법이 있겠는가?」

「누울 곳이라면?」

「장지로 쓰는 경우네.」

「이 지역은 장지로 적합하지 않은 금역이에요. 나라에서 금한 땅을 장지로 쓴다면 당연히 풍수비기를 따라야지요. 그렇게 하더라도…… 이곳은 궁혈에 해당합니다.」

「궁혈?」

풍수사는 말없이 위쪽을 가리켰다. 부아악은 어미가 아이를 업고 있는 활 쏘는 혈이다. 삼각산 인수봉에서 일직선으로 달려 내려온 곳, 그곳은 궁혈이기 때문에, 활을 쏘았을 때 화살이 꽂히는 중심점이 혈자리다. 혈은 찾기도 어렵지만 이름난 풍수사라 해도 진혈을 찾아 묘를 쓰는 게 쉬운 일은 아니다. 풍수사 역시 땅을 살피는 지관으로 잡직에 응할 무렵 그에게 풍수비기를 가르치던 스승이 그런 말을 했었다.

「삼천리금수강산엔 온갖 형상의 혈자리가 자리를 잡았네. 살아 있는 게 있으면 죽은 것도 있고, 움직이지 않는 게 있으면 그렇지 않은 것도 있네. 물속에 노니는 물고기도 있고 하늘을 나는 새도 있지. 집에서 기르는 짐승도 있고 범접하기 어려운 호랑이나 뱀도 있네. 이러한 모든 것 중에 함부로 다룰 수 없는 게 용이란 동물이네.」

용은 신령하여 민간인들이 가까이할 수 있는 게 아니므로 항상 두려움과 숭배의 대상이었다. 용은 나라를 세울 자리에 나타나므로 개국과 밀접한 관계가 있지만 이 나라 곳곳에 몸체를 내린 용의 흔적을 보고 풍수사들은 그것들이 일어나거나 잠들기를 바라는 비방을 쓰기 마련이었다.

'역린'이란? 용의 수염을 뽑는 일이다. 이렇게 함으로써 용의 화를 돋우는데, 달리 말하면 역모에 해당한다.

용은 나라를 여는 일과 관계가 있어 항상 왕실의 시선을 벗어나지 않았다. 《정감록》에도 계룡산에 전해지는 풍수비기에 촉각을 세우며 지내 왔지 않은가. 그게 용이다. 계룡산의 중심 산형은 '용이 제 몸을 휘감고 돌아보는 이른바 회룡고조형'이다.

최씨 성을 쓰는 풍수사가 말했다.

「시생도 한때 경아전에서 일했습니다만 누구 하나 관심을 둔 사람이 없었습니다. 그런 것으로 보면 시생처럼 잡직을 받았다 해도 품계가 없는 건 이부 관리들의 눈 밖에 났기 때문입니다.」

「자넨 무슨 말을 하고 싶은가?」

「하잘것없는 일을 한다고 믿은 탓이지요. 그래서 가끔은 화가 나기도 합니다.」

최씨 성을 쓰는 풍수사가 그런 생각에 젖어 있는 건 경아전 관리란 게 중인 계급에 속하는 말단 관원이다 보니 그들은 품계가 없었다. 여기에 속하는 사람들이 재직 기간을 충실히 마치면 나중에 종6품에 해당하는 관직을 받았을 뿐이었다. 정약용은 분위기를 바꾸었다.

「장 감찰이 삼각산을 조사하다 목숨을 잃었네. 자네 생각에 의심나는 게 있으리라 보네만.」

「그분은 가끔 저를 찾아와 그런 말을 했습니다. 품계는 가장 낮지만 나라에 공을 세우면 결코 자신 혼자 좋은 자리에 앉지 않겠다고요. 사실 그렇잖습니까. 우리 같은 하급 관리를 눈여겨보는 사람은 없으니까요. 그런데도 장 감찰은 시생이 일을 마치는 시간을 기다려 주기도 하고 의문 나는 사항을 묻기도 했어요. 바로 이곳에 관한 일입니다.」

최 풍수사가 가리키는 손끝은 부아악에서 한달음에 내려와 화살이 꽂히는 곳이었다. 산허리에 해당하는 곳으로, 근처 곳곳의 돌조각이 떨어져 나간 모습이었고, 다섯 자 앞엔 약간 높은 둔덕이 있었다.

「지평 나리, 풍수비기에 의하면 저곳이 부아악의 명당이지만 역모의 조짐이 꿈틀댄다는 혈자리입니다. 나리께서 시생을 부를 때 저곳을 염두에 뒀다는 생각에 산역할 건장한 사내들을 미리 불렀습니다.」

그가 손짓하자 다섯 명의 장한이 모습을 드러냈다. 정약용이 조심스럽게 그들을 진두지휘했다.

「자네들은 이런 일을 계속했으리라 보네만, 일을 신속하고 조심스럽게 처리해 주기 바라네. 자네들이 나라에 공을 세우면 그에 상당한 포상은 당연히 내릴 것이네. 참고삼아 말하겠네만, 이곳에 묻힌 자는 역모의 수괴와 깊은 관련이 있으니 조심히 처리하게.」

최 풍수사는 봉분이 설 자리를 마음속으로 생각하는지 주변을 살피고 나서 한 장소에 막대기를 꽂았다. 그곳을 위주로 파헤치라는 뜻이었다. 겉흙을 털어 내고 털북숭이 사내가 괭이를 찍자 이상한 반향이 울렸다. 주변 흙을 털어 내고 주위를 긁자 석회가 나타났다.

윗부분을 깨뜨리고 석회를 떼어 내니 몇 자의 글귀가 쓰인 거무스름한 나뭇조각이 나타났다. 사내가 건넨 나뭇조각을 본 순간 정약용의 눈이 커다랗게 치뜨렸다.

北來妖士鄭持平單知一絶之死未知萬代榮華之地

북쪽으로부터 요사스러운 학사 정씨 성을 쓰는 지평이 와서 이곳이 흉한 곳이므로 이장을 권할 것이니 그의 말을 듣지 말아야 만대에 영화가 이어진다.

후손들의 빈틈없는 배려라고 생각할 수 있으나 이곳이 금역이라는 점에 정약용은 석회부터 깨뜨리라는 말을 던졌다.

「최 풍수사도 알다시피 이 지역은 묘를 쓸 수 없는 곳이네. 봉분 안에서 나온 흉측한 물건은 장 감찰이 이곳을 조사하고 내가 부아악에 관심을 둘 때 만들어진 것으로 볼 수 있네. 묘를 쓸 수 없는 지역에 이장을 막으라는 글귀가 있는가 하면 내가 나타날 걸 예측하고 있으니 참으로 불측한 일이 아닐 수 없네.」

이것은 죄를 지은 자가 무덤을 쓰고 그걸 막으려고 꾸민 일이지만 무슨 일이 있어도 물러날 수 없었다. 정약용이 작업을 강행한 지 한식경쯤 됐을 때 석회의 한쪽 부분이 떨어져 나갔다. 조금씩 범위를 넓혀 나가자 이윽고 바닥이 모습을 드러냈다. 그것을 보고 산역꾼의 시선이 정약용에게 향했다.

「어떻게 할까요?」

말은 하지 않았지만 그렇게 묻고 있었다.

「부수게!」

산역꾼의 괭이 끝이 바닥을 난타했다.

「쾅! 쾅!」

소리가 두어 차례 울리자 산역꾼의 비명이 터져 나왔다. 관이 있을 것으로 생각한 바닥에 구멍이 뻥 뚫려 관은 어디론가 흘러간 뒤였다. 최 풍수사가 소리쳤다.

「도시혈입니다!」

「도시혈?」

「이 자린 도시혈이었습니다.」

이런 지표면에 놓인 시체는 사면 이동을 하기 때문에 이곳에 묘를 쓰는 건 적합지 않다. 누군가 이곳에 흔적을 남겨 정 지평에게 경고의 말을 남긴 건 일종의 선전 포고였다. 그랬기에 정씨 성의 요사스러운 학사가 온다는 말을 했지 않은가. 최 풍수사가 나직이 입을 열었다.

「나리, 활 모양의 터는 궁혈입니다. 아이를 업은 부아악 능선에서 활을 겨누면 화살이 떨어지는 건 아래쪽입니다. 자, 저를 따라오십시오.」

최 풍수사가 일행을 끌고 내려간 곳은 세 개의 봉분이 있는 아래쪽이었다.

봉분 앞쪽의 비석엔 선대왕의 총애를 받은 것으로 알려진 조씨 성의 궁인에 대한 행장이 기록된 비문이 있었다.

'금오위 이철형의 조모가 묻힌 무덤이면 하나여야 하는데 어찌 셋인가?'

정약용이 의혹을 품은 것처럼 그곳엔 세 기의 무덤이 있을 이유가 없었다. 주변을 살피고 나서 최 풍수사가 근자에 만든 것으로 보이는 무덤을 가리키자, 정약용의 고개가 끄덕이는 것과 동시에 최 풍수사의 말이 떨어졌다.

「두 곳과 달리 이곳은 최근에 만든 봉분입니다. 시생이 이곳을 주목한 이유는 가장 오른쪽 무덤에서 바라다 뵈는 곳이 부아악으로 도시혈과 일직선을 이뤘습니다. 그곳에서 화살을 날리면 떨어지는 자리입니다. 여보게들, 이곳을 허물게!」

산역꾼들의 손놀림은 빨라졌다. 무덤 주위의 서른 자 안으로 출입을 통제시켜서인지 외부인은 무덤 안에 무엇이 있는지 알지 못했다.

그날 밤 한 통의 차자가 어전에 전해졌다.

　전하, 신 사헌부 지평 정약용 아뢰옵나이다. 계묘년 궁을 번란시키고 양위마마의 생명을 위협하던 문인방의 도주 송덕상의 패거리들이 민심을 교란시키고 모든 게 전하의 부덕인 양 호도하길 그치지 않은 증거가 보이옵니다. 송덕상과 그의 처가 묻힌 곳에 오래된 뼈가 있는 것으로 보아, 이는 유골이 분명한 것으로 보옵니다. 이곳에서 지하의 신께 맹세한 부적을 찾아내 지금 면밀히 검사해 추격하고 있나이다. 아직도 도성 안에 문인방의 패거리들이 암약하고 있다는 사실에 놀라움을 지울 길 없나이다. 전하, 아무리 주위에 믿는 이가 있다 해도 그들에게 마음을 주지 말아야 전하의 옥체를 보중하실 것이옵니다.

훔친 복숭아가 맛있다

삼개나루 객줏집에 모인 잡놈들은 장안에 떠도는 구성진 얘기에 몇 번이나 군침을 삼키며 키득거렸다. 단숨에 퍼마신 술기가 오른 탓인지 탁배기 찌꺼기가 턱주가리에 묻은 걸 한 손으로 쓱쓱 훔치며 깍두기 김치를 안주랍시고 와삭와삭 씹어댔다. 개중엔 성미 급한 인사들도 있어 꺼억 꺽 게트림을 쏟아냈지만 그렇게 보기 좋은 풍경은 아니었다. 잠방이를 걸친 떡쇠가 방정을 떨었다.

「이히히히, 그러니께 고 싸가지없는 이가가 쓸데없는 소릴 했구만잉. 낯짝은 쪼그만하고 말소린 참새 새끼마냥 조곤조곤대니 어떤 놈이 사내라고 생각하겄어? 이히히히, 허여멀쑥한 낯짝을 보고 용감하게 달려들었다 헛물만 켰구만잉.」

사내들이 낄낄거리는 건 육의전에서 포목점을 하는 이달수의 소문이 바람을 타면서였다. 간밤에 유곽에서 술을 한잔하다 술시중 드는 계집아이가 마음에 들었던지 게슴츠레 실눈을 뜨고 부리는 잔수작이 여간 통통하지 않았다.

「그래, 네 이름이 뭐냐?」

「묘화예요.」

「흐음, 묘화라……. 뭔가 묘한 구석이 있다? 그래, 네 나이 몇이냐?」

「열넷입니다.」

「열넷? 열넷이라……. 열넷이면 기러기 발자국을 남긴다는데, 너는 어떠냐?」

「아직 없습니다.」

이달수는 완전히 회가 동했다. 전대에 밀어 넣은 하루 매상을 다 내놓고 묘화라는 아이를 데리고 집으로 돌아갔는데 이게 웬일인가. 은근 짭짤한 곳은 나오지 않고 물컹한 막대기가 잡히는 게 아닌가.

'으악, 컥!'

사색이 된 채 방에서 뛰어나온 게 이틀인가 하루 전인가 싶었는데, 소문은 벌써 삼개나루에 도착해 강을 건널 채비를 하고 있었다. 잡소리 주절대던 장가가 못질하듯 한소리를 내놓았다.

「그 야그만 들으믄 배꼽 옆에 붙은 창자가 꼬여 숨을 못 쉬겠구만잉. 두어 달 전엔가 첩실로 받아들인 계집이 사내 물건을 달고 있어 기절초풍했다는디!」

장가는 카악 침을 뱉으며 느적느적 걸어가 강가로 몸을 튼채 시원하게 오줌 줄기를 뽑아냈다. 하품을 늘어지게 쏟아 내던 그는 눈을 크게 치떴다. 물속을 오르락내리락하는 게 계집의 죽은 몰골 아닌가. 흙탕물과 낙엽 부유물이 뒤엉킨 주변은 지저분하기 짝이 없었다. 중등이 부러진 나뭇가지와 해묵은 통나무들이 떠다니는 것으로 보아 유두가 지난 이레간 날씨가 얼마나 사나웠는지를 짐작게 했다. 뭍으로 건져 낸 사체는 곳곳이 멍들고 걸친 옷가지가 찢긴 채 너덜거렸다. 어찌 보면 물짐승이 떠밀려 온 것으로 생각할 정도였다.

사건 현장에 도착한 정약용은 뭍으로 올린 사체에 대해 검시 기록을 작성했다. 서리배들은 금줄을 쳐 외부인의 출입을 막고 괜히 으름장 놓으며 설레발이 한창이었다. 물에 빠진 사체는 시간이 경과한 탓에 입을 벌리고 눈은 감았으되 복부는 팽창한 상태였다.

「서과는, 다른 사람에게 구타당해 물속에 던져지면 어찌 되는지 말하라.」

「살빛은 누런빛을 띠고 희지 않습니다. 눈은 감고 입은 다물었으며 양손가락은 약간 구부린 상탭니다.」

「복부는 어떤가?」

「팽창하지 않습니다.」

어디 그뿐인가. 몸에 상처 흔적이 있으며 손톱 틈엔 모래와 진흙이 없다. 다른 사람에게 구타를 당해 피살된 사람은 물이 깊으면 복부가 팽창하고 얕으면 그렇지 않다.

「살았을 때 물에 빠진 시체라면 어떤가?」

「남자는 엎드리고 여인은 위를 보고 눕습니다. 머리와 얼굴이 위를, 두 손과 두 다리는 앞을 향합니다. 입은 다물고 눈은 뜨거나 감기도 합니다.」

「일정하지 않다?」

「그렇습니다. 이때 양손은 주먹을 쥐며 복부는 팽창해 소리가 납니다.」

「두 발바닥은 어떤가?」

「쪼글쪼글 주름 잡히고 허옇게 되지만 부어오르진 않습니다. 손톱과 발톱 틈이나 혹 신발 안에 모래와 진흙이 들어 있고 입과 코안에 물거품과 약간 맑은 핏자국이 있습니다. 긁힌 상처로도 보이는 이것은 살았을 때 물에 빠진 증겁니다.」

「이 여인을 손으로 눌러 빠져 죽게 한 증거가 보이느냐?」

「그런 경우는 아니라고 봅니다. 이 여인은 몸에 상처가 없고 얼굴빛이 붉어야 하는데 그렇지가 않습니다.」

물에 빠진 뒤 오래 있다 죽으면 어찌 되는가. 안색은 약간 붉고 입과 코에선 진흙 물거품이 나온다. 특히 복부가 팽창하면 빠진 지 오랜 후에 죽은 경우다. 그러나 질병으로 죽은 경우는 다르다. 주검을 누군가가 물에 던지면 입과 코엔 물거품이 없고 배 안에 물이 없으므로 팽창하지 않을 건 당연하다.

여인의 주검을 관아로 옮겨 자세히 살폈다. 보기와 달리 나이는 마흔이 안 돼 보였는데 손끝이 매끄러운 것으로 보아 험악한 일을 한 것 같지는 않았다. 그렇다고 여염집 아낙인가 하면 그것도 아니었다. 관에서 일하는 쉰쯤 돼 보이는 관매파가 고개를 갸웃거렸다.

「이 아낙은 집주름 일을 하며 지낸 것 같습니다. 방물장수로 집집이 방문하며 소란 떨 일을 만들어 잇속을 차렸을 것입니다. 손이 매끄럽다는 건 쓸모없는 일을 안 했다는 것이고, 그런 아낙일수록 부산떠는 게 정한 이치니 이 아낙은 집주름 일을 하는 것과 달리 다른 이유가 있었을 것이오.」

보는 시각이 맞았다. 사체의 임자는 그런 여인이었다. 본시 방물장수였는데 다방골 취선루 주인이 사헌부에 행방불명된 여인을 찾아 달라는 건의를 몇 차례 올린 적 있는 여인이었다. 취선루는 기방이지만 항간에 알려진 것과 달랐다. 장악원에 악생을 공급하지 못해도 사대부가의 선비들을 꽉 틀어쥐었다. 그녀의 옷을 뒤적이다 속곳에 붙은 조그만 주머니를 발견했는데, 안에 든 건 육의전 미곡상의 어음으로 백미 서른 가마 가격으로, 수결한 이는 이종수였다.

　안동 김문은 세력을 잃었어도 혀와 귀는 살아 있었다. 쇠락했다고 하나 김씨 일문의 장녀다 보니 세력의 가지를 치는 이씨 일문에 손을 넣어 혼사를 성사시켰던 것이다.

　주상이 보위에 오른 지 열두 해가 지난 그해 섣달은 나라 안에 흉년이 들어먹고 살기에도 피폐한 상태였다. 혼사를 진행시킨 중매쟁이 아낙은 안동 땅에 내려와 그런 얘기를 했었다.

「이봐요 아가씨, 이씨 문중의 강구 도련님은 책을 너무 가까이해 행세깨나 하는 집안에 초청받아 공자님 말씀을 강설한답니다. 생긴 건 얼마나 잘생겼다고요. 칠 척 장신의 휜칠한 키에 미목이 수려해 천하에 둘도 없는 대장부지요. 그런 가문과 통혼하게 됐으니 그 아니 복입니까. 아가씨는 복 중의 복을 잡은 셈이지요.」

　생긴 게 왜가리 같아 사내 구경 한번 못하고 이제 서른에 들어섰지만 이렇듯 마음에 맞는 분이 원하는 상대를 찾아 짝을 이루는 걸 보는 게 더없는 기쁨이라 떠들어 댔다. 신랑감의 집이 삼개나루 가까이지만 먹고 사는 데 지장이 없는 일이라고 추임새 놓는 걸 다소곳이 들을 뿐이었다.

　안동 김문에 사는 자신들도 내세울 게 없는 처지라 그 댁에서는 앞뒤 가릴 새도 없이 이씨 문중에서 보내온 혼서를 접수하고 딸을 가마에 실어 시집보냈다.

「아가씨 도련님은요, 학문이 높아 사대부 집안에선 사윗감
으로 눈독을 들입니다만, 한 가지 걸리는 건 시어머닙니다.
평소엔 그러지 않았는데 요즘 갑자기 먹는 걸 그렇게 밝힌다
지 뭡니까. 그게 흠이라면 흠이지요.」

사람이니 먹을 것 밝히는 건 당연한 일이라 생각했다. 그런
데 시집을 가 첫날밤을 맞이한 다음 날 시어머니의 이상한 투
정을 듣지 않을 수 없었다.

「에이구, 이것들아 니놈들만 밥 처묵냐? 날 굶겨 죽이려는
게야?」

악을 버럭버럭 쓰며 된소리를 해대는 바람에 우선 먹을 걸
내놓았는데 그건 그때뿐이었다. 먹을 게 있으면 조용하고 그
게 떨어지면 있는 소리 없는 소리를 꿍얼대니 이웃사람들은
갓 시집온 새색시가 시어머니를 괄시한다고 생각할 수밖에 없
었다.

마른 쑥떡 한 조각이라도 갖다 주면 헹그르르 웃어 대지만
먹을 것만 떨어지면 온갖 욕설을 퍼부으며 악담을 해대기 일쑤
였다. 남편은 글을 읽는지 뭘 하는지 잠깐씩 왔다 갈 뿐이었다.
어떤 때는 쌀이며 고기를 가져오지만 다른 날은 술에 고주망태
가 돼 걷기도 어려울 만큼 휘적거리며 투정에 여념 없었다.

「아하하하, 나는 이씨 문중의 종손으로 편안할 강에 궁구할

구를 쓴다. 그러니 어쩔래. 장안의 사대부가에 내 씨가 자라고 있는 걸 아느냐 모르느냐? 으흠 껙! 이것들이 나를 몰라보고 무시를 하다니!」

도대체 앞뒤가 맞지 않는 말들을 널레절레 갖다 붙이며 횡설수설해 대니 김 여인은 시집온 석 달여에 남편의 주사를 치르기까지 이만저만한 곤욕이 아니었다. 그래도 학문의 줄기는 머리에 남은 게 있어 꾸역꾸역 꺼내는 염담이 예사롭지 않았다.

「중원의 여지도(女地圖)엔 어느 지방에 특성 있는 미인이 있는지 구분해 설명해 냈소. 이를테면 연과 조나라는 아름다운 처녀가, 송나라에는 노래 잘하는 가인이, 촉나라엔 재주 있는 여인이, 오와 월엔 기생이 많다는 것이오. 기생의 특징은 뭔가? 사내의 몸과 마음을 단번에 휘어잡을 특별한 그 무엇이 있지! 그게 뭘까, 그게 뭐냐 말이야?」

그 뒤로도 남편은 뭔가 얘기를 더 할 것 같았는데 술기가 치솟는지 곯아떨어져 버렸다. 그런데 이레가 지나기 전 김 여인은 흉측한 소식을 들었다.

이강구가 어느 대감 댁 담을 넘다 그 댁 하인이 휘두른 몽둥이에 맞아 정신을 잃고 달구지에 실려 온 것이었다. 그 후로도 무엇이 궁금한지 이강구는 삼개나루 근처를 오갈 뿐 집안일은 뒷전이었다.

장돌뱅이가 따로 없었다. 집안에 꽃 같은 색시가 있는데도 무엇이 그리 바쁘고 궁금한 게 많은지 식전부터 돌아다니며 어눌한 말투로 이것저것 참견하기 일쑤였다. 자식이 무엇을 하건 말건 한쪽 귀까지 먹은 시어머니는 종일 군것질에만 관심이 팔려 고구마 삶은 것만 주어도 그걸 먹느라 정신이 없었다.

갓 시집온 며느리가 무슨 일을 얼마나 해 남편과 시어머니를 먹여 살릴 것인가. 그런데도 김 여인은 불평 없이 손바닥만 한 채마밭을 일구거나 품앗이 일을 해 식구들을 먹여 살렸다. 아무리 봐도 희망 없는 일이었으나 새색시는 식구들을 위해 허드렛일을 마다하지 않았다.

그런데 뜻밖의 일이 벌어졌다. 있어도 그만 없어도 그만인 남편이 왈패에게 흠씬 얻어맞고 반송장이 돼 업혀왔던 것이다. 집안은 지렛대로 들쑤셔 놓은 상황이었지만 아는지 모르는지 시어머니는 배고프다는 투정뿐이었다.

「이년아 밥 줘! 니년만 밥 처먹고 나는 왜 안 줘!」

남편이 반송장이 돼 누운 다음 날부터 소란이 일어났다. 그래도 품을 팔아먹을 것이 있어야 모닥숨이나마 내쉴 터인데 남편은 운신이 어려운 데다 입만 살아 소리소리 고함치는 게 일이었다. 누군지 모를 상대를 향해 바드득바드득 이를 갈며 악담을 퍼부어 댔다.

「오냐, 이놈들 두고 보자! 이용해 먹을 대로 이용해 먹고 날 이 꼴로 만든 네놈들이 어떻게 되는지 두고 볼 것이다! 내

품엔 아직도 이것이 있다는 걸 알아야 해!」

남편은 한지에 그린 가지가 셋인 매화나무 그림을 휘퍼럭대며 이를 악물었다. 거기에 맞춰 시어머니의 악다구니도 한자리를 차지했다. 무엇이 그리 흥겹고 살가운지 추임새를 놓는 일까지 벌어졌다.

「아이고, 그럼 그렇지. 네놈이 날 놔두고 맛있는 닭다릴 다 먹어 치웠으니 이런 일을 당하지. 그래, 에미가 먹을 건 내일 도착하냐?」

「시끄러워요!」

「오호호호, 그래그래 알았다. 내일 음식 도착하면 너한테도 날개 하나 주마.」

정신없는 시어머니는 그저 먹는 것 타령으로 시도 때도 없이 입맛을 다셔 댔다. 서방은 그런 어머니가 맘에 안 드는지 다른 쪽으로 가라고 소리를 질러댔으니 그걸 바라보는 김 여인의 마음은 착잡하기 이를 데 없었다. 이러한 김 여인의 집에 손님이 찾아들었다. 본래 직업은 방물장수였는데, 최근에 홀로 된 여인을 은밀히 중신하는 일을 하는 왜가리 매파였다. 김 여인은 왜가리 매파에게 자신의 신세를 하소연했다.

「자네라도 찾아오니 답답한 마음이 풀어지누먼.」

「어찌 그러십니까?」

「이게 세상 사는 것인지 어떤 건지 알 수 없네. 서방님은 반

병신이 돼 아침부터 고함만 지르고, 시어머닌 걸신들린 듯 먹어도 먹어도 끝이 없으니 한 많은 이 세상 속 시원히 떠나고 싶네.」

「아이고 아씨, 그런 게 아닙니다요. 살아 있는 사람은 사는 날까지 살아야지요. 그러지 말고 아씨, 내가 사는 방법을 하나 가져올까요?」

「사는 방법이라니?」

「아씨, 이리 사나 저리 사나 사는 건 마찬가지유. 그러니 내가 방법을 마련해 올 때까지 아무 말씀 마시고 기다리시우.」

방물장수 아낙은 어디서 뭘 하는지 이레 동안 잠잠하더니 여드레째 되는 날 정오가 지나 모습을 드러내 은근하게 목소리를 깔았다.

「아씨는 인물이 반반하니 눈 딱 감고 치마 한 번 올려요. 그 사람도 서방님 같은 이씨라우. 서른셋에 상처해 혼자 사는 몸이라 내가 찾아가 운을 뗐더니 후끈 몸이 달아 중신해 달라고 애걸복걸합디다.」

「……」

왜가리 매파가 내놓은 닷 되들이 쌀이 든 보퉁이를 받아 챙긴 김 여인은 이날 밤 새가슴이 되어 따라나섰다. 큰길을 돌아나가 두어 식경 가다 보니 약속 장소로 보이는 어느 집 앞에 이르러 낮은 어조로 소곤거렸다.

「바로 이 집이우. 아씨께서 문밖에 다가가 낮게 기침하면 방안의 불이 꺼질 거유. 그러면 된 거유. 가만가만 들어가 사내품에 안기면 되우. 이런 말 하긴 그렇지만, 아씨도 오랜만에 남자 냄새 맡는 것 같겠수.」

그날 김 여인은 남자의 무한한 힘을 느끼고 몇 번이나 정신을 놓을 뻔했다. 이 사내는 남편과 전연 달랐다. 연약한 남편의 신경질적인 응석받이와 달리 거친 호흡이 얼크러져 황소 같은 몸놀림을 느끼게 했다.

늦은밤 해시 어림에 시작한 놀이는 새벽이 되어서도 그칠 줄 몰랐다. 김 여인 역시 자신의 몸 안에 들어온 뜨겁고 묵직한 게 서둘러 나가지 않기를 바랐는데, 그것은 쓸데없는 기우였다. 사내는 지치지 않는 용력으로 닭이 두 번이나 울 때까지 몸놀림을 그치지 않았다.

「이제 그만……, 가야……해요.」

그 말을 겨우 하고 가쁜 숨을 몰아쉬었다. 사내는 한 식경쯤 방아를 찧고 나서 푸우푸 단숨을 몰아쉬며 힘차게 알을 까고 배에서 내려왔다. 잠시 사이가 지나 사내가 호흡을 추슬렀다.

「언제 오겠소?」

「그게 무슨 말이에요?」

「나는 이녁을 세 번 만나고 싶다 했소. 그래서 쌀 서른 가마를 줬는데 이녁한텐 얼마나 갔는지 모르겠소.」

「…….」

「이녁은 얼마나 받았소?」

「닷 되요.」

「예에?」

사내는 어이가 없는지 허공을 향해 한숨을 쉬며 입맛을 쓰게 다셨다. 상대가 말도 안 되는 대우를 받자 자신의 처지도 묘한 모양이었다.

「이녁도 손해났으니 나도 한 번은 양보하겠네. 어떤가?」

김 여인이 사내 쪽에 얼굴을 돌렸다. 그와 동시에 사내는 문 갑 안에서 쥘부채를 꺼내 들었다.

「내가 이녁에게 쥘부채를 주겠네. 이 부채는 비익조라는 새 가 그려진 운우선이네. 이녁이 보다시피 이 새는 각기 반 토 막씩 그려졌는데 하늘을 날려면 두 마리가 합해져야만 가능 하네. 어느 땐가 그 부채를 들고 찾아갈 것이니 나를 받아 주 게. 나는 결코 이녁을 괴롭힐 생각이 없네.」

날이 훤히 밝아오는 참이라 싫고 말고가 없었다. 허드레 약 속일지라도 그러겠노라 끄덕이고 집으로 돌아왔다. 그 후 왜 가리 매파는 연락이 없었고 사내도 다른 행동이 없었다.

남편은 욕창까지 등에 번져 이레 동안 고생하다 세상을 떴 고, 시어머니는 이웃집에서 가져온 찰떡을 며느리 오기 전에 꿀꺽 삼키다 기도가 막혀 세상을 떴다.

이제 세상천지에 혈혈단신이라 생각했는데 하늘도 무심치 않아 뱃속에 생명체가 꿈틀거렸다. 열 달 배앓이를 하여 세상에 태어난 건 사내아이였다. 그런데 아이의 이름이 묘했다. 동호였다. 이동호. 글자대로 풀이하면 '동쪽에서 이씨가 불러서 낳은 아이'란 뜻이었다.

그런데 이 녀석은 어쩌면 하는 짓이 제 아비와 그리도 닮았는지 책을 읽는 것보다는 사람만 모이면 한담이나 주절거려 과시에 대한 싹수는 없어 보여 나이 열셋에 박씨 집안의 규수를 데려와 혼례란 걸 치러 주었다.

「애야, 너도 혼례를 치렀으니 어른이다. 과시가 한 달 앞으로 다가왔으니 시험을 쳐야 되지 않느냐?」

「그럼요, 쳐야지요.」

말은 그렇게 했지만 아들은 틈만 나면 나이에 어울리지 않게 기생방을 들락거리거나 협잡꾼 같은 사내들과 어울려 시간 가는 줄 모르고 술을 마시다 하루나 이틀 만에 돌아왔다. 비가 몹시 내리던 어느 날 밤, 방물장수 아낙이 찾아들었다. 미움보다 반가움이 왈칵 일어났다.

「자넨 어디에 사는가?」

「마님, 쇤네의 처지가 궁핍해 지난날 마님께 불손한 짓을 저질렀습니다. 오늘은 죗값을 치르려 들렀으니 마님이 어찌 처신하든 쇤네는 서운해하지 않겠습니다.」

「지난 일은 그만두게. 한데, 무슨 일인가?」

「사실은 얼마 전 이 초시 그 양반을 만났습니다. 마님과 인연을 만든 뒤 무슨 일인지 시름시름 앓더니 지금은 병색이 완연했습니다. 그 양반 능히 여든 섬지기 농사를 짓고 있습니다만, 그것을 물려줄 사람이 없으니 만사휴의가 아닙니까. 오가다 말을 들으니 어떤 사람이 이 댁 서방님께서 이 초시와 닮았다는 소문이 있는 데다 '동쪽에서 불렀다'는 이 댁 도련님 이름이 자꾸만 이 초시 어른의 마음 자락을 움직이더랍니다. 쉰네도 서방님 얼굴을 유심히 봤더니 그런 느낌이 들지 않겠습니까. 마님, 서방님이 그분의 피를 받았지요?」

아항, 요것이었구나 하는 마음이 일어났지만 이씨는 시치미를 뚝 떼고 능청을 떨었다.

「그거야 집안 비밀이니 함부로 발설하겠는가.」

「마님, 쉰네가 어제 그분을 뵙고 약조를 얻었지 뭡니까. 만약 서방님이 그분의 피를 받았다면 평생 모은 재물을 서방님께 드린다 했습니다. 일이 그렇게 되면 이 집안도 하루아침에 형편이 펴지 않겠어요.」

「글쎄…….」

「이 초시는 마님을 직접 만나 자신과의 인연으로 자식이 생겼는지를 묻고 싶어 합니다. 그분의 짐작이 맞는다면 그날로 모든 문서를 줄 것이며 자신이 죽은 날을 기점으로 제사만

지내 달라는 말씀이었습니다. 마님, 이번 일이 이뤄지면 쇤네에게도 한밑천 떼어 주겠지요?」

「떼어 주다마다!」

일은 은밀히 진행됐다. 이 초시는 오랜 중병에서 헤어나지 못하고 그달 한가위가 지나 눈을 감았고, 그날따라 비가 억수같이 쏟아져 삼개나루에 물이 불어 제방 길을 걷던 방물장수 아낙은 발을 헛디뎌 물에 빠져 죽고 말았다.

사건은 목격자가 없는 데다 날씨가 사나워 실족으로 처리하는 데 이상이 없었으나 왜가리 매파에게서 나온 백미 서른 가마에 해당하는 이달수의 어음이 꼬리를 살랑살랑 흔들었다. 정황을 살피고 온 서과가 자초지종을 털어놓았다.

「죽은 이종수는 한때 왈패에 몸담았던 자인데 품 안의 재물을 육의전 포전행수 이달수와 은밀히 거래해 왔던 모양입니다. 서로 간에 금백이 오간 것을 각전의 도중들이 알고 있습니다.」

육의전이라 함은 나라에 세금을 가장 많이 내는 여섯 종류의 가게로, 선전을 비롯해 면포전·면주전·지전·포전·내외어물전 등이다. 정약용이 이상히 여긴 건 이달수가 면포전에서 미곡을 움직인 건 극히 소량인데, 무슨 연유로 왜가리 매파의 속곳 주머니에 어음이 들어 있는가였다. 이달수를 소환해 추궁하자 장악원 동관에 대한 은밀한 일들이 드러나기 시작했다.

「왜가리 매파 전주댁은 방물장수로 근력이 통통히 밴 여인입니다. 그동안 내 일을 거든 게 그만한 값어치는 된다고 보기에 어음을 준 것입니다.」

「근자에 무슨 일을 했는가?」

「시생의 일을 좀 도왔다니까요.」

「왜가리 매파로 통하는 그 여자는 잘하는 짓이 남녀를 잇대는 것 아닌가. 그런 아낙네가 면포전 행수에게 공을 세울 일이 뭔가?」

그제야 이달수는 멈칫멈칫 입을 열었다.

「세금을 내는 육의전에서 가장 잘나가는 곳은 명절에 따라 다릅니다만, 대개는 싸전이나 어물전이라고 봐야지요. 명절이 코앞인 시절엔 싸전의 백미가 잘 팔립니다만, 상황에 따라 호리꾼들이 가격을 늦췄다 풀어 줘야만 많은 이문을 얻을 수 있지요. 해서, 이번에도 왜가리 매파를 불러 재주 많은 사람에게 일을 맡기도록 했지요.」

그 때문에 평소의 다섯 배 이득을 취하고 왜가리 매파에겐 백미 서른 가마에 해당하는 어음을 지급했다는 얘기였다. 그 말에는 뭔가 거치적거리는 게 있었다. 장사꾼이 아니고 뚜쟁이 여편네인데 어음을 사용한다는 점이 매끄럽지 않았다. 그만큼 이야기했으면 풀려나갈 줄 알았는데 사헌부 관원들은 입맛만 쓰게 다실 뿐 다른 얘기 없이 자리를 피해 버렸다. 한동안 서성이던 이달수는 가장 만만하게 보았는지 서과를 가까이 불렀다.

「자넨 궁에서 의녀(醫女)였으니 통하리라 보고 불렀네. 자네가 내 부탁을 들어주면 궁에서 나온 귀한 물건을 줄 것이네.」

보통 때라면 호통을 쳐 혼꾸멍을 내줬을 일이지만 서과는 약간 입술을 내민 채 상대의 말을 받아 챙겼다.

「무슨 일인데 그러슈?」

이달수는 됐다는 생각에선지 좀 더 머리를 밀착해 왔다. 메마른 입술을 혀끝으로 적시더니 가만히 소곤거렸다.

「시전을 하다 보면 우리 같은 장사꾼에게 손님은 늘 왕이잖는가. 특히 백목이나 은목 같은 걸 팔다 보면 돈냥이나 있는 자들이 다른 걸 원해 온단 말일세.」

「그게 뭐요?」

「아하, 이 사람, 뭐긴 뭐겠나. 사내가 찾는 게 계집이고, 계집이 찾는 게 사낸데 필요한 것만 주면 되지 신분 같은 건 알아서 좋을 일 없지. 그 왜가리 매파 말이야, 내가 부리는 게 아니라 다방골 취선루 주인이 보내서 온 거야.」

「뭣 때문에요?」

「어허, 이 사람, 어찌 말귀가 어둡나. 내가 그 사람들에게 얼마라도 도움받고 있잖아. 그러니까 나는 그 사람들이 원하는 걸 해주고 대가를 받는단 말이야. 그래서 말인데, 이녁이 날

거들어 주면 내가 좋은 정보 하나 주겠어.」

「에이, 장사꾼 말 믿을 수 있나. 겉으론 손해나고 준다 해도 사실은 많이 남기던데.」

「아하, 이 사람, 어느 놈이 손해 보고 장사하나! 조금이라도 남겨야지. 흙을 파 장사하는 건 아니잖아.」

「알았수. 근데 부탁할 게 뭐유?」

「우리 가게에 손님이 올 건데 걱정이오. 내가 여기 들어온 사정은 금방 알겠지만 중요한 건 내 쪽 손님이오. 세상을 떠난 왜가리 매파는 주로 취선루 일을 보면서 짬짬이 자신의 일을 하는데 말이야, 이녁의 예상대로 사내들을 유곽으로 끌어들이는 일이지만, 그곳에 오기 낯간지러운 사내에게 반반한 계집을 소개하는 것도 있을 것 아닌가.」

「그런데요?」

「오늘은 특별한 사람이 우리 시전에 온다 그 말이야. 그 사람을 취선루로 안내하는 일이네. 자네가 이 일을 무난히 처리해 주면 장차 시집갔을 때 요긴하게 쓸 착음방이라는 미약을 줄 것이네. 어떤가?」

「좋시다. 그냥 데려다 주기만 하면 되우?」

「그럼, 그럼! 한 가지 참조할 건 매화나무가 세 개로 갈라진 물건을 지녔는지 확인해야 하네. 그게 있어야 같은 편이라고 생각하니까.」

「알겠수.」

「으흐흐흐, 오늘은 말이야. 복숭아를 훔치는 날이야. 그런 말이 있잖아 '훔친 복숭아가 맛있다'고!」

색동저고리 살인 사건

달빛이 여인의 속살처럼 고왔다. 손을 뻗어도 잡힐 것 같은 달빛은 말간 은가루가 묻어날 듯 고왔다. 한바탕 소나기가 퍼부은 탓에 먼지 한 점 없는 대기 속으로 달빛이 찾아들자 어두운 마음 자락에 숨어든 생각들이 어디론가 사라져 버렸다.

달빛이 무한하게 비추는 것처럼 천지는 고요의 바다에 빠져 무심히 흘러갔다. 그때 무언가 미미한 소리가 들려왔다. 아주 작은 호흡이었다. 그 소리는 끈끈한 물기가 어린 평범하고 지극히 단조로운 하나의 소리였다.

「아!」

너무 답답해 눈을 뜨니 온몸은 식은땀으로 멱을 감은 듯했다. 그것은 꿈이었다. 감미로운 냄새가 입안 가득 머금어지며 따사로운 손길이 다가왔다. 결코 사대부 집안에선 맡을 수 없는 이상한 따뜻함이었다.

김 진사의 둘째 아들 상헌은 작은 창을 열고 팔월의 싸늘한 밤공기를 마시다 벌떡 자리에서 일어났다. 상헌은 재빨리 섬돌에 내려서 별당으로 시선을 향한 채 걸음을 내디뎠다.

이곳 재동은 풍양 조씨를 제외하곤 그런대로 김씨 문중이 자리를 지키고 있었다. 동네는 조용했으나 기품이 있었고 불어오는 바람이나 비 오는 뜨락이나 공산명월을 휘젓는 달빛에도 격조와 품위가 있다는 말이 나돌 정도로 이 지역에 사는 사람들은 보이지 않은 '격'의 도움을 받았다. 그곳 중앙부에 자리 잡은 김 진사 집도 이러한 '격'의 위세가 있었다.

「부인, 내일은 무엇이 좋겠습니까? 달빛이 고우면 풍월지 선
　생이 돼 부인의 마음 자락에 스며들 것이고, 비가 오면 진흙
　속의 벌레가 돼 부인의 은밀한 곳을 찾아들겠소.」

간밤의 약속이 그런 것일까. 사내는 고운 달빛을 벗 삼아 여인의 방을 찾아들었다. 자신의 아내를 찾아가는 길이지만 언제나 같은 방법을 쓰지 않았다. 하루는 도둑과 같은 방법으로, 하루는 선비다운 풍모로, 또 하루는 지독한 풍류객으로……. 하루하루의 날들은 늘 새로운 변화를 모색해 생기 있게 타올랐다. 두 사람에겐 늘 그들만의 비밀이 있었다. 오늘은 도둑괭이처럼 두건을 쓰고 찾아가야 할 길이지만 살금거리는 호기심

과 조바심이 가슴 한쪽에 있었다. 중문을 벗어나 향나무 몇 그루가 있는 곳에 다다라 나무 사이에 숨겨 놓은 두건을 꺼낼 때였다.

「너는 하는 짓이 어찌 그 모양이냐. 제 방을 찾아가는 데 도둑괭이처럼 살금거리는 이유가 무엇이냐?」

형이었다. 재동의 김 진사 큰아들 김상운이라면 인물 좋고 학문 잘하기로 근동에 소문이 자자했다. 그는 고려의 선비들이 즐겼던 '각촉부시'를 좋아했다. 촛불에 금을 그은 후 거기까지 타들어 올 때까지 시를 짓는 것인데, 학문하는 선비면 한 번쯤 도전해 보고 싶은 영역이었다. 시회를 열었다 하면 단번에 장원을 꿰찰 실력이니 그에 대한 소문은 장안 사대부가의 규수들 마음 자락을 흔들고도 남았다. 그에게 시집온 박 선비의 딸은 아비의 동문수학이었으나 이상하게도 큰아들의 결혼 생활은 톱니가 어긋난 듯한 분위기여서 집안사람들도 이유를 몰라 의아해했다.

「애야, 요즘 네 서방이 너와 소원한 듯하니 그 이유를 모르겠구나. 너희 부부 사이에 무슨 일이라도 있느냐?」

「아무 일 없습니다.」

큰며느리는 일이 없다 했으나 큰아들의 파행은 알게 모르게 이어졌고, 해가 지나면서 그것은 새로운 걱정거리로 자리 잡았다. 그렇다 보니 큰아들은 혼인한 지 다섯 해가 다 돼가는데 슬하에 자식이 없어 집안이 냉랭해졌다. 그런 걸 모를 리 없건만 김상운은 안하무인으로 행동하며 집안 분위기를 엉망으로 만들기 일쑤였다.

그런 형이 과거를 앞두고 며칠 간 보덕암에 가서 심신을 수양하고 돌아오겠다는 말을 떨구자 식구들은 이제야 철이 드나 싶어 희색이 만면하였다. 바로 그 걸음에 중문을 지나던 동생 상헌과 맞닥뜨렸다.

「너는 무엇이 그리 바쁘냐? 하긴, 너 같은 효자라도 있어야 부모님이 안심할 터이나 그렇다고 모든 게 마음먹은 대로 되더냐? 너에게 할 말이 많으나 오늘 밤은 이달수의 면포전에 들를 일이 있으니 내일 보덕암에서 만나는 게 좋을 것 같다.」

상대방의 사정 여부는 상관없이 결정해 버린 김상운은 그 자리를 벗어나 버렸다. 그런데 다음 날 저녁 어림에 온몸에 상처를 입은 상헌의 몸이 호현이라는 남태령에서 발견됐다.

예전엔 이 고개에 여우가 많았으나 봉천동에서 태어난 강감찬 장군이 크게 노해 다시는 고개에 얼씬거리지 못하도록 꾸짖은 뒤 여우들의 극성을 구경할 수 없게 됐다는 전설이 남아 있었다.

보덕암은 이곳 고개에서 연주암에 오르는 중도에 있었다. 길을 지나던 장사꾼이 고개 중간에서 상처 입은 상헌을 발견해 겨우 집으로 돌아올 수 있었으나, 근방에 도적떼가 득세했으므로 이 일은 관아에 보고돼 관원들의 방문을 받았다. 상헌을 찾아온 정약용은 상처 등을 훑어본 후 몇 가지 질문을 던졌다.

「김 선비께서 도적을 만나 물건을 빼앗기고 이렇듯 상처까지 입었다는 건 가벼운 일이 아닙니다. 말하기 싫다 하여 잠잠해질 일이 아니니 번거롭더라도 사실대로 말씀하십시오.」

상헌은 짜증부터 냈다. 자신이 그런 지경에 빠진 건 운수가 나빠서지 다른 이유가 없다는 것이었다.

「내가 관원 나리의 노고를 모르는 건 아닙니다. 알기 때문에 이러는 거요. 난 할 말 없으니 돌아가십시오.」

정약용은 말이 통하지 않아 어쩔 수 없이 그 자리를 물러났으나 상처를 잠깐 훑어보았다. 상헌의 흉부를 찌른 칼은 모양이 여느 것과 달랐다. 끝이 뾰족한 날붙이가 아니고 초승달 형태의 상흔을 남겼으니 칼의 용도는 가정집이나 음식점 등에서 쓰는 게 아니라 무엇을 새길 때 사용하는 조각도였다.

'이런 조각도를 흉기로 사용한 걸 어디서 본 적 있는데?'

정약용은 한동안 그것만 생각했으나 가닥을 찾지 못하자 관아로 돌아와 두 해 전에 있었던 처리 안 된 사건의 조사 기록을 펼쳤다. 범인으로 추정된 인물은 흔히 뻐꾸기라 부르는 강변칠우였다. 그들은 어수선한 시기에 공부 대신 엽색을 목적으로 부녀자들을 연쇄적으로 성폭행하는 사건을 저질렀었다.

세 해 전에 있었던 이상용 대감의 애첩을 건드린 사건은 두

고두고 장안에 이야깃거리로 남아 강변칠우란 이름을 세간에 널리 알렸다. 살아생전 치국을 빌미로 재물을 쌓고 후손들에게 물려줄 속셈으로 여기저기 땅을 사놓았는데 그게 얼마나 되는지 아는 이가 드물었다. 이상용이 모란이라는 애첩과 단꿈에 젖어 있을 때 강변칠우라는 뻐꾸기가 침입했다.

얼마나 대담한 놈이기에 영감이 잠을 자는 곳에서 모란과 사랑놀이를 즐겼겠는가. 잠에서 깨어난 이상용이 소리 질러 아랫것들을 부르자 그의 가슴에 조각도를 안기고 유유히 사라진 인물이 강변칠우였다.

그 사건의 검안서에 그려진 형태가 반달이었다. 이상용이 세상의 지탄을 받는 인물이어서 사건은 시간을 끌지 않고 뒷전으로 밀려났지만, 조각도를 흉기로 쓴 흉한은 당시가 처음이어서 정약용은 그 점에 신경을 집중시켰다.

검시 기록을 점검하던 정약용의 시선에 거치적거리는 건 보덕암의 전신인 공덕암에서 일어났던 치정 사건이었다. 기록을 들추자 이곳엔 수인, 수연, 수명이라는 세 비구니가 아랫동네를 탁발하며 신도들을 끌어모아 암자를 운영하고 있었다.

수인이라는 여승은 스무 살 남짓으로 뵈는 두 여승과 달리 예순이 넘어 뵈는 중후함이 있었다. 한때 포교 활동을 통해 그의 법술이 부녀자들에게 알려지고 자식 낳는 비방을 깨우친 그들의 도움으로 공덕암이 생겼다.

아마 다섯 달 전이었을 것이다. 추석을 앞둔 어느 날 지평 벼슬에 있는 김찬우에게서 다급한 연락이 전해졌다. 그의 조카 김 규수가 극약을 마시고 목숨을 끊은 일이 벌어졌던 것이다. 고향 음성에 있을 때도 몸이 약해 약봉지를 몸에 달고 살았던 터라 새삼스럽게 놀랄 일은 아니지만, 한양의 솜씨 좋은 의원들이 있는 곳으로 와 건강을 회복하겠다는 생각이 하루아침에 바뀌었는지 독약을 털어 넣었다. 김찬우는 조카 김 규수가 죽음을 자초한 이유가 궁금했다. 연락을 받은 서과가 세세히 검시했지만 타살 근거는 없었다.

김 규수의 몸 안 구석구석을 닦아 낸 후 준비해 간 법물을 입 안에 찔러 넣자 순식간에 검게 변했고 항문에서도 피가 쏟아진 상태였다. 약간 부어오른 배를 눈여겨보며 서과는 검험을 마치고 정약용을 향해 돌아섰다.

「이 처녀는 지나친 교접으로 하복부에 상처가 심합니다. 생각해 보면 도둑을 만나 겁간당했거나 어느 몹쓸 인간을 만나 필설로 형언키 어려운 일을 당한 것으로 생각됩니다. 그것이 이 처녀의 자살과 관계있을 듯합니다.」

사체의 양쪽 손목을 강하게 누른 흔적이 있는 데다 숙부에게 죄송하다며 자신의 허물을 용서해 달라는 유서가 발견되었다.

검시 모형도가 작성되자 정약용은 일행을 데리고 공덕암을 찾아갔다. 그곳엔 행세깨나 하는 장안 부호들의 아낙들이 목소리를 높이며 기거한 채 주지 스님의 법술을 새삼 경탄하는 중이었다. 주지 스님은 관원들이 닥치자 그들을 객방으로 안내했고, 김 규수의 자살 소식에도 담담한 표정이었다.

「어떤 이유로든 목숨을 끊는 건 바람직하지 못합니다. 안타까운 일이지요. 여러분이 보다시피 이 암자의 각 방엔 아미타여래의 소상이 있습니다. 공덕을 올릴 때는 부정 타지 않도록 나오거나 들어가지 못하게 밖에서 문을 잠그지요.」

김 규수가 머물렀다는 방 중앙엔 한 자 가량의 소상이 있고 그 중앙에 향을 사르는 향로가 있으며 오른쪽 구석에 간단한 침구가 놓여 있었다. 그날 이곳을 이 잡듯 뒤져 찾아낸 것은 물건을 넣어 두는 반닫이였다. 그곳엔 사내의 양경을 본뜬 물소 뿔로 만든 각선생과 소책자 등이 있었다.

관원들의 시선을 끈 것은 소책자 안에서 발견된 수십 장의 손수건이었고, 그 옆엔 연월일시를 적은 원홍 수첩이 있었다. 이것은 김 규수가 누군가에게 좋지 않은 일을 당했다는 증거였다. 이것들을 앞에 놓고 추궁하자 세 여인은 펄쩍 뛰었다. 무고한 자신들을 음해한다는 것으로, 힘깨나 있는 기관을 통해 으름장을 놓았다.

아닌 게 아니라 세 여인이 구금되자 여기저기가 들썩거려 사헌부에선 당황한 나머지 더는 들추지 말고 이쯤에서 봉합하자는 의견을 내놓았다.

「여러분이 애쓴 건 압니다만, 조사를 강행했다간 어떤 일이 생길지 모르겠소. 김 규수야 세상을 떴으니 별수 없다 하더라도 산 사람은 살아야지 않겠소. 자네들도 관매파를 동원해 비구니들을 조사하지 않았는가. 여자로 판명 났으니 이쯤에서 물러나시게. 여자들이 젊다 보니 일시적으로 장난친 걸 풍속을 해쳤다고 벌 줄 수는 없잖은가.」

정약용은 자신이 본 적 있는 《기담괴사》라는 의서를 떠올렸다. 거기 쓰인 건 어떤 사내가 남녀 생식기를 두 개 가지고 있는데 어느 것이든 필요에 따라 쓰는 용도가 다르다 했다. 호흡법을 익혀 자신의 남근을 배 속에 넣었다가 필요할 때 꺼내 쓴다는 말이었는데, 남근이 들어간 자린 여인네의 도끼 맞은 자국과 비슷하다는 내용이었다. 당시의 판관은 그를 잡아들여 일벌백계로 다스렸다.

「얼마 전 참으로 해괴한 기록을 보았다. 새란 짐승은 두 개의 난소를 가지고 태어나는데 왼쪽에 있는 건 성숙하나 나머지는 흔적만 있을 뿐이다. 그런데 어떤 이유로 왼쪽 것을 못 쓰게 됐을 때엔 즉시 오른쪽 난소가 발육을 시작한다. 괴이한 게 어찌 이뿐이랴. 발육된 난소는 엉뚱하게 고환으로 탈바꿈한다니 어찌 놀라지 않으랴. 인간들이라 하여 다 온전한 몸을 가지고 있겠는가. 어떤 자는 남녀의 음양을 모두 달고 나오는 괴물도 있으니 이것들의 뱃속을 갈라 그것들이 어찌 됐는가를 살펴볼 것이다.」

판관이 가른 사내의 배 속은 여느 사람과 다름없었다. 그렇다면 어떤 방법으로 사내 물건이 배 속으로 들어갔는가? 그것은 특수한 호흡법을 이용해 자신의 남근을 배 속으로 감추는 방법을 터득한 것이었다.

정약용은 여승들을 밖으로 나오게 한 후 그의 아랫도리를 까발리고 그곳에 참기름을 발랐다. 미리 준비한 개를 끌고 와 핥게 하자, 주지 스님의 얼굴이 순식간에 흑빛으로 변했다.

아무리 호흡으로 마음을 조정해도 눈치 없이 핥아 대는 개의 혀 놀림 때문에 잘되지 않은 모양이었다. *끄응!* 하는 소리와 함께 배 속에 숨겨 둔 남근이 용수철처럼 튀어나왔다. 그 물건을 본 순간 관매파는 질겁해 엉덩방아를 찧었다. 소란이 가라앉자 정약용은 판결문을 썼다.

욕심이 많기로서니 스님으로 변장해 샘을 찾아 나섰다는 건 도무지 용서할 수 없는 일이다. 샘을 찾는 욕심의 불길에 기름을 뿌리고 냄새나는 버들가지를 썻어 그것을 멋대로 휘두르며 붉은 토끼를 타는 건 차마 볼 수 없다. 더구나 버들가지로 가는 버들을 치는 장소가 사문임을 볼 때 그 죄는 도저히 용서할 수 없다.

붉은 토끼란 여인네의 성숙한 음문이다. 이후로 색을 밝히는 스님을 웅니라 부른 건 '남자 여승'이라는 말이다. 수인은 처형당하기 전 의미심장한 말을 했다.

「여기 계신 분들은 모를 것이오. 나는 사람들 마음에 깊숙이 들어가 있습니다. 내가 죽어도 명망 있는 사대부가에선 복되고 즐거운 날엔 색동저고리를 입고 내 죽음을 기릴 것이오.」

관원들은 수인이 헛소리처럼 뱉은 말을 믿지 않았으나 명절이 되자 도성 안 어린 남녀들이 수없이 색동옷을 입고 돌아다녀 관원들의 눈을 휘둥그렇게 만들었다.

소문은 도성 안을 떠돌며 공덕암에서 불공을 드린 여인들을 좋지 않은 눈으로 보게 됐다. 길지 않은 기간이었지만 한 번이라도 그곳을 다녀온 여인은 중죄라도 지은 듯 자신의 위치를 찾지 못했다. 이런저런 소문이 꼬리를 잇자 그곳에 있던 비구니들은 야반도주해 버리고 학덕 높은 스님이 그곳을 수리해 보덕암으로 바꾸었다는 말이 흘러다녔다. 소문이야 어떤 형태든 세월이 약인 셈이다.

몇 달 지나자 예전의 좋지 않은 풍문은 잊히고 과시 준비를 위해 도성으로 올라온 선비들이 잠시 마음을 추스르기 위해 들르는 장소로 탈바꿈했다. 그런데 김 진사의 둘째 아들 상헌이 남태령 고갯길에서 괴한들에게 피습당하는 일이 벌어지자 관아에선 창상이 예사롭지 않음을 보고 흉기에 대해 수소문하기 시작했다.

「소인이 어젯밤 이달수의 먼포전에서 만난 건 김상운이라는 선비였습니다. 대행수가 자리에 없자 추진하던 일을 며칠 후로 미루어 소인은 관아로 돌아와 이상용 대감의 상흔 기록을 들여다보고 있었습니다.」

상흔은 이상용 대감의 몸에 난 상처를 대비해 서과가 파고들어 의문점으로 생각한 부분을 건드렸다.

「이 반달 모양의 조각도는 연전에 사건을 일으킨 강변칠우란 자들이 사용한 것으로 알고 있습니다. 그동안 관아에서 일손이 부족해 어지간한 사건은 다루지 못했습니다만, 김 진사 아들이 그 같은 창상을 입고도 발고하지 않은 것으로 볼 때, 이 일은 연유가 있을 것으로 사려되어 조사해 볼 필요성이 충분하다고 봅니다.」

정약용은 연전에 사고를 당한 이상용 대감의 검시 기록을 참조하기로 하고 초검관이 작성한 검시 모형도를 펼쳤다. 그곳엔 사건과 무관해 보이는 내용이 적혀 있었다.

우리 관에서는 일찍부터 강변칠우라는 불법 단체의 모임을 알고 있어 그들을 은밀히 탐색해 왔는데, 그들은 가지가 셋인 매화나무를 신표로 삼아 시를 읊고 술을 마시니 그것만으로 잡아들일 수는 없었다. 그들이 난행하는 걸 볼 수 없었으나 한 가지 의심스러운 건 그들이 '마음에 부처를 새긴다'는 말이었다. 부처를 마음에 새긴다는 건 술과 육식과 탐심을 멀리해야 하는데 젊은이들이 그런 것과는 상관없이 시주풍류를 즐긴 걸 보면 아무래도 의심 가는 구석이 한두 가지가 아니다.

그러나 그것만으로 김 진사 아들이 강변칠우라는 왈짜에게 피습을 당했다고 볼 수는 없었다. 정약용은 무엇보다 보덕암을 탐문하려는 생각을 굳혔다. 상처 입은 상헌의 형이 심신을 수양키 위해 거기 머문다는 말을 들었기 때문이었으나 정약용이 찾아간 보덕암에 김상운은 없었다. 주지 스님은 염주 알을 고르게 굴리며 무표정한 낯으로 입을 달싹였다.

「시주님께선 누구를 찾으신다 했소? 재동의 김 진사 큰아들이라고요? 그런 분은 이곳에 오지 않았습니다.」

「그거 이상하군요, 스님. 틀림없이 이곳에 간다 했습니다만……」

「젊은이들이 오가다 길이 어긋나는 건 다반사겠지요.」

「그럼 그 댁 둘째 도령은 왔습니까?」

「그분도 오지 않았습니다.」

정약용은 고개를 주억거리며 혼잣말로 중얼거렸다.

「그 댁에선 이곳으로 갔다 하는데 여기에 오지 않았다면 어디로 사라진 걸까요, 스님?」

「아미타불 관세음보살……」

더는 대꾸할 말이 없다는 건지 말하기 싫다는 건지, 스님은 눈을 지그시 감은 채 불호만 중얼거렸다. 정약용은 그곳에서 나와 명부전으로 향했다. 죽은 자의 위패를 모셔 놓은 곳이기에 무언가 실마리가 있을 것으로 여겨졌다. 과연 공중에 매단 종이에 김상운이라는 이름이 있었다. 이것은 김 진사의 큰아들이 이곳 보덕암에서 죽었다는 얘기였다. 정약용은 곧장 주지 스님을 찾아갔다.

「스님께선 이곳에 오신 지 얼마나 되셨습니까?」

「어찌 물으십니까. 소승은 다섯 달 전 이곳 암자에 왔습니다. 암자란 이름을 쓰는 건 이곳 산사의 이름일 뿐이지요. 암자라 해도 '격'이라는 게 있습니다.」

　정약용은 얘기의 방향을 틀었다.

「내가 여기 온 건 김 진사의 큰아들이 이곳 암자에 머문다는 것만이 아닙니다.」

「허면?」

「그 댁 둘째 아들이 칼을 맞고 목숨이 위태로워…….」

「얼마나 위태롭습니까? 칼에 찔린 상처가 그 정도면 목숨은 구할 것이라 했는데…….」

「조금 전엔 김 진사 아들이 오지 않았다 하지 않았습니까?」

「그랬지요. 그 젊은이들은 오지 않았지요. 암자에 온 건 젊은이들이 아니라 과거의 원령이었어요. 한때 산중에서 동고

동락하던 수인이란 분이 내 사형입니다. 그때는 부처님의 말씀만 따르던 훌륭한 불제자였는데 어느 날 모습을 감췄다가 두 해 만에 나타나 그 나름의 대단한 도학을 익혔다고 했어요. 그게 무어냐 물었지만 끝내 대답하지 않고 떠났는데 나중에 들리는 풍문엔 이곳에 공덕암이라는 암자를 차리고 엽색으로 포교했다는 희한한 말이었어요. 그제야 나는 그분이 익힌 게 스승이 금기로 여긴 호흡법이라는 걸 알았습니다.」

「내 스님께 물을 것이니 있는 그대로만 말씀해 주십시오.」

주지 스님은 고개를 저었다.

「나는 보거나 들은 게 없습니다. 그러니 관원께선 이곳 암자를 뒤져서라도 찾을 게 있거든 찾으십시오. 소승은 드릴 말씀이 하나도 없습니다.」

스님은 입을 닫았지만 그날 해 뜨기 전 김 진사의 둘째 도령이 보덕암을 찾아와 어떤 방으로 들어가더니 이내 대웅전으로 가서 주지 스님을 만났다. 도령이 꺼내놓은 건 오래된 색동저고리였다.

「제가 아내와 놀이를 즐긴 건 모두 어머니가 들려주신 얘기 때문입니다. 제 아버님께서 젊었을 적에 어머니 방을 찾아갈 때엔 사전에 어떤 묵계를 주고받는다 했습니다. 그러한 묵계에 따라 어떤 때는 착한 선비 행색으로 어떤 때는 술 잘 먹는 한량으로, 또 어떤 날은 길거리의 무뢰한처럼 거친 사내의 모습으로 찾아갔답니다. 그 얘기를 듣고 저도 아내의 방을 찾아갈 때엔 두건을 썼습니다. 그런데 얼마 전 아내의 방에서 이상한 물건을 주웠습니다. 그것은 조각도였어요. 반달 형태의 날 선 조각도를 보자 덜컥 의심이 들더군요. 이게 아내의 방에 있을 이유가 없었으니까요. 그래서 제가 아내를 찾아가지 못한 날을 헤아려 보았죠. 그달 보름날 생각이 나자 덜컥 가슴이 내려앉았습니다.」

「그렇게 생각한 이유라도 있으십니까?」

「스님, 그날은 어머니가 급한 체증으로 갑자기 앓아누우셔서 식구들이 모두 함께 있었는데 형만 자리를 비웠거든요.」

「그런데요?」

「저 못된 형이라는 자가 내가 감춰 둔 두건을 쓰고 아내에게 간 것입니다. 아무리 계집의 살내음을 좋아한다지만 그게 사람으로서 할 일입니까. 그래서 조각도를 꺼내 추궁했더니 이젠 엉뚱한 말을 하지 않습니까.」

「엉뚱한 말이라니요?」

「자기는 나와 씨가 다르다는 겁니다. 어머니가 이곳 공덕암에서 바람을 피워 자신을 낳았으니 '악의 씨'라는 거죠. 더구나 어머니는 명절이면 어김없이 형에게 색동저고릴 입혔어요. 그게 비감스러웠던 거죠.」

「그래서 두 분이 다툰 겁니까?」

「예, 스님.」

「시주님도 아시겠지만 지난밤에 관아에서 관원들이 들이닥
쳤습니다.」

「그래서요?」

「재동의 김 진사 자제들이 싸우지 않았는지 물었으나 소승
은 모르는 일이라고 잡아뗐습니다.」

그때 문이 벌컥 열리며 정약용이 모습을 드러냈다. 그의 곁
에는 잔뜩 긴장한 스님 둘이 서 있었다. 정약용이 몇 걸음 앞
으로 나섰다.

「스님께서 그리 잡아떼지 않아도 모든 게 드러나게 돼 있습
니다. 제가 눈여겨봤더니 김 진사의 둘째 자제께서 들어간
방에 핏방울이 군데군데 보이더군요. 영초를 뿌려 핏자국을
추적했더니 그 피는 단순한 양이 아니라 방 안 한쪽이 홍건
할 정도였어요. 아무리 피를 닦아도 방바닥에 쏟아진 양을
가늠할 수 있는 게 인상사문의 측정법입니다. 두 분이 부정
한다 해도 모든 건 드러나게 돼 있으니 두 분은 저를 따라오
시죠.」

정약용이 앞장서 두 사람을 데려간 곳은 암자의 뒤쪽 산자락
이었다. 그곳엔 봉분을 올린 지 얼마 되지 않은 무덤 한 기가
있었다.

「이곳엔 어느 분이 묻혀 있습니까?」

대답이 없자 정약용의 뒷말이 이어졌다.

「봉분을 올릴 때는 상석이나 묘비명에 묻힌 자가 누구인지 근거를 남깁니다. 그러나 여기 누운 분은 흔적이 없는 데다 이 지역은 정상적인 매장지가 아닙니다. 오늘이 아니라 해도 다음 날 누군가에 의해 밝혀질 것이오.」

연락을 받고 출동한 관원들이 달려오는 걸 보고 스님이 입을 열었다.

「여기엔 한이 많은 불자 한 사람이 누워 있습니다. 생전에 우여곡절이 많은 삶을 살아온 터라…….」

눈짓을 받은 사헌부 관원들이 봉분을 헐어 내고 안에 든 관을 끄집어냈다. 뚜껑을 벗기자 스님의 말대로 그곳엔 서른 살쯤으로 뵈는 스님 한 분이 모습을 드러냈다. 죽은 자의 몸엔 곳곳에 창상을 입은 흔적이 있었다. 영락없는 초승달 모양이었다.

관원 하나가 정약용의 눈짓을 받고 사체의 이마에 영초를 발랐다. 잠시 후 나타난 건 일종의 선과 같은 흔적이었다. 정약용이 그것을 가리켰다.

「조선의 선비라면 지울 수 없는 망건 자국이오. 상투를 틀면 망건을 써야 하니 누구건 이런 흔적이 나타납니다. 내가 명부전에 갔을 때 김상운이라는 이름이 걸려 있는 걸 봤소. 그가 죽지 않았으면 그곳에 이름이 걸릴 이유가 없지 않겠소.

해서, 상좌 일을 보는 자와 불목하니를 앞세워 이곳을 찾아
낸 것이오.」

무명이라 법명을 밝힌 주지 스님은 본당으로 돌아와 자초지
종을 일러 주었다.

「소승이 이곳 공덕암에 온 것은 사형이었던 수인이 내게 남
긴 유언 때문이오. 생전엔 악업이 구천을 찌를 듯 높았으나
죽어 가는 자가 인연을 앞세워 뒷일을 부탁하는데 차마 물리
칠 수 없어 이곳 암자를 찾아와 보덕암으로 고치고 사문의
제자들을 불러 부처의 가르침을 전파했소이다. 며칠 전 김
선비의 큰아들 상운 도령이 암자를 찾아와 내게 말했소. 자
신은 태생이 천하니 벼슬살이하는 것보다 땡중이 되어 천하
를 돌아보고 싶다고요. 자학하듯 외치는 소리에 소승은 할
말을 잃었습니다만, 자신의 출생 비밀을 어머니에게 들었으
니 더는 속일 생각 말라는 얘기였어요. 소승이 무슨 할 말이
있어 그분을 진정시키겠습니까.」

「어떻게 목숨을 잃은 것입니까?」

「……동생과 다툼이 있었지요. 사고가 나던 그날, 김 진사님
의 큰 자제분이 머무는 객방에 동생분이 찾아왔지요. 처음엔
이런저런 말을 나누는 것 같아 소승은 법당으로 돌아왔지요.
무슨 일이 벌어졌는지 몰라도 좋지 않은 연락을 받고 달려갔
더니 이미 상운 도련님은 절명한 뒤였어요. 둘째 도련님은

관아에 자수하겠다고 했으나 소승이 말렸습니다. 그리되면 집안의 손이 끊길 테니 부모님의 슬픔은 헤아릴 수 없을 것이라 했습니다. 제가 간곡히 말려 겨우 마음을 돌이키자, 상운 도련님 주검의 머리털을 밀고 스님으로 바꿔 매장했습니다. 이런 사실은 김 진사님 댁에도 연락을 드렸습니다.」

아주 오래전, 그러니까 김 진사의 부인 초해 마나님이 혼인한 지 다섯 해가 되도록 아이가 없자 염공이 뛰어난 공덕암을 찾아와 치성을 드린 덕에 아들을 낳자 김 진사의 즐거움은 이만저만이 아니었다. 공덕이 많은 암자에 정성금을 치성한 것도 자식을 갖게 한 공덕에 관한 사은이었다. 암자를 다시 찾은 초해 마나님에게 주지 스님은 조각도를 건네며 자신의 심중을 털어놓았다.

「세상 사람들은 소승의 법술을 엽색이니 뭐니 비웃기도 합니다만, 소승은 활인의 술이라 믿습니다. 자식을 갖지 못하는 이에게 뒤를 이을 후손을 잇게 한 게 어찌 엽색에 해당하겠습니까. 소승은 그 점이 마음에 들지 않습니다. 해서, 마님에게 한 가지 부탁드릴 말씀은 소승이 조각도를 줄 것이니 이것을 태어나는 아이에게 내려 마음에 부처를 새기게 하십시오. 또한 그 아이는 명절이 오면 색동저고리를 입혀 나의 행장을 기리게 하십시오.」

어렸을 적엔 그게 무엇을 의미하는지 몰랐다. 성장하여 어느 정도 지각이 자리 잡자 한양에서 행세깨나 하는 집안의 자제들은 자신들이 어릴 때 색동저고리를 입고 지금껏 성장해 왔다는 걸 알게 됐다. 그뿐 아니었다. 그들은 자신들의 쥘부채에 달려야 할 선추가 없다는 걸 이상하게 생각했다.

「장안 사대부가의 자제들은 부채 끝에 수실이든 선추가 달렸는데 우린 어찌 그런 게 없습니까?」

이렇게 물었을 때 그들의 어미는 문갑에서 조각도를 내놓았다. 그것은 날 끝이 초승달 형상으로 굽어진 모양이었다.

「한집안이 화락하려면 이 조각도로 부처를 새겨라. 그리하면 모든 게 순조롭게 이뤄질 것이다.」

그래서 향나무 조각을 구해 그것으로 부처를 새기는 일을 해 왔었다. 그러던 왈짜들이 우연히 강변에서 만났는데 제각기 같은 모양의 조각도를 들고 있었다. 왜 자신들이 그런 조각도를 지녔고 그게 무엇을 의미하는지는 점차 시간이 지나면서 알게 됐다.

이것이 세상에 알려진 공덕암 주지 수인의 파행이었지만 여느 젊은이와 달리 김 진사의 아들 상운은 심각한 자학 증상에 빠졌고, 출생 비밀로 똑같은 조각도를 지닌 일곱 청년과 강변 칠우라는 이름으로 맹약을 맺었다. 혼인했지만 아내와는 몇 차례 형식적인 잠자리를 하다 아내가 병으로 세상을 떠나자 어머니를 들볶았다. 자신이 이렇게 된 건 모두 어머니 탓이라

는 것이었다. 자신이 정상적으로 김씨 일문의 피를 받지 않았
으니 부인이 자식을 가진다 해도 그것은 남의 씨라고 했다. 그
러므로 둘째인 상헌의 아내 김씨와 관계해 자신의 씨를 집안
에 떨궈야겠다는 비아냥에 그의 어미는 펄쩍 뛰었다.

「네가 이 집안을 말아먹으려 작정했구나. 그래, 어디 한.번
네 뜻대로 해 보아라!」

처음엔 완강히 반대했지만 결국 자식에게 약점을 잡힌 어미
로서 그의 뜻을 따르지 않을 수 없었다. 첫아이를 얻은 뒤 곧
둘째를 얻어 남편에게 의혹을 받지 않자 초해 마나님은 이상
한 놀이를 창안했다.

하루는 선비가 되어 아내를 찾아가는 밤을 맞이하고, 그다음
엔 길거리의 부랑배가 돼 여인을 겁간하는 모양새를 취하고,
어떤 날은 도를 익힌 선인이 되어 꽃을 맘껏 뿌리고 그 속에서
뒹굴었다. 처음엔 어색하기 이를 데 없었으나 하루하루가 색
다른 여흥으로 자리 잡아 즐거움이 습관적 쾌락으로 발전했
다. 이 놀이를 둘째 부부에게 일러 주어 그들에게도 색다른 여
흥을 즐기게 했던 것이다. 상헌이 입을 열었다.

「이상하다는 느낌을 받은 건 그 조각도가 아내 방에 있는 걸
보았기 때문입니다. 지금도 아내는 모른 척하고 있지만, 한
달에 두어 번은 형님이라는 작자가 나 대신 두건을 쓰고 침
입한다는 걸 알았어요. 이 사실을 형이 내 앞에서 거침없이

주절거리는데 살려 둘 수는 없었지요. 일이 여기에 이르렀으니 더는 묻지 마시고 나를 잡아다 벌을 내리십시오. 그렇지 않으면 부정한 어미를 내가 처단할지도 모르니까요.」

마음에 부처를 새기라는 건 뭔가. 선행을 쌓으라는 것인가? 아니었다. 공덕암의 주지 수인은 자신의 파행을 연년세세 전하려 했던 것이다. 그렇다면 가지가 셋인 매화나무 그림은 뭔가? 가지마다 꽃이 활짝 피었으니 계획된 일이 꽃필 때가 됐다는 것인가?

꿈길밖에 길이 없어

달은 중천에 높이 떠올라 있었다. 원숭이 도방으로 알려진 신칠경의 점방은 각처에서 올라온 보고로 소란스럽다가 자정이 넘어서야 일들이 마무리되고 있었다.

장악원은 악생들을 제공하는 서관이지만 요즘엔 동관에 속한 삼화루 악생들이 눈에 띄게 나서는 걸 바라보는 처지였다. 신칠경이 장악원에 들어갈 창을 잘하고 춤 잘 추는 미인들을 가려 뽑는 일에 나선 건 정초부터였다.

장악원 동관에 속한 삼화루 역시 조선 땅을 뒤집어 천하절색의 미인을 가려 뽑았지만 원래의 목적이랄 수 있는 장악원 악생보다는 나인을 뽑아 궁인으로 육성하려는 속뜻이 있었다.

겉으론 악생을 뽑는 것이라는 점에서 서관과 비슷하게 출발했으나 최근에 뽑은 여인들의 숫자로 보아 씀씀이가 다르다는 것을 짐작게 했다.

동관보다 악생들의 숫자나 미색이 밀리는 줄 알면서도 신칠 경은 별다른 내색 없이 곳곳에서 올라온 여러 보고서를 살펴 본 후 상아를 가까이 불렀다.

「이곳에 온 지 얼마나 됐느냐?」

「아홉 해가 더 된 것 같습니다.」

「그러면 십 년 세월이라……. 네 나이 스물이 넘었으니 다시 옛주인에게 돌아가는 게 나을 것이다만, 너도 알다시피 전임 도주가 살해돼 내가 부득이 서관을 관리하게 됐으나 송 덕상을 추종하는 문인방 잔당들이 매화 그림을 이용해 일을 꾸미고 있다고 전하께 글을 올린 바 있다. 세상 사람들은 내 금위장이 죽었으니 원숭이 도방은 끝난 거라 생각하겠지만 전하께선 나에게 새로운 명을 내렸으니 너는 옛주인에게 돌 아가 장래 일을 생각하도록 해라.」

「소인에게 돌아가라니요?」

「너와 전임 도주 사이가 각별한 줄 안다. 하나, 내가 전하와 약속한 세월은 항상 죽음이 코앞이다. 하루하루가 지날수록 위험이 다가오고 있으니 돌아가 내가 부를 때까지 기다려 달 라는 말이다.」

「하오나 도주 나리께선 추진하던 일이 있잖습니까.」

「그래서 우선은 네게 먼저 알린 것이다.」

그 말을 끝으로 신칠경이 돌아앉자 상아는 가볍게 허리를 숙이고 물러났다. 아홉 해. 벌써 아홉 해가 지난 것이다. 신칠경이 말한 옛집이란 해주에서 내려온 이평산 어른의 집을 가리키는 것이었다. 어린 나이에 제중당 약초꾼들 무리에 섞여 그들에게 온갖 서러움을 당하다 우연히 평산 어른의 내당에 들어갔다가 수련 아가씨를 만나게 되었다.

이평산 어른은 한강 이북의 특산물을 사들였다가 한양 상인들에게 되파는 장사꾼이었는데, 적은 이익을 남겼어도 귀한 약제를 취급한 탓에 장사는 번창했다.

이평산이 사대부 집안의 인기를 얻었던 건 금석곡이나 설상사 같은 것들 때문이었다. 그해 수련 아가씨의 혼담이 진행돼 장차 데릴사위로 들어올 자가 뽑혔는데 진씨였기에 진랑이라 불렀다. 그가 혼처를 정했다는 말을 듣고 가까운 친구들이 축하하는 자리에 있던 어떤 이가 심상치 않은 얘길 했었다.

「이보게 진랑, 내가 어젯밤 꿈을 꿨는데 범상치 않은 노인이 나타나 말하길, 자네가 혼인할 때엔 반드시 상대방에게 기녀 복색을 입히라 했네. 그리하면 나쁜 일을 물리칠 수 있다 했으니 명심하게. 나는 그 말에 신빙성을 느끼지 않지만 자꾸만 찜찜한 생각이 들어 얘길 하는 것이네.」

진랑은 이 말을 가볍게 흘려들었다. 혼인을 축하하는 자리니 당연히 술이 나오는 것이지만 혼례의 자리엔 술안주로 누런 닭을 썼다. 그렇기에 '백주황계'다. 술이란 글자는 물[氵]을 마시는 닭[酉]을 나타낸다. 술을 마시는 게 닭이 물 마시는 모습과 흡사하다는 말인가. 진랑은 술을 즐겼지만 취하는 걸 좋아하지 않았으나 그런 그가 혼처를 정했다는 말에 제중당의 약초꾼 도강이라는 자가 약초 하나를 들고 찾아왔다.

「으히히히, 이건 사내에게 둘도 없는 약초네. 이를테면 영약이지. 이름이 뭐냐 하면 삼지구엽초야. 시장 바닥에 가면 고놈의 배암이 어떻다고 떠드는 자들이 있지만 고런 것보다야 이 약초가 월등히 낫지, 아암!」

자신에게 확인하듯 침을 튀기며 도강은 추임새를 놓았다.

「이건 남녀 구분 없이 복용하거든. 누구건 이 약단을 복용하면 효험을 봐. 약풀을 찾는 게 산속에 흩어진 엽전 줍는 것이고 그걸 약단으로 만든 게 돈줄을 거머쥘 음양곽이야.」

그만큼 도강은 약단의 효능에 자신을 가진 말투였다. 약초를 채집하면 그 당시엔 제중당에 넉넉한 가격을 받고 팔아넘겼다. 그렇게 하여 혼인한 지 1년여의 세월이 지나갔다.

그런데 신랑이 집으로 오던 길에 괴한의 습격을 받고 목숨을 잃었고, 그 때문에 그의 장인 이평산은 건강이 급속도로 나빠졌다. 수련 아가씨가 아이를 낳을 무렵 식사를 마친 이평산이 조용히 세상을 떠나고 말았다. 홀로 남은 수련 아가씨의 슬픔은 이루 말할 수 없었다. 어디서 어떤 소문이 나왔는지 알 수 없으나 젊은 사내들이 한밤중에 담을 넘는 걸 보았다는 말이 떠돈 지 한 달이 지나기 전에 수련 아가씨는 싸늘한 주검으로 발견됐다.

사인은 독물에 의한 중독사였다. 스스로 외로움을 참지 못해 외간 남자를 끌어들인 게 드러나자 부끄러움을 이기지 못해 약을 먹었다는 게 항간에 알려진 얘기였다. 검안이 끝나고 땅에 묻힌 지 세 해가 다 돼갈 때, 원숭이 도방에서 집으로 돌아온 상아의 꿈길을 수련 아가씨가 찾아왔던 것이다.

아무리 생각해도 모를 일이라고 상아는 고개를 절레절레 흔들었는데, 그건 오늘도 마찬가지였다. 수련 아가씨는 평소처럼 고운 얼굴에 다정한 미소를 띤 채 상아를 깨웠다.

「애, 상아야. 어째서 말을 듣지 않느냐. 봉분을 헐어 내고 내 몸을 밝은 곳에 꺼내라지 않느냐. 이 일은 반드시 너 혼자서 해야 한다.」

꿈에서 깨어난 상아는 고개를 절레절레 흔들었다. 그러면서 수련 아가씨가 자신을 찾아온 건 한이 깊기 때문이라 생각이 들었다.

'그래, 아가씨께선 할 말이 있으신 게야. 연유는 알 수 없으나 무슨 한이 있는지 무덤을 열어야겠다.'

상아는 한밤중에 곡괭이를 들고 산으로 향했다. 세 해 전 묘를 쓸 때 보았던 앉은뱅이 소나무 옆을 돌아 나가자 둥그렇게 쌓은 봉분이 나타났다. 그것을 헐어 내고 관이 나타날 때까지 파헤치자 차가운 9월의 밤바람에 한기가 일어났다.

'왜 내게 관 뚜껑을 열게 한 걸까?'

곡괭이를 곁에 놓고 잠시 쉬고 있는데 아래쪽에서 호통소리가 들려왔다.

「웬 놈이 시신을 도둑질하느냐?」

소리와 함께 다가온 사람은 정약용이었다. 그는 도굴범을 묶은 후 여기까지 안내해 온 항인과 오작인들에게 수련 아가씨의 주검을 옮기게 했다. 우등불빛에 상아의 모습이 드러나자 정약용이 깜짝 놀랐다.

「너는 상아가 아니냐?」

「그렇습니다.」

「무슨 연유로 죽은 자의 무덤을 파헤쳤느냐?」

「소인의 꿈길에 수련 아가씨가 찾아왔습니다. 세상을 떠난 아가씨가 이승에 한이 깊어 찾아왔으니 놀라지 말라고 했어요. 제게 무덤을 파헤쳐 자신의 몸을 밝은 곳에 내놓으라 했습니다.」

특별한 이유를 설명치 않았지만 꿈이 닷새나 계속됐기에 이유를 물어볼 수 없어 상아는 당연하게 받아들였다는 것이었다. 그것은 정약용도 마찬가지였다. 처음 보는 아가씨가 밤마다 꿈길을 찾아와 자신의 이름을 수련이라 밝혔다. 머리를 풀어 헤친 것으로 보면 이미 세상을 떠난 게 분명한 여인은 곱게 절을 올렸다.

「나릴 찾아온 건 쉰네의 한이 너무 깊어서입니다. 잠시 저를 따라오시지요.」

여인은 바람처럼 빠져나가 구름 위를 걷듯 바람 속을 헤집고 어느 장소에 이르렀다. 그곳은 소나무가 옆으로 퍼져 나간 곳으로 둥글게 쌓아 올린 봉분이 있었다.

「나리, 여깁니다. 오늘 밤 이곳에서 내 무덤을 파헤치는 사람이 있을 것이니 그를 만나면 연유를 아시게 될 것입니다. 부디 쉰네의 깊은 한을 풀어 주십시오.」

여인은 다시 한 번 말하고 나서 사라져 버렸다. 그곳이 상아가 헐었던 수련 아가씨의 봉분이었다. 날이 밝기를 기다려 서과가 검시 기록을 내밀었다.

「나리, 해괴한 일이라 여긴 이 사건은 미묘한 일과 얽혀 있는 게 분명합니다.」

「그게 무슨 소린가?」

「상당히 오래전의 얘깁니다만, 내시부의 상선 벼슬에 있는 자가 선남선녀를 가려 뽑은 일이 있었습니다. 조선 제일의 미녀로 뽑힌 건 이평산의 외동딸 수련 아가씨였는데 이평산은 자신의 딸과 격에 맞는 사위를 구하게 돼 진동규를 데릴

사위로 들였습니다. 이 사람은 학문보다 도학에 관심이 있는 것으로 알려진 인물입니다.」

「흐음.」

「그 당시 궁 안에서 소격서를 이용해 양위마마에게 해악을 끼치려던 자들이 드러나 이 일은 묻힌 바 됐습니다만, 전하의 명을 받은 사헌부에서 이상한 점이 없다 해서 그냥 지나친 것으로 압니다. 이후엔 이에 대해 말하는 이가 없었습니다.」

장사꾼 이평산이 천하에 둘도 없는 사위로 여긴 진랑의 본명은 진승호로 그가 이평산의 집에 나타날 때엔 동규라는 이름을 사용했다. 그의 집이 사대문 동쪽에 있으므로 '동쪽의 흙을 다진다'는 이름자를 쓴 것인데, 이는 어떤 목적이 있어 보였다.

사헌부로 옮겨 온 수련 아가씨의 주검은 뼈가 곳곳이 삭았지만 골격이나 형태가 크게 변한 건 아니었다. 아침나절부터 수련 아가씨의 주검과 씨름한 서과는 눈빛을 빛내며 하던 일을 열심히 하였다. 그도 그럴 것이 상아를 자신의 무덤으로 부른 수련 아가씨의 의도를 짐작했기 때문이었다. 입고 있는 옷가지가 상해 있었지만 수련 아가씨가 누운 자리는 아이를 출산했을 때 빠져나온 탯줄 흔적이 있었다.

「흐음, 그러니까 수련 아가씨는 아이를 낳은 게로구먼. 아이를 낳았는데 살해를 당했다. 이평산의 집안은 친족이 없으니 손이 끊긴 게 분명한데……, 수련 아가씨가 아이를 낳았다면 어찌 되는가? 진씨 성을 쓰는 아비가 먼저 죽고 뒤이어 이평산과 수련 아가씨가 죽은 것은⋯⋯.」

범상치 않은 일이었다. 당시를 전후해 앞뒤로 살펴보아도 조 저에선 선남선녀를 고르는 일이 없었다. 그전 해엔 행사가 있 었으나 눈에 띄는 대목이 없었고, 그 이듬해도 마찬가지였다. 그렇다면 목적은 뭔가? 아이였다. 이평산의 집에 출입했던 점 쟁이 박씨를 불러 상황을 알아보았다.

「자넬 부른 건 몇 가지 묻고자 함이네. 자네가 이평산 어른 의 집을 자주 출입했는가?」

「옛날 일입지요. 모두가 수련 아가씨 때문입지요. 그 집에 간 건 이평산 어른이 돌아가시기 전이었는데, 그날 수련 아 가씨의 산후 고통이 심하다는 말을 들었거든요. 평산 어른은 말없이 앉아 있다가 아가씨가 아들을 낳을지 딸을 낳을지 묻 지 않겠어요.」

「그래서요?」

「평산 어른을 만났을 때 그분이 원(元)이란 글자를 만지작거 리고 있었어요. 이 글자는 이팔(二八) 모양과 같으니 주역에 서 가리키는 손괘(☴) 형상입니다. 팔괘 음양으로 보면 손은 장녀고 처음으로 임신했으니 초효는 당연히 음이니 딸을 낳 을 것이라고 했습니다.」

「아들을 기다려야 하는데 딸을 낳아도 괜찮다고 했소?」

「그러게 말입니다. 아들을 기다릴 줄 알았는데 수련 아가씨 배 속에 잉태된 건 딸이었어요. 그런데도 이평산 어른은 무엇이 즐거운지 그저 싱글벙글하더군요.」

정약용은 끝을 알 수 없게 얽혀 있는 실타래 속에서 진승호라는 인물을 생각해 봤다. 소격서의 도류인 그가 이름을 바꾸어 이평산의 집에 찾아온 건 당연히 수련 아가씨를 마음에 두었기 때문이리라. 그렇다면 수련 아가씨와 알콩달콩 재미나게 살아야 하지 않는가. 그런 그가 집으로 돌아오던 중에 죽었다. 이평산도 죽었고 수련 아가씨도 죽었다.

'수련 아가씨는 무슨 연유로 상아와 자신의 꿈길을 찾아온 것일까?'

정약용의 궁금증은 다음 날 일찍 상아에서 풀려나왔다. 그는 도주 신득수가 들려준 중원의 역사를 조심스럽게 건드렸다.

「정 지평 나리, 소인이 옥사에서 밤을 지낼 때, 오래전에 내 금위장이 들려준 말이 떠오릅니다. 수련 아가씨가 딸을 가졌다는 말에 이평산 어른이 좋아한다는 걸 알고 그런 말을 하지 않겠습니까.」

「……?」

「사위가 진승호로 알고 있는데 이름을 동규로 바꾸었다는 말을 듣고 '동쪽의 흙을 다진다'는 건 계략이 깃든 이름이라 하지 않았습니까.」

「계략이라니?」

「장차 태어날 아이를 염두에 두고 계략을 짠 경우죠. 노리는 인물이 제왕이니 사내는 필요 없고 당연히 계집이어야겠죠. 누군가 이평산을 찾아와 그런 말을 했겠지요. 이 댁은 수련 아가씨가 딸을 낳으면 번창할 것이라고요. 그래서 진랑이라는 사위를 맞았는데 결국은 그 때문에 화를 부른 게 아니겠어요. 그러기에 수련 아가씨가 절 불러낸 것이고요.」

정약용은 온몸이 옥죄어지듯 강한 충격을 받았다. 이평산이 사위를 얻을 땐 기분이 좋았겠지만 그는 사위 손에 죽은 거나 다름이 없다. 아이가 순산돼 세상에 모습을 드러냈을 때 수련 아가씨가 목숨을 빼앗겼다면 그 계집아이는 지금 어디에서 자라는 걸까?

'그러니까……, 수련 아가씨는 자식을 낳았다는 걸 알리기 위해 꿈길을 찾아온 게 분명하다. 지금에야 나타난 건 그 아이가 좋지 않은 일에 끼어들었다는 얘기가 아닌가?'

사헌부로 향하면서, 정약용은 이레 전에 있었던 내명부의 기이한 사건을 떠올렸다. 형조 정랑을 지낸 최경식의 여식이었다, 쉰이 넘은 그는 후궁이었던 딸이 싸늘한 주검으로 돌아오자 세상일에 흥미를 잃고 낙향했었다.

고향 여주로 돌아와 찾아온 손님과 사랑채에 앉아 세상에 전

하는 은밀하고 기이한 얘길 듣는 걸 낙으로 삼으며 하루하루
를 보내는 처지였다. 가을비가 강마른 땅을 적실 무렵 한 사내
가 애기꾼들이 기거하는 행랑채를 찾아들었다.

「시생은 사헌부에 지평으로 있는 정약용으로, 이판 대감의
부탁을 받아 예까지 오게 됐습니다. 최 정랑의 따님 최비마
마의 죽음에 의문점이 많다 하셨습니다.」

「내게 뭘 원하시오?」

「최비마마의 주검을 확인하겠습니다.」

「주검을?」

「그리해야 사인을 알 수 있습니다.」

「사인을 알면, 그렇게 만든 자를 징벌할 수 있는가? 아니면
그냥 덮자는 건가. 그 아인……, 음식을 잘못 먹고 급체로
세상을 떠났네. 오죽 급했으면 늙은 아빌 앞질러 갔겠소.」

「하오나 후궁으로 들어간 따님께선……」

「후궁이라……. 죄지은 자를 그리 부르면 자네도 봉변을 당
하네. 그 아이가 돌이킬 수 없는 죄를 저질렀으니 주상께선
그 아이 죽음을 입 밖에 내지 말라 했네. 하긴, 주상의 뜻이겠
는가? 아직도 삼사(三司)를 움켜쥔 자들이 눈빛을 빛내거늘
그 아이 주검을 파헤쳐 어쩌자는 건가. 부질없는 일일세.」

「따님께선 민망한 죄를 얻었습니다만, 그게 합당한 일인지
판단이 서지 않습니다.」

「이 사람, 정 지평!」

「말씀하십시오.」

「그 아이가 벌거벗은 채 궁 안을 돌아다닌 걸 궁원 사람 모두 아네. 나인들은 말할 것 없고 내시며 무수리, 별감이 다 보고 확인했는데 이제 와 뭘 어쩌자는 건가. 설령 딸아이의 죽음에 이상한 점이 발견됐다 해도 처음처럼 되돌릴 순 없네. 그게 왕명이고 궁 안 일이네.」

「하나, 시비를 가려 따님의 죄를 신원(伸冤)시키는 것보다는 크지 않다 봅니다. 대감께서 이것저것 눈치를 보실까 걱정하신 데다, 전하께서도 이판 대감의 청을 받아들인 것으로 압니다. 대감, 이 일을 묵과하면 따님께선 씻을 수 없는 오욕을 안고 가십니다.」

「그렇다 하여…… 내가 나서는 건 전하의 명을 기망하는 것이니 역모에 해당하는 중죄네. 그걸 아는가? 부모 된 자가 자식의 억울한 죽음에 어찌 의문을 품지 않겠는가. 그 아이 주검을 집으로 가져오던 날 내 몸이 찢겨 너덜거리는 걸 보았네. 이 세상의 은원을 뒷전으로 미룬 그 아이 얼굴을 매만지며 얼마나 울었는지 모르네. 꿈을 꿨네. 발이 여덟인가 아홉 개인 거미란 놈이 천장에서 내려와 죽은 아이 몸에 올라가는 꿈이었네. 그땐 몰랐는데 다음 날 같은 꿈을 꾸자 이상히 여겨 점쟁이에게 물었더니 장차 귀인이 찾아와 딸아이의 원한을 풀어 줄 거라 하지 않는가. 해서, 바라보는 시선이 있을 거라 여겨 봉분은 세우지 않았으나 가묘를 만들고 주검은 다른 곳에 은밀히 안치했네. 풍수사 얘기론 그 자리는 통풍이 잘되니 주검이 당분간 썩을 일은 없다 했네.」

주검이 안치된 장소를 일러 받고 집을 나서자 누군가 따라붙었다. 서과였다.

「어찌 되셨습니까?」

이렇게 물을 법했지만 아무 말이 없었다. 얼핏 돌아보니 부슬거리는 겨울비를 한 손으로 받아내며 손가락으로 튀기는 장난질을 하고 있었다.

「갔던 일은 알아봤느냐?」

「이판 대감께서 이 서찰을 주셨습니다.」

서과가 건넨 서찰엔 후궁 최씨와 연적 관계에 있던 숙원 이씨에 대한 기록이 자리를 차지했다. 궁 안의 흐름과 최근 전하가 총애했다는 후궁 최씨를 숙원 이씨가 투기했다는 내용이 적혀 있었다. 서찰을 품에 갈무리하며 정약용은 혼잣말로 중얼거렸다.

「주검이 묻힌 곳이 어디라 했나. 양평? 양평이면 거기 우두산이 있것다? 그렇다면 오늘은 여주 관아에서 하룻밤 신세를 져야겠다.」

정약용은 그날 밤 여주 관아에서 쉬고 다음 날 일찍 길을 떠났다. 관아에서 일러 받은 대로 주검이 있다는 장소 가까이 낡은 사당이 있고 그 곁에 금역 지역을 설치한 팻말과 오래된 묏자리가 흉한 모습으로 버티고 있었다. 정약용은 주위를 살펴본 후 단정했다.

「이곳은 시신이 썩지 않고 머리카락이 길어나는 곳이니 금역 지역이다. 가만, 이쯤이라 했는데…….」

오른손을 이마에 칼날처럼 세운 채 주위를 두리번거리자 그곳에서 스무 보쯤 위쪽으로 조그만 동굴이 눈에 들어왔다. 생각했던 대로 주검은 그곳에 있었다. 석관에 넣어져 잠을 자듯 평온했지만, 최 정랑도 딸의 죽음을 규명해 볼 심산에 시신을 방부처리 해둔 상태였다. 근처엔 불을 켜기 쉽도록 황촉과 부싯돌이 준비돼 있었다. 불을 켜고 은비녀를 꺼내 들었다. 이런 죽음엔 무엇보다 독물에 중독됐는지를 살피는 게 급선무였다.

「입안에 넣어라.」

서과는 주검의 입에 은비녀를 찔렀다 꺼냈지만 독이 스며든 흔적은 없었다. 내려놓은 관 뚜껑 위에 주검을 올렸다. 마포로 감싼 수의를 벗기자 얼음처럼 차가운 시신이어서인지 서과의 손끝이 자꾸만 움츠러들었다. 정약용이 미소를 깨물며 한 마디 던졌다.

「어떤 사람이 서로 때리며 싸우다 잠깐 사이에 한 사람이 땅에 엎어졌다. 목격자가 있었으나 시신을 살피는 검관은 당황

할 수밖에 없었다. 왜 그런지 알겠느냐?」

「겨울이라 상흔이 나타나지 않았을 것입니다.」

「하면 어찌해야 하느냐?」

「일단 구덩이를 파야겠지요.」

「깊이는?」

「두 척입니다.」

「길이는?」

「주검의 길고 짧음에 맞춰야 합니다. 그리하자면 구덩이 안
에 장작을 넣고 불을 피우되 안이 데워지면 시신을 넣고 옷
가지를 덮는 게 순섭니다. 시체가 따뜻해지면 주검을 꺼내
술과 초를 종이에 뿌려 치명한 상흔을 찾아냅니다.」

「바로 보았다.」

구덩이를 파고 그 안에 솔가지를 넣어 안을 덥힌 후 서과는
주검을 넣었다 다시 꺼냈다. 술과 초를 종이에 뿌려 온몸에 붙
인 후 약간의 시간이 지나 돌아선 채로 물었다.

「상흔이 나타나느냐?」

「없습니다.」

「등 뒤는 어떠냐?」

「그곳도 없습니다.」

「칼을 사용하거나 목을 맨 흔적이 없고 배는 가라앉아 있으
니 중독된 것으로 보이진 않습니다. 소인이 보기엔 갑자기

놀랐거나 끔찍한 일을 당해…….」

「아니다, 이건 중독이다! 은비녀에 묻어나지 않지만 이건 어김없는 중독이다!」

정약용은 자신 있게 단정해 버렸다. 그가 보기엔 주검의 모양이 정상적인 형태가 아니라 살이 팬 듯 움푹 꺼졌기 때문이었다. 그것을 확인하는 방법은 한 가지였다.

「파시(破視)를 준비해라!」

「예에?」

「어찌 놀라느냐?」

「그건 나랏법으로 금한 것이온데.」

「상흔이 없고 외상도 없다. 은비녀에 독물이 묻어나지 않았다면 파시 외엔 방법이 없다. 어서 준비해라!」

파시는 배를 갈라 안을 들여다본다는 뜻이다. 깊은 산중에서 죽은 시신의 배를 가른다는 게 얼마나 섬뜩한 일인가. 그러나 사인을 규명하기 위해 결정된 이상 미적거릴 수는 없었다. 주검에 칼을 대면서 정약용은 가르침을 주었다.

「사람의 몸은 크게 네 조각이다. 배꼽을 경계로 가로로 달리는 선과 이마의 정중앙에서 음경 중심부를 가르는 세로의 선, 이렇게 네 조각이다.」

손놀림은 기계적이었다. 목 언저리에서 칼날을 수직으로 긋자 열기가 빠진 핏물이 주르르 흘렀다. 무심한 목소리가 주검

위로 떨어졌다.

「인(咽)은 뒤에 있으니 음식을 삼키는 곳이고, 후(喉)는 앞에 있으니 공기의 통로다.」

칼날은 흉부의 정면으로 내려가 복부를 지났다. 약간 힘을 가해 흉복부를 좌우로 젖혔다. 정약용은 손길을 멈추고 고개를 끄덕였다.

「보아라!」

「아니?」

주검은 오장이 모두 녹아내린 상태였다. 썩거나 상한 게 아니라 뜨거운 열기에 녹아 흐물거리는 상태였다.

「이게 중독된 것입니까?」

「그렇다.」

「중독되면 오장이 녹아내립니까?」

「중독에도 종류가 있다. 반드시 독물에만 그러는 게 아닌, 이건 좌도(左道)의 중독이다.」

「좌도?」

「독이 아닌 독으로 인명을 살상하는 경우다. 그런 자들은 독을 비축해 뒀다가 상대를 해친다. 이러한 독엔 묘(猫)가 있는데 얼룩이나 잔털이 독이고, 귀(鬼)는 야갈(冶葛) 종류인 풀의 독이다. 이러한 독들을 한곳에 놓으면 독들이 서로 다툼질을 하다 한 마리가 남는데 그게 고독(蠱毒)이다. 그리고 이걸 이용해 인명을 해치는 게 고(蠱)다.」

서과는 다모 생활을 하면서 도검에 의한 상처나 독물에 대한 가르침을 받았다. 그렇게 해야 살상당하는 사건이 일어났을 때 어렵지 않게 원인을 간파해 낼 수 있었다. 이러한 중독의 경우, 고독은 무고의 경우가 태반이므로 궁 안에선 무축을 일절 금했다.

나라를 다스리는 군왕은 모든 걸 좌지우지할 수 있지만 귀신만은 그러지 못했다. 귀신의 힘을 빌려 제왕의 명을 단축시키거나 후궁끼리의 암투가 일어나는 건 왕조 실록에서 흔연히 구경할 수 있는 일이었다.

주상의 후비인 최비, 그녀의 몸이 저주 탓에 상해를 입었다면 궁원을 벌거벗은 채 돌아다닌 그녀의 정신 상태는 어떠했을까?

정약용은 묵묵히 주검을 원상으로 꿰매고 산에서 내려와 한 통의 서찰을 서과에게 주어 최 정랑에게 전하고 급히 한양으로 돌아와 수련 아가씨를 꿈길에서 만났다. 그런데 때마침 신당동에서 사고 소식을 알려 왔다.

「나리, 신당동에서 살인 사건이 일어났습니다. 초복이라는 무당이 목이 베인 채 죽었는데, 고 계집은 평소 사내들과 관계가 난잡해 근처 부랑배의 소행으로 보고 있습니다.」

「따르게!」

정약용은 오후 늦은 시각 현장에 도착하여 안으로 성큼 걸음을 옮기며 관원을 가까이 불렀다.

「자네도 사헌부에 들어와 주검을 꽤나 보았을 것이다. 자네 안목을 한번 볼거나?」

관원이 씩 웃으며 한 걸음 앞으로 나섰다. 하얀 천을 젖히자 자는 듯한 모습의 주검이 한눈에 들어왔다. 정약용의 말이 떨어졌다.

「묻겠다. 먼저 눈을 살펴라. 동공이 열렸는지 그렇지 않은지…… . 죽은 자가 놀랐다면 당연히 동공이 열렸을 것이다. 어떠냐?」

「그런 기미는…… 없습니다.」

「없다? 상처는 어떠냐?」

「목을 가로로 그었습니다.」

「어느 정도냐?」

「1촌 7푼이 넘어 보입니다.」

「짐작은 짐작일 뿐이다. 영조척을 사용해라.」

영조척은 도량형을 정한 기준이다. 주검을 검험할 때는 측량한 이후 장단을 사용할 수 있었다. 10푼이 1촌이고, 10촌이 1척이니 1척 2촌은 대척이다.

「역시 그렇습니다. 1척 8푼입니다.」

「칼은 한 번에 그었느냐, 멈칫거렸느냐?」

「단숨에 그었습니다.」

「네가 주검을 살핀 대로 검시 기록을 만든다면 어찌하겠느냐?」

「자살한 자가 스스로 목을 그을 땐 한 번은 멈칫거립니다. 이 상처엔 그런 흔적이 없습니다. 깊이로 볼 때 1촌 8푼에 해당되니 단숨에 절명했습니다. 깊이가 1촌 8푼이면 식계와 기계가 끊깁니다. 1촌 5푼이면 식계는 끊기더라도 기계는 약간 파손될 따름입니다. 상흔이 1촌 3푼이면 당장 절명하진 않습니다. 죽은 자가 은장도로 자진했다지만 시생이 보기엔 타살된 것으로 보입니다. 은장도의 칼날은 이렇듯 예리하지 않으며 그을 때 나타나는 멈칫거림도 없습니다.」

「잘 보았다. 흉기는 어떤 종류라 보느냐?」

「목을 그었으니 당연히 칼일 것이며, 상흔으로 보아 범인은 남자입니다. 날이 선 비수를 지닐 정도면 인근 부랑배로 보입니다.」

「아하하하, 제법이다! 따라나서라!」

정약용은 사건 현장을 떠나 죽은 자의 주변부터 탐문했다. 평소 가까이 지낸 자는 부지기수였지만 상처의 예리함이나 상흔의 깊이, 잔혹함으로 볼 때 범행은 사내의 손에서 이뤄졌다는 계산이 나왔다. 안면이 있는 사내, 자주 만나는 사내, 힘이 있고 칼 쓰는 법에 이골이 난 사내. 그런 사내를 찾아야 했다.

그런 사내가 있었다. 수표교 뒷골목에서 힘깨나 쓰는 장정들을 데리고 투전판을 기웃거리거나 남의 빚돈을 대신 받아 주는 일을 도맡은 박종구란 자였다.

쭉 찢어진 눈에서 내뿜는 살기가 오싹 소름이 끼치게 하는 그의 주특기는 쌍검술이었다. 관원을 만난 자리에서 그는 담담했다. 어쩌다 초복과 인연을 가졌지만 죽일 만큼의 원한이 없다고 손을 내저었다.

「괜한 수고 마시고 돌아가쇼. 나, 그 여자와 상관없는 사람이오. 무당년이 어느 놈과 붙어 아이가 생겼는지, 요 앞 한약방에 자주 들른답디다. 뱃속이 지저분한 까마귀 같은 년이라 그러거나 말거나 내 신경 안 썼수다.」

말하는 중에 턱밑 수염이 수북한 사내가 들어와 귓속말하자 박종구가 자리에서 일어났다.

「내 급한 일이 있어 나가 보겠습니다. 언제든 시생이 필요하면 부르십시오. 한달음에 달려가겠습니다.」

박종구는 서랍에서 뭔가를 꺼냈다. 조그만 주머니였다. 그것을 소매 끝에 넣으려는데 안에서 빠져나온 물건이 바닥에 떨어져 정약용의 발치 어름으로 또르르 굴러 왔다. 은반지였다. 반지 안쪽에 기록한 날짜가 얼핏 나타났다. 박종구는 상기된 낯으로 반지를 건네받자 허겁지겁 그곳을 빠져나갔다.

「나리, 초복과 여주 최 정랑 댁 따님 사건이 연관 있는 게 아닐까요? 고독으로 오장이 녹아내려 목숨을 버리게 한 일은 무녀만이 할 수 있는 무고가 아닙니까. 이젠 그런 무당이 필요 없게 됐으니 사람을 시켜 죽였고요.」

「네 말도 일리 있다.」

사헌부로 돌아온 후 서과가 가져온 최 정랑의 서찰을 읽어볼 생각도 않고 정약용은 깊은 생각에 빠져들었다. 최 정랑의 여식이 무고에 의해 목숨을 버리고 초복도 살해당했다. 이 두 사건을 잇는 끈은 뭔가? 연적의 투기로 목숨을 잃는 경우는 많았으나 초복이 궁 안을 출입했다는 정황은 없었다. 죽은 자는 말이 없으니 서과에게 주변을 뒤지게 하고 박종구 주변을 관원과 파헤치자, 오후 늦게 관원이 돌아와 보고부터 올렸다.

「한 가지 이상한 점이 있습니다.」

박종구의 첩 설연이라는 계집이 삼개나루를 자주 다녀오는데 특별한 일이 있다기보다 소일 삼아 다녀온다는 것이었다. 세도가를 방문하는 게 아니라 산파 할멈의 집이었다. 귀가 어두운 할멈에게 무슨 말을 하는지 한번 들르면 반나절은 허비하고 돌아왔는데, 갈 때마다 듬직한 물건을 싸 가는 걸 잊지 않았다.

「이상한 일이잖습니까. 왜 산파 할멈에게 공을 들이는 걸까요? 숙원마마의 산후와 관계있는 것 아닐까요?」

「이 숙원마마의 산후?」

「예, 궁에 들어온 후 몇 해 동안 아이가 없었는데 회임했다는 소문이 돌았습니다. 워낙 학문을 가까이하시는 전하시니 후사 문제를 걱정하지 않았겠어요.」

'후사 문제라……'

그럴 법했다. 서과의 말이 왜 강하게 압박해 오는지 정약용은 알 수 없었다. 정약용은 문득 최 정랑이 보낸 서찰이 생각나 개봉했다. 간단한 안부와 함께 한 가지 의심스러운 점이 쓰여 있었다. 정약용이 돌아가고 난 뒤 떠올랐다는 반지[環]였다. 최 정랑의 딸 왼손에 끼었던 반지에 '陰 十月 五日'이라고 새겨져 있다는 것이었다.

「반지라……, 후궁으로 들어와 주상 전하와 잠자리를 하면 보통 반지를 내린다. 날마다 잠자리를 하는 거라면 그럴 필요 없겠지만 가끔 일을 치르면 은반지를 내린다. 후궁의 배속에 자라는 씨가 주상 전하의 핏줄임을 증명하는 것으로 아들을 낳으면 오른손에 금반지를 끼우는데 그건 나중 일이고……」

다시 최 정랑의 서찰을 펼쳐 '陰 十月 五日'이라는 문구를 정약용은 유심히 노려보았다. 만약 작년에 이 반지를 받았다면 출생일은 음력 시월일 것이다. 사흘만 지나면 음력으로 시월이다. 반지의 주인공이 주상 전하의 은총을 받아 아이를 회임했다면 이달이 산후 달이다. 문득 얼마 전의 일이 바람처럼 스쳐 갔다.

　박종구가 서랍에서 꺼낸 조그만 주머니에서 굴러떨어진 게 은반지였다. 자세히 보진 않았지만 반지 안쪽의 글귀는 분명 '陰　十月……'이었다. 그때 정약용은 예리한 바늘 끝으로 뇌리를 찌르는 느낌이었다.

　「내 급히 이판 대감을 만나 보마!」

　튕기듯 자리에서 일어난 정약용은 쏜살같이 문밖으로 달려나갔다.

　가을이라지만 안개 기운은 도성 안에 깔려 있었다. 궁 안으로 들어갈 수 있는 선화문 앞에 장사꾼 차림의 사내 서넛과 기생 차림의 아낙이 광주리를 머리에 이고 들어섰다. 문을 지키는 장졸이 앞으로 나서며 물었다.

　「안에 든 건 뭐요?」

　「떡입니다.」

　「떡?」

　선화문 안에서 달려나온 무수리는 광주리를 가져온 아낙을 반색했다.

　「아이구, 이제 오면 어떡허우? 숙원마마께서 그토록 드시고 싶어 하시는데, 어서 들어와요.」

　아낙이 다시 광주리를 이자 무수리의 품에서 노리개 등속 한

움큼이 장졸의 옆구리를 쿡 찔렀다. 예전 같으면 두말없이 받아 챙겼을 터인데, 장졸은 한 걸음 뒤로 물러서며 아낙을 가리켰다.

「그 광주리를 내려놓게.」

「예에?」

「내 말이 안 들리는가? 광주리를 내려놓으래도!」

엉겁결에 광주리를 내려놓자 이번엔 뚜껑을 벗겼다. 곱게 싼 듯 붉은 비단이 한눈에 들어왔다. 그것을 만지려 하자 무수리가 질겁을 했다.

「무엄하다! 어디서 함부로 손을 대는가! 이것은 숙원마마께서 드실 떡이다. 한갓 궁문을 지키는 천한 놈이 함부로 손댄다는 게 말이 되느냐! 어서 물러서라!」

무수리와 달리 시골 아낙 차림의 여자는 사시나무 떨듯 했다. 바로 그 순간, 선화문지기 사내가 환도를 쓰윽 뽑아 어깨 위로 치켜들었다.

「아니! 저, 저!」

말릴 사이도 없이 수직으로 바람을 가르는 칼날이 퍽 소리와 함께 광주리를 두 동강 냈다.

「아악!」

여자의 비명이 아침 안개를 흔들었다. 장졸의 칼이 다시 광주리를 내려쳐 광주리가 네 조각 나자 숙원 이씨를 모신다는 무수리는 넘어지고 곤두박질치며 안개 속으로 사라졌다. 시골 아낙도 한쪽 신발이 벗겨진 걸 모르고 허둥지둥 도망쳤다. 장졸은 흥건히 젖은 붉은 비단을 젖히다 엉덩방아를 찧었다.

「이건? 갓 빠진 핏덩이다!」

영아에게 무참히 칼을 댄 장졸은 얼이 빠진 눈빛으로 광주리를 내려다보았다. 그의 귀엔 이판 대감의 호통도 들려오지 않는 듯했다.

「비켜서라!」

함지박이나 광주리를 들고 오는 자가 있으면 불문곡직 네 토막 내라는 명을 시달받은 것은 한 식경 전이었다. 저녁이나 아침일 거라는 귀띔도 있었다. 영아를 토막 낸 장졸은 사헌부로 끌려갔다 다음 날 방면되고, 이내 사건이 한눈에 드러났다.

……숙원 이씨는 전하의 총애를 받은 최비를 투기해 무녀 초복에게 '고독'으로 살해하게 했으며, 장안의 부랑배 박가를 끌어들여 초복을 살해하고, 이미 최비에게 빼앗은 은반지에 쓰인 날짜를 참조해 삼개나루에 사는 산파에게서 아이를 구해 와 궁으로 데려올 생각을 했다…….

경위서가 올라가고 묻혔던 일들이 드러나자 궁 안에는 한바탕 회오리바람이 불었다. 내금위 별감이 이 숙원 처소에 갔을 때, 그녀는 이미 독약을 마시고 절명한 뒤였다. 무당의 저주로 정신이 혼미해져 궁원을 벌거벗은 채 돌아다녔던 최비는 신원됐고, 형조 정랑 최경식에게 복직하라는 명이 떨어졌으나 그는 병을 핑계 삼아 벼슬자리를 사임했다. 이에 정약용이 말했다.

「세상일은 보약처럼 부족한 듯 마시고 그렇게 살아야 하거늘 욕심이 끝없으니 화를 부르는 게야!」

점점이 빗발을 뿌리던 날씨는 때 이르게 진눈깨비로 변해 겨울이 한 걸음 빨리 오고 있음을 알렸다.

조선명탐정 정약용

초판 1쇄 발행일 · 2011년 2월 15일
초판 3쇄 발행일 · 2011년 12월 15일
지은이 · 강영수
펴낸이 · 임성규
펴낸곳 · 문이당

등록 · 1988. 11. 5. 제 1-832호
주소 · 서울시 성북구 동소문동 4가 83 청구빌딩 3층
전화 · 928-8741~3(영) 927-4990~2(편)
팩스 · 925-5406
ⓒ 강영수, 2011

홈페이지 http://www.munidang.co.kr
전자우편 munidang88@naver.com

ISBN 978-89-7456-444-5 03810